# AS TRÊS VIDAS DE CATE KAY

# AS TRÊS VIDAS DE CATE KAY

## KATE FAGAN

Tradução de
Adriana Fidalgo

1ª edição

EDITORA RECORD
RIO DE JANEIRO • SÃO PAULO
2025

CIP-BRASIL. CATALOGAÇÃO NA PUBLICAÇÃO
SINDICATO NACIONAL DOS EDITORES DE LIVROS, RJ

F138t Fagan, Kate, 1981-
As três vidas de Cate Kay / Kate Fagan ; tradução Adriana Fidalgo. - 1. ed. - Rio de Janeiro : Record, 2025.

Tradução de: The three lives of Cate Kay
ISBN 978-85-01-92577-0

I. Ficção americana. I. Fidalgo, Adriana. II. Título.

25-100049.1 CDD: 813
CDU: 82-3(73)

Meri Gleice Rodrigues de Souza - Bibliotecária - CRB-7/6439

Título original:
The Three Lives of Cate Kay

Esta é uma obra de ficção, todos os nomes, pessoas, fatos ou situações são frutos da imaginação da autora e qualquer semelhança é uma mera coincidência.



Texto revisado segundo o Acordo Ortográfico da Língua Portuguesa de 1990.



Impresso no Brasil

ISBN 978-85-01-92214-4

EDITORA AFILIADA

Seja um leitor preferencial Record.

Cadastre-se no site www.record.com.br
e receba informações sobre nossos
lançamentos e nossas promoções.

Atendimento e venda direta ao leitor:
sac@record.com.br

Para Kathryn

# PREFÁCIO

*27 de fevereiro de 2014*
*Charleston, CS*

Há mais ou menos um ano, deixaram uma caixa da FedEx na varanda da minha casa em Charleston, Carolina do Sul. Não recebo muita correspondência, imagino que por conta da quantidade de vezes que mudei de nome.

Aliás, isso do meu nome é uma verdadeira saga. Já tive vários. Nasci Anne Marie Callahan, mas minha melhor amiga de infância me chamava de Annie. Alguns anos depois, mudei legalmente para Cass Ford. Aí publiquei sob o pseudônimo Cate Kay. Eu bem queria que fosse mais simples. Sério, queria mesmo. Criar uma nova vida (ou vidas) exige uma dose de energia e de imaginação avassaladora. Fora que sinto saudade de ouvir meu nome verdadeiro.

Bem, aquela caixa da FedEx era uma anomalia no meu mundo. Dei uma olhada no remetente: Mason, Cowell & Collins, o escritório de advocacia de Sidney Collins. Sidney não era apenas a arquiteta do meu império literário — gestora de tudo que tem a ver com Cate Kay —, ela também era minha ex-namorada.

Abri a caixa com cuidado. Dentro, havia uma pilha de fichários azuis e, por cima, um bilhete escrito à mão por Sidney. Ela explicava que, ao enviar toda aquela papelada, estava abdicando do controle das transações comerciais de Cate Kay e corrigindo erros do passado. (Um deles, pelo menos.) O que ela não tinha como saber era que a caixa e o bilhete deram início a uma série de acontecimentos que alterariam para sempre a trajetória da minha vida.

Ela assinou: *Vou sempre me lembrar de você — com carinho. Beijos, Sidney.*

Fiquei feliz com o tom conciliador. Sidney não é alguém que desejo como inimiga. Nem como amiga. Eu preferia não ter qualquer relação com ela. Não nos falávamos havia sete anos — desde a noite, muito tempo antes, quando eu, histérica, peguei um voo de madrugada, saindo de Los Angeles para o apartamento que dividíamos no Harlem.

Enfim, é melhor não enveredar por esse caminho, vamos voltar aos fichários.

Antes de fechar o primeiro, avistei um segundo bilhete escrito à mão, num papel timbrado impecável. O logo pertencia à minha agente literária, Melody Huber. O bilhete estava endereçado a mim, datado de quatro anos antes. Li as palavras de Melody com muita curiosidade. Ela gentilmente me convidava a sair da toca. Sua ideia: uma autobiografia. Não tenho dúvidas de que ela já havia sugerido isso antes, mas a mensagem nunca chegara até mim. O sucesso era meu, escreveu, mesmo que o nome não fosse.

Fiquei olhando para aquelas palavras. Uma autobiografia? Eu gostava da ideia — de me libertar. Mas sabia que não conseguiria. Um livro exigiria que eu confrontasse meu passado, coisa que estava empenhada em não fazer. Talvez algum dia eu me sentisse diferente, mas não em um futuro próximo.

Aí, uma semana depois, tudo mudou. E as palavras de Melody não saíam da minha cabeça:

> *Você poderia contar para todo mundo a história completa, cada detalhezinho.*

Minha mente ficava presa àquela última parte: *cada detalhezinho*. Eu me lembrava de tantos. Eles inundavam meus pensamentos como um caleidoscópio — raios de sol, cabelo castanho voando, nós soprando as mãos para nos aquecermos. Será que Melody estava certa? Talvez fosse a hora. Liguei para seu escritório e, pela primeira vez, ouvi a voz da mulher que havia puxado meu manuscrito da pilha de originais não solicitados tantos anos antes.

Naquele primeiro telefonema, falei a Melody que eu não podia ser a única a contar aquela história; tinha vivido dentro dela por tempo demais. Melhor abrir o jogo e contar todos os fatos, para o bem ou para o mal. Nestas páginas, você lerá sobre o que aconteceu pela minha perspectiva, bem como pela daqueles cujas histórias colidiram com a minha.

E foi assim que chegamos até aqui, a este livro que você agora tem em mãos. São minhas memórias, mas também mais do que isso: são um monumento. Esculpido em um bloco de más decisões, egoísmo e, me dói admitir, crueldade. Apesar de tudo, quero que você me ame. Não adianta fingir que não quero. Cansei de esconder quem sou. Há muito tempo não consigo decidir se eu sou ou não uma boa pessoa — e agora aqui está você, o voto de minerva.

Peço apenas que leia com o coração aberto.

Annie Callahan
também conhecida como Cass Ford
também conhecida como Cate Kay

## CAPÍTULO 1

# ANNE MARIE CALLAHAN

*1991*
*Bolton Landing*

A minha primeira lembrança é de um verão que usei minha camiseta favorita por um mês inteiro sem que minha mãe percebesse. Eu ia para a terceira série e ela imaginou que, por eu já estar no sistema de ensino público, poderia me deixar sem supervisão se necessário. Era comum e socialmente aceitável deixar uma criança sozinha em casa.

O prédio residencial onde morávamos já tinha sido um hotel de beira de estrada, e a cozinha era basicamente um forninho elétrico e um micro-ondas. Minha mãe trabalhava limpando quartos no Chateau, um resort chique à beira do lago George, no interior de Nova York, bem no interior, onde havia uma complexa mistura entre os operários locais e a elite urbana de férias. Minha mãe e eu, como você provavelmente deve imaginar, fazíamos parte do primeiro grupo.

Minha mãe tinha muitos *ex*. Ex-empregos, ex-amigos, ex--namorados, um ex-marido, que, apesar de ser meu pai, nunca chegou a exercer o papel de fato. Aparentemente, ele queria fazer da minha mãe uma mulher honesta (ah, tá), mas aí, alguns meses depois que eu nasci, decidiu que não era *tão* fã assim de honestidade.

A camiseta, minha camiseta de *Tom & Jerry*, era branca com o desenho dos personagens na frente. Eu a amava. Ela caía tão bem que eu até me esquecia de que estava usando, e era exatamente isso que eu queria de uma roupa: que desaparecesse. Quando eu colocava outras camisetas, ficava sempre puxando e ajeitando, mas aquela, não. Além do mais, eu estava com ela no dia em que esta história começou, o dia em que peguei a doença de querer devorar o mundo.

Era um dia de verão, muito quente e úmido. Eu estava entediada, e me mexer combatia a languidez daquelas tardes intermináveis, então levantei o descanso da bicicleta e pedalei até a cidade. Como eu já esperava, estava lotada de turistas. Mesmo criança, sabia quem tinha grana da cidade grande. Era o modo como eles seguravam a chave do carro, como se fosse um acessório sexy, e como tocavam com cuidado a armação dos óculos de sol. Eu me sentava no banco em frente à sorveteria e observava.

Naquela tarde, o céu estava aberto, com algumas nuvens brancas e fofas. Imagino que um papel de parede do céu seria assim. No meu banco, eu ergui o olhar para um mar azul-turquesa e me visualizei rasgando o azul, depois a camada de ozônio, até o espaço sideral, e então me imaginei furando o espaço sideral em direção a... a quê? O pensamento desencadeou um momento de pura desrealização — hoje, talvez eu chamasse assim —, e meu corpo se encheu da estranha sensação de que *o universo é tudo o que existe, não há nada fora dele*. Não era um sentimento de ateísmo, não tinha nada a ver com o paraíso. A descrição mais fiel seria perturbador, só que elevado à enésima potência.

Continuei sentada no banco, imóvel, até o sentimento desaparecer, o que não demorou muito. Não é algo ao qual alguém possa se agarrar, nem que dê para esquecer. Quando voltei para casa naquela tarde, senti que tinha engolido um buraco negro que exigia ser preenchido, de algum modo.

---

Minha mãe chegou tarde naquela noite. Eu estava na cama de solteiro que rangia, sob a janela, de olhos bem abertos. Atenta à sua chegada, eu observava os pingos de chuva no vidro, as gotas insistiam em se fundir antes que me sentisse pronta para deixá-las partir.

Ouvi passos no cascalho, o primeiro sinal de que ela estava de volta. Então, alguns segundos depois, a chave na porta, um giro lento, porque ela achava que eu já estava dormindo — quer dizer, se é que estava pensando em mim, o que eu duvidava. Enquanto ela pendurava a bolsa, falei:

— Oi, mãe.

Queria que ela soubesse que eu ainda estava acordada. Talvez isso a fizesse se sentir mal por ter me deixado sozinha por tanto tempo no escuro, precisando muito de um abraço.

— Ah, oi, querida — disse ela carinhosamente, e foi assim que eu soube que havia parado no bar para tomar várias taças de vinho branco no caminho de casa.

As chaves acertaram o balcão e em seguida ela veio até minha cama e se ajoelhou, me abraçando. Eu me derreti, esquecendo por um segundo o desenrolar do dia, nadando feliz em seu afeto. Ela era linda. Cabelo castanho-claro, um pescoço longo, maçãs do rosto proeminentes e um sorriso furtivo. As pessoas diziam que éramos parecidas, o que me emocionava e aterrorizava. Eu via como os homens a olhavam — como se estivessem famintos.

Quando ela me abraçava, eu me esquecia de tudo, como se vivesse em um universo paralelo: segurança, amor, tempo — tanto tempo juntas. Mas, acima de tudo, eu gostava da sensação de ser importante para ela, de que me escolheria acima de qualquer outra coisa.

De repente, ela se afastou, mas manteve as mãos nos meus ombros. Estreitou os olhos, fungou.

— Há quantos dias você está usando essa camiseta?

Ela começou a puxar a camiseta pela minha cabeça de um jeito agressivo e desajeitado. O sentimento caloroso que eu experimentara implodiu.

A maioria das minhas memórias de infância é nebulosa... da consistência de sonhos. Menos essa. Essa me surpreende pela vivacidade: as cores da minha camiseta do *Tom & Jerry*, o céu que parecia um papel de parede antes do universo reprogramar meu cérebro, a presença, e o súbito desaparecimento, do amor da minha mãe. Nos muitos anos desde então, pensei nessa lembrança como um diagrama que poderia ajudar a explicar a vida que construí depois.

— Cacete, Anne Marie — rosnou minha mãe.

Ainda consigo ouvir as palavras se arrastando de leve enquanto ela tirava minha camiseta favorita. O tecido deixou meu cabelo castanho arrepiado com estática.

Nunca mais usei a camiseta.

*Anne Marie*. Ela sempre pronunciava o nome como uma bronca, e eu jamais consegui ouvi-lo como qualquer outra coisa. Nem uma vez soou como uma brisa quente ou uma porta aberta, sempre era cortante e feroz, como se me alertasse contra outro passo em falso. Não sei como o nome soa para outras que se chamam assim, espero que seja bom para elas. Para mim, era uma penitência e, conforme crescia, eu vivia pensando em como me livrar dele.

A primeira oportunidade veio ainda naquele verão, quando notei um folheto de um acampamento de teatro gratuito administrado pela escola. Falei a mim mesma que era um sinal do universo. E era mesmo. Foi lá que conheci minha melhor amiga, Amanda, algo que me ensinou a sempre estar atenta a sinais, tanto tangíveis como metafóricos.

No ensino médio, já havia passado meses felizes como Scarlett (*O vento levou*), como Rosalinda (*Do jeito que você gosta*), como Blanche (*Um bonde chamado desejo*), mas meu primeiro pequeno passo em direção a uma vida diferente veio quando Amanda começou a me chamar de Annie.

## CAPÍTULO 2

# ANNIE

*1991*
*Bolton Landing*

O que você precisa saber sobre mim e Amanda é que nunca existiu uma amizade como a nossa. Basicamente redefinimos o conceito e o elevamos a uma forma de arte. Sério, era assim que a gente se sentia. Éramos como todos os jovens nesse ponto, acreditávamos piamente que estávamos revolucionando a experiência humana. Os mais velhos haviam fracassado, nós é que vamos mostrar a vocês como se vive de verdade!

Vou montar o cenário: 1991. Verão no interior de Nova York. Acampamento de teatro de uma cidade pequena, manhã de estreia. Eu estava na fila de inscrição. A garota na minha frente calçava sandálias de plástico. Eu as elogiei. Ela fez contato visual e disse "obrigada por notar", o que me impressionou… quanta autoconfiança. Tínhamos 9 anos.

Amanda Kent, senhoras e senhores.

Pelo jeito, a realidade na casa de Amanda era apenas um pouco melhor que a minha. A mãe dela tinha morrido no parto de Kerri, sua irmã caçula, e o pai passava cada hora do dia enfiado embaixo de carros, administrando uma oficina na cidade vizinha. Amanda e o pai se davam bem, mas ele mais parecia um tio que um pai, então ela era próxima sobretudo da Kerri, que era quatro anos mais nova. As duas eram diferentes em quase todos os sentidos: Kerri tinha cabelo claro e adorava brincar de boneca; Amanda era basicamente a pessoa sobre a qual Van Morrison canta em "Brown Eyed Girl".

Outro detalhe sobre Amanda: ela amava roupas. Quando éramos pequenas, gostava que eu fosse até sua casa para brincar de montar looks. Seu pai guardava todas as coisas velhas da mãe em uma caixa no armário do corredor — roupas e maquiagem e outras coisas de que mulheres adultas gostavam, tipo meia-calça, o que me parecia uma forma de tortura medieval. Experimentar roupas não era muito minha praia. Mas eu levava um livro e me sentava de pernas cruzadas no tapete ao pé da cama de Amanda. Ela nunca ligou para minha indiferença, só queria uma plateia.

Amanda desaparecia no banheiro do corredor enquanto eu lia algumas páginas. Aí ela surgia à porta, dava uma volta rápida e desfilava, entrando e saindo do quarto. Sua performance não era nada sutil. As roupas funcionavam na Amanda, e, em uma tarde, ela explicou que esse era o objetivo principal da moda.

Foi na sexta série, acho. Eu tinha acabado de reagir a uma de suas combinações. Ela tinha arrumado umas pérolas falsas com uma vibe muito primeira-dama no brechó Goodwill e combinado com uma jaqueta barata de couro preto. O high-low do look deu muito certo.

— Ficou ótimo em você — disse.

— Que bom. — Ela se jogou na cama. — Eu estava lendo a última edição da *Cosmo* e tinha uma parte sobre como entender seu estilo e o conselho era basicamente, tipo, "faça seu exterior combinar com o que você sente por dentro", o que faz muito sentido pra mim.

Combinar o exterior com o interior não me parecia uma tarefa fácil, então perguntei:

— Isso não é meio que exigir muito das roupas?

Amanda ainda estava deitada na cama; quando soltou um "ahn?". Fechei os olhos e tentei examinar meu interior, mas só visualizava um turbilhão de pensamentos. Que tipo de roupa combinava com aquilo?

Tentei novamente:

— Quer dizer, alguém por acaso sabe como se sente por dentro?

Um segundo depois, um travesseiro acertou minha cabeça.

— Anda, vamos pro brechó — disse ela. — Tentar combinar o *seu* interior com o seu exterior.

Ela já estava fora da cama, agarrando minha mão, e a mão dela jamais foi algo que eu recusasse.

---

Depois de vagar pelo brechó por alguns minutos, algo chamou a atenção da Amanda, que foi direto para o balcão. Atrás do caixa, tinha uns itens pendurados na parede. Bolsas, em sua maioria. E bolsas, caso você ainda não tenha adivinhado, não me interessavam. Mas aí Amanda apontou para uma bolsa de lona com os dizeres "THE STRAND NYC: 18 MILHAS DE LIVROS" impressos na frente.

— Podemos ver essa? — pediu ela.

— A gente recebe um monte todo verão — disse a mulher, entregando a bolsa. — O povo da cidade que traz... eles usam para carregar as tralhas até aqui, depois largam no brechó antes de voltar para casa.

— Ah, é a sua cara mesmo — dizia Amanda, segurando-a junto ao meu ombro.

— Por que é a minha cara?

— Você é toda sagaz e *grrrr* — explicou ela e rosnou feito um grande felino —, que nem uma nova-iorquina... além do mais, você ama livros! — Ela deu de ombros e acrescentou: — Faz todo sentido.

Mas, quando foi me entregar a bolsa, dei um passo para trás.

— Não, não ficou bom — argumentei, embora tivesse ficado sim.

Apesar de Amanda ter razão, eu não tinha dinheiro naquele momento, nem mesmo o dólar que a bolsa custava.

Ela me encarou por um segundo e disse:

— Tá, tudo bem, eu vou levar.

Minha amiga entendia cada subtexto do que tinha acabado de acontecer, do motivo pelo qual eu dissera não. Amanda soube, naquela fração de segundo, que, se perguntasse "É por causa do dinheiro?", meus próximos dois pensamentos seriam: *Eu queria que minha mãe se lembrasse da minha mesada* e logo depois *Por que ela não me ama um pouco mais?* E aquela não era uma linha de raciocínio saudável.

Amanda tinha quatro moedas de vinte e cinco centavos no bolso. Ela as catou e colocou na mão em concha da mulher.

Na saída, fui na frente, com a cabeça abaixada e as mãos nos bolsos. Ela me alcançou, colocou o braço em volta dos meus ombros e me ofereceu a bolsa, tipo, *obviamente comprei isso para você,* mas eu disse que estava tudo bem, que devia ficar com ela. Amanda estreitou os olhos, tentando mais uma vez ler o que estava nas entrelinhas.

— Tá bom, Anniezinha — soltou, depois de um segundo, pendurando a bolsa em seu outro ombro. — Mas saiba que toda vez que usar, vou me lembrar de você.

Ela andava pra cima e pra baixo com a bolsa da Strand. Mesmo que fosse da Amanda, sempre pensei nela como minha. Por isso, anos depois, quando a encontrei no banco traseiro do meu carro, senti que ficar com ela era a coisa certa a ser feita.

Eu a tenho até hoje.

## CAPÍTULO 3

# ANNIE

*1998*
*Bolton Landing*

Amanda era setenta e três dias mais velha que eu. Vivenciaria primeiro os marcos importantes, mandaria notícias da linha de frente. Eu era uma neurótica de carteirinha, então era um alívio tê-la como testadora beta da vida, resolvendo os bugs antes de chegar a minha vez. Por exemplo, eu talvez tivesse pensado que fazer 13 anos seria uma coisa importante. Estávamos tão animadas para entrar na adolescência!

— Você não se sente diferente? — perguntei.

Estávamos na garagem da Amanda, procurando uma bola de futebol americano de espuma (nem pergunte). Ela parou por um momento, fechou os olhos e fez uma varredura interna. Alguns segundos depois, com os olhos ainda fechados, respondeu:

— Não, na real. Parece 12 anos mais um dia.

Agarrei seus ombros e gemi.

— Vamos ser crianças para sempre!

— Pa-ra sem-pre — repetiu ela, como um robô.

Mesmo assim, estávamos impacientes pelas liberdades da vida adulta. Então, finalmente, finalmente, o aniversário de 16 anos da Amanda chegou. Nós marcamos sua prova prática de direção para o mesmo dia, não havia tempo a perder. Era início de primavera, o primeiro dia de calor, e o local da prova era na mesma rua da oficina do pai dela, então ele nos levou até lá, deu um beijo na testa dela e lhe desejou sorte, então voltou a pé para o trabalho. Depois que ele foi embora, Amanda se virou para mim e arregalou os olhos, chacoalhou as chaves, tipo: *Está acontecendo.*

— Ai, meu Deus, Amanda, arrasa, tá? — falei.

— Coordenação motora, relações espaciais... Fala sério, tá no papo — disse ela.

Amanda era confiante. Mas, como todas as pessoas confiantes, aquilo era só uns oitenta e sete por cento autêntico. A dúvida simplesmente vivia na periferia em vez de no centro da cidade, como acontece com todos os outros.

— Amanda Kent? — Um homem chamou, com uma prancheta na mão, caminhando em nossa direção.

Sussurrei *boa sorte* e dei uma corridinha para atravessar a rua para esperar, impacientemente. Subi no muro de pedra baixo em frente à igreja Metodista, os pés raspando o chão. No bolso, tinha Jolly Ranchers de melancia — o único sabor que valia a pena — e coloquei um na boca. Eu amava usar o doce pegajoso como cimento entre meus molares superiores e inferiores. Às vezes parecia mesmo que meus dentes estavam colados.

Eu ainda estava fazendo isso uma hora depois, quando Amanda, ao volante da picape do pai, reapareceu na rua com o examinador no banco do carona. Aquela picape azul desbotada. Sempre amei vê-la, uma descarga de dopamina — Amanda estava perto.

Observei conforme ela entrava em foco, até que enfim pude vê-la nitidamente através do para-brisa. Ela sorriu e acenou, e mentalmente pedi para ela, *por favor, parar*; e se acabasse sendo reprovada por imprudência?

Mas não foi. Amanda estacionou, apertou a mão do homem — o que pareceu *muito* adulto —, atravessou a rua e se empoleirou ao meu lado no muro. Jogou as chaves alguns centímetros no ar e as pegou. Ela estava amando mesmo o momento. Era uma performance, mas também não era, ou seja, o melhor tipo.

— Vamos pra festa do Tommy hoje à noite — disse ela, com as sobrancelhas erguidas.

Amanda sabia que Tommy — o sr. Quarterback do Ensino Médio — estava a fim dela, mas dizia que era minha imaginação. Eu não era lá muito fã.

Ir a uma festa não era exatamente o que eu queria fazer com nossa nova liberdade, mas a empolgação da Amanda era contagiante. Toquei meu bolso, senti o contorno volumoso da fita cassete que tinha compilado como um presente de parabéns. Eu a havia intitulado "Carrossel da Liberdade". Tinha até feito a arte da capa em cartolina. Meu plano para a noite era a gente dirigir por aí ouvindo a fita. Eu queria ver a reação da Amanda a cada música. Mas, tudo bem, podíamos fazer aquilo no dia seguinte.

— Estou dentro — concordei, descendo do muro e atravessando a rua. — Pode ser minha motorista.

Ela correu para me alcançar, gritando:

— A gente se arruma lá em casa?

Eu nem respondi. A pergunta era retórica: o guarda-roupa da Amanda era muito melhor.

---

Passamos a maior parte da festa no terraço da casa do Tommy, indo de um grupo para o outro, rindo e conversando. Amanda estava bebendo; eu fingia tomar goles de um copo de plástico vermelho vazio, exercitando para valer minha habilidade teatral a cada movimento. No fim da noite, enquanto assistia à Amanda virar o shot número sei lá quanto, de repente percebi que não tínhamos carona para casa, que ela era nossa motorista. Fiquei irritada comigo mesma. Em geral, logística era minha especialidade. Entrei na cozinha e a puxei para o corredor.

— Oi — cumprimentei.

— Oi. — Ela me abraçou. — Que dia bom.

— Definitivamente foi um dia bom — concordei. — Mas a gente tem um problema.

— Aiii, não — disse ela, franzindo a testa.

Na escala de um a trêbada, ela parecia estar perto de sete. Naquele momento, Tommy passou, agarrou meu braço e me puxou para longe, levando-me de volta à cozinha, onde, de repente, estava de frente para um grupo de colegas.

— Verdade ou consequência? — perguntou um deles, e, como eu gostava de plateia, fiquei imediatamente interessada.

— Consequência — respondi, voltando com o pessoal para o terraço.

Fiquei ali por alguns minutos — a consequência era vergonhosamente tosca — antes de me lembrar da Amanda e inclinar o corpo para dentro a fim de chamar sua atenção. Ela havia sumido.

Fiquei tranquila no começo. Mas, quando não a encontrei no banheiro do térreo nem na sala de estar, tive uma sensação de urgência. Disparei pela escada, abrindo cada porta e me deparando com quartos vazios e escuros, até que só restava uma, fechada, no final do corredor. Eu a forcei, entrei tropeçando num banheiro, e lá estava Amanda, sentada com as costas apoiadas na banheira. Ela olhou para mim, deu de ombros, depois se debruçou no vaso sanitário e vomitou.

Fiquei aliviada, na verdade. Eu esperava encontrá-la com Tommy.

— Desculpa — lamentou ela, cuspindo no vaso sanitário. — Não é muito atraente.

Eu me ajoelhei e segurei seu cabelo em um rabo de cavalo.

— Aquele último shot que o Tommy me deu — disse ela, arrastando a fala. — Péssima ideia.

— Vamos sair daqui — sugeri. — Você consegue andar?

Ela assentiu. Peguei sua mão enquanto descíamos a escada até o carro. Eu a coloquei no banco do carona, depois estendi o braço para afivelar seu cinto de segurança.

Sentei-me ao volante e o agarrei com as duas mãos, tomando coragem.

— Tá, beleza, vai dar certo — falei em voz alta, olhando para Amanda: seus olhos estavam fechados, a cabeça contra a porta.

Talvez ela estivesse mais para oito ou nove em uma escala de embriaguez.

Eu tinha escondido a fita no console do carro para a viagem de volta e naquele momento a peguei, colocando-a no toca-fitas e aumentando o volume.

Tommy morava no lado oposto ao nosso do lago, então, o caminho para casa era longo. Fiquei feliz em descobrir que dirigir não era tão difícil. A picape do pai da Amanda tinha câmbio automático, felizmente. Fiquei dentro da faixa e respeitei o limite de velocidade, freando por completo em cada placa de PARE. A noite estava excepcionalmente luminosa, o lago refletia o luar amarelado, e eu me sentia como se tivesse saltado de trampolim para a vida adulta.

E inclusive com sentimentos adultos, cortesia da minha fita cassete. Para a terceira música, que obviamente tem que ser a melhor faixa de uma compilação, eu havia escolhido a mais recente de Sarah McLachlan. A canção trazia à tona tudo que eu sentia por Amanda. Uma mistura etérea de desejo e devoção, de alegria e melancolia. Um coquetel quase letal.

Quando os acordes de abertura ecoaram, estendi a mão para o toca-fitas, quase apertei o botão para pular a faixa — para me salvar de mim mesma. Mas não apertei. Em vez disso, aumentei o volume ainda mais, deixando a música tomar conta de mim. Deixei que ela crescesse e crescesse e crescesse, uma sinfonia de ondas quebrando dentro de mim, enquanto nossa deusa Sarah alcançava o verso que terminava falando em *se permitir acreditar.*

O mais louco era que eu não tinha certeza se a música era como se fosse eu falando com Amanda ou o contrário. Ou talvez uma combinação das duas coisas. Quando a canção terminou, parecia que a picape ainda irradiava seu brilho residual. Foi naquele momento que Amanda, com o rosto ainda contra a janela, murmurou algo.

Meu olhar disparou até ela.

— O que foi? — perguntei.

Mas ela apenas balançou a cabeça e se pressionou mais contra a porta. Estendi o braço e pousei as minhas mãos nas dela, deixei-as ali por um segundo completo, então rapidamente levei a mão de volta ao volante.

Pelos setenta e dois dias seguintes, pegamos emprestada aquela picape azul sempre que podíamos. Aí, na noite do meu aniversário de 16 anos, meio embriagada e sem um presente para me dar, minha mãe ofereceu as chaves do Honda Civic vermelho 1991 que meu primo mais velho havia reformado e deixado estacionado no nosso condomínio. Depois de se formar no ensino médio, ele tinha embarcado no trem em direção à cidade e não voltara, nem para buscar o carro nem para qualquer outra coisa.

Apelidamos nosso novo carro de "Brando", porque já tinha visto dias melhores. Recém-saído da concessionária, devia ter sido uma coisinha, mas seu brilho havia desaparecido: tinta lascada, para-choque amassado, couro gasto. E uma falha que não existira a princípio, mas que certamente era nossa favorita: o retrovisor rachado, como se os deuses estivessem cansados da Amanda ver a própria beleza. Ou os carros atrás dela.

Aconteceu no segundo ano do ensino médio, em uma manhã de frio brutal. Corremos até o carro num tempo de aula que tínhamos livre para uma voltinha rápida, nos aconchegando ali dentro e soprando as mãos. Brando estava coberto por uma finíssima camada de neve, da qual eu gostei — me fez sentir como se estivéssemos em uma caverna.

Amanda amava dirigir, então ela estava ao volante e deu a partida, mas o motor não pegou. Alguns segundos depois, fez uma nova tentativa e o carro ligou com um rugido. Ela ligou o aquecedor na mesma hora. Eu estava colocando as mãos na frente das saídas de ar, pronta para o ar quente. Então a ouvi dar um gritinho e virei a cabeça para a esquerda: ela estava segurando o espelho retrovisor, o corpo ligeiramente levantado para se ver com mais nitidez no reflexo quebrado.

— Mas... que... porra... — começou ela, prolongando cada palavra.

Eu lhe lancei um olhar que dizia *hmm, dá para explicar, por favor* e, em resposta, ela lentamente virou o espelho em minha direção, apontando para a rachadura. Soltei um gritinho. Um espelho rachado! Parecia dramático e proposital, como em um filme quando alguém arromba uma casa, mas não leva nada, exceto uma única obra de arte.

— Bom, os deuses se manifestaram — comentei.

— Alguém fez isso? — Ela estava estreitando os olhos e espiando ao redor, apesar das janelas cobertas de neve.

— Sim, provavelmente a Vanessa — sugeri. — Você sabe o quanto ela tem inveja de você e como é especializada em gestos íntimos, mas profundos... — Lancei a ela uma das minhas expressões favoritas, que consistia em uma sobrancelha erguida e um olhar fulminante de zombaria, antes de continuar: — Amanda, não foi *alguém* que fez isso, foi *algo*: o frio.

— Anniezinha — começou ela, fingindo um tom sério —, você precisa parar de ler tantos livros. Todo esse conhecimento está te deixando inteligente demais para mim.

— Jamais — arrastei a palavra por alguns segundos extras, porque queria me banhar em seu elogio.

Eu já tinha contemplado a noção de que era especial, destinada a grandes feitos, mas, ainda assim, de vez em quando, uma voz no fundo da minha mente me aterrorizava, atiçando um pensamento que queimava na minha psique: *É tudo mentira, você não é ninguém e nunca será alguém.* Os elogios da Amanda ajudavam a abafar aqueles incêndios.

— Então o que você está dizendo é que foi só o frio... com certeza?

— Só o frio — insisti. — Se bem que eu estou apaixonada de verdade pela ideia de que uma pessoa invadiu o Brando e não causou nenhum outro dano além do espelho retrovisor quebrado, para foder bem com a nossa cabeça.

Ela sorriu.

— Meio genial, na verdade.

— Eu gostaria de ser amiga dela — confessei.

— Mas não, tipo, muito amiga, né? — Amanda franziu o cenho.

— Ah, não, não, não, só uma amizade casual... talvez, tipo, amiga com quem você come uma pizza a cada duas semanas?

Eu adorava nossas provocações, principalmente quando se misturavam com um reconhecimento da profundidade da nossa relação. Eu não precisava de outros amigos como precisava da Amanda.

— Ou a cada três semanas?

— Mensalmente, digamos.

Pisquei para ela, torcendo para que a piscadela fosse descolada e não cafona, e deve ter sido porque a mão dela deixou o espelho e pousou em minha bochecha por um instante. Seu calor era agradável, e nos entreolhamos por alguns segundos antes da Amanda se afastar e dizer:

— Menos de dois anos, e aí...

— O futuro. — Fiz um gesto como se imaginasse as palavras em um letreiro, delineando-as: *O futuro, estrelado por Anne Marie Callahan e Amanda Kent.*

Falávamos o tempo todo, sem parar, do nosso plano de levar Brando para Los Angeles depois da formatura. O argumento, na nossa cabeça, era único e imbatível: seríamos um pacote, Amanda interpretando a morena linda de parar o trânsito, mas que ainda assim tem um fantástico timing cômico; eu, a peculiar coadjuvante com talento para atuação que acaba roubando todas as cenas.

Eu não tinha dito à Amanda que o grande buraco negro dentro de mim ansiava por mais e que meu cérebro estava constantemente tecendo ideias para satisfazê-lo. Nunca falei nada sobre meus pensamentos desleais: que talvez eu precisasse de mais que comédias de melhores amigas. Que talvez eu precisasse de uma prestigiosa carreira solo, e depois talvez eu escrevesse e produzisse, depois dirigisse, depois qualquer nível de conquista que viesse em seguida, sem dúvida. Uma busca sem fim pela chave de ouro que desbloquearia a versão mais elevada da vida e faria com que eu me sentisse completa.

Dar ouvidos ao meu cérebro era exaustivo. Somente agora questiono a sabedoria dele, e me pergunto se está realmente trabalhando a meu favor. Mas naquela época? Um pensamento era realidade. E como dizer à sua melhor amiga que seu cérebro imagina superá-la — que sequer é uma escolha; é uma necessidade?

# CAPÍTULO 4
# KERRI KENT

*1999*
*Bolton Landing*

Amanda era minha ídola. Eu amava tudo nela. Uma vez, no ensino fundamental, eu estava sentada no sofá da nossa sala de estar, observando-a se arrumar para sair. Ela se abaixou para calçar os tênis de cano alto e, sei lá, perdeu o equilíbrio. Mas ela fez aquilo de um jeito tão charmoso, meio que pulando no pé direito algumas vezes para retomar o equilíbrio ao mesmo tempo que esticava os braços como asas. Ela olhou para mim na mesma hora e fez uma cara hilária.

— Como é possível? — perguntei.

— Como é possível o quê? — Ela estava ajoelhada, amarrando os tênis.

— Isso, o que acabou de acontecer, isso de… você fazer tudo parecer tão descolado?

Ela sorriu, se aproximou e me beijou com força na testa. Sério, imagina só. Eu nunca tive chance! Eu era a irmãzinha mais nova, já predisposta a desejar seu amor. E ela ainda tornava tudo tão fácil com seu carinho.

Passamos por apenas um período de gelo, que foi depois do baile no fim do segundo ano. Eu havia ficado acordada até tarde e observado de minha janela enquanto ela e Annie chegavam em casa. Um garoto as deixou na frente da entrada da garagem. O modo como elas andaram até a casa, como se fossem ímãs tentando não se fundir, fez meu cérebro pirar. Poucos minutos depois, quando ouvi Annie entrar no banheiro, corri para o quarto da Amanda e fechei a porta.

— Hmm, oi? — disse ela, mas com alguma delicadeza.

— Você ama a Annie? — disparei.

Ela cobriu os ouvidos com as mãos e gritou:

— Ahhhhhh! Por que todo mundo acha isso?

Olhei para ela, tipo: *Ahn, o que é que está acontecendo aqui?* Talvez eu devesse ter avaliado melhor a coisa toda, mas Amanda em geral amava meu jeitinho de irmã caçula, minha curiosidade, como eu exigia respostas sobre coisas importantes, tipo se deveria mascar chiclete enquanto beijava. Aquilo não parecia tão diferente para mim.

— Não, não amo — respondeu ela. — Quer dizer, sim, claro que eu amo a Annie, mas não do jeito que você está perguntando. — Ela fez uma pausa, lentamente jogando o cabelo para o outro lado. — É isso que você está perguntando, certo?

Assenti uma vez.

— É que... não — explicou ela, e falar aquilo pareceu magoá-la. — Eu não estou... para mim não é isso.

— E para Annie, é?

— Não vamos falar disso — determinou ela, curvando-se e tirando os sapatos de salto. — Por favor, volte para a cama.

# CAPÍTULO 5

# ANNIE

*1999*
*Bolton Landing*

Na noite da véspera do baile do fim do segundo ano, minha mãe e eu estávamos sentadas nas cadeiras Adirondack de plástico verde que ficavam na frente do nosso apartamento.

Conforme as estações mudavam, eu usava as cadeiras para avaliar o quão perto estávamos do calor. No inverno, mesmo que estivessem protegidas sob um beiral, o vento chicoteava a neve e a empilhava no assento e nos braços. Sempre havia uma semana em que as cadeiras ficavam molhadas por causa das poças de neve derretida, e toda noite eu ficava impaciente e as enxugava com papel-toalha. Tinha acabado de fazer isso e estava sentada, encolhida que nem uma bolinha, com o enorme moletom cinza esticado sobre os joelhos, quando avistei minha mãe caminhando pela rua. Mesmo no escuro, eu sabia que era ela. Reconheceria sua silhueta em qualquer lugar. Tinha passado minha infância procurando por ela.

— Oi — cumprimentei baixinho quando ela se aproximou.

— Oi, oi. — Ela se jogou na cadeira ao meu lado antes que eu pudesse impedi-la, e então gritou quando a umidade fria encharcou sua calça jeans. Amaldiçoei a água, rezando para que não a impedisse de ficar. — Merda — reclamou sem se levantar, e eu expirei de maneira lenta.

— Como foi seu dia? — perguntei, olhando para ela.

Ela estava com a cabeça recostada na cadeira, de olhos fechados. O brilho suave da luz vindo da sala da administração do prédio a deixava linda naquele estilo tipicamente americano, refletindo bem nas maçãs do rosto dela. Amanda e eu havíamos ficado obcecadas por filmes, e às vezes eu fingia estar dentro de um.

Minha mãe abriu os olhos, e eu desviei os meus.

— Então — soltou ela. — Quantos anos eu pareço ter?

Mesmo naquele momento, eu sabia que a pergunta não tinha nada a ver comigo. Apoiei o queixo nos joelhos e olhei para a grama molhada, depois para a rua. O lago estava à distância de um campo de futebol americano, talvez menos, e sempre dava para senti-lo. Sinistro em alguns aspectos, místico em outros, criando quilômetros de espaço aberto, o ar acima da água esperando que eu o preenchesse, mas eu não sabia como nem com que palavras.

— Meu dia foi insano — declarou minha mãe por fim. Mas não continuou, então olhei e a peguei me encarando. — Bom, você quer ouvir... *Anne Marie*?

Contraí os braços em volta dos joelhos.

— Uhum — consegui balbuciar.

— Encontrei umas sapatões na cama — disse ela, e estremeceu de um jeito dramático antes de continuar: — Acho que não me ouviram bater. — Um instante depois, ela acrescentou: — Foi nojento.

Eu fiquei paralisada, os olhos fixos no ar acima do lago. Por que ela havia me contado essa história? Só porque Amanda e eu éramos tão próximas? A química entre nós parecia palpável (para mim), então pode ser que ela tivesse pressentido algo. Por outro lado, eu havia acreditado que meu anseio pelo amor da minha mãe era inconfundível, mas ela pelo visto não percebia.

Não respondi, e depois de um minuto ela se levantou e disse:

— Você, hein, Anne Marie, não sei, não.

Estremeci quando ela entrou, fechando a porta com mais força do que o necessário.

---

Na noite seguinte, o ginásio do colégio estava decorado com serpentinas amarelas. Amanda passou a noite dançando com Ben, o garoto com quem foi ao baile e que foi nomeado rei, o que nos fez rir por semanas — que clichê, aquilo tudo. O nome do garoto com quem eu fui era Joe, o que parecia representá-lo perfeitamente.

Depois da nota final de uma música lenta, Amanda me agarrou pelo braço, parando para encarar Joe e perguntando, numa troca irônica para ela e sincera para ele:

— Posso pegar sua namorada emprestada por um instante?

Joe gaguejou um "sim", e Amanda fez uma reverência antes de me levar para o canto dos fundos do ginásio, uma área sombreada pelas arquibancadas fechadas.

— Achei que você nunca fosse me chamar — sussurrei para ela, sorrindo. — Aqueles idiotas de merda.

— Estou só imaginando que estamos estrelando um filme — explicou ela. — Não é isso que você está fazendo também?

— Hmm, é, lógico — falei. — O tipo de roteiro de sucesso com duas horas de um arrastar de pés constrangedor e um elenco de garotos que não conseguem se comunicar. É um filme ótimo, sério.

— Concordo. Quer dizer, talvez a gente até leve o... — Ela virou a cabeça para a pista de dança. — ... Joe? É Joe? Talvez a gente também leve ele para Los Angeles.

— Eu ia *amar* cruzar o país com o Joe.

Ela me envolveu num abraço e me apertou, e eu sabia exatamente o porquê. Ela estava apaixonada por nós. Pela nossa inteligência, pelas nossas idas e vindas, pelas nossas piadas internas — por tudo o que nos tornava... nós.

Afastei a cabeça para poder vê-la melhor.

— Preciso te fazer uma pergunta.

— Bom, agora é a hora — disse ela, rindo, com os olhos brilhando daquele jeito que mostra, sem deixar dúvidas, que a pessoa à sua frente não está pensando em mais nada. Era comum nossos olhos ficarem assim quando estávamos conversando.

— Olha, é uma pergunta de verdade, tá? Nada de respostas sarcásticas.

Ela assentiu, séria, e, sem conseguir se conter, acrescentou uma continência. Franzi o cenho.

— Saquei, saquei. — Ela deu um passo para trás, sacudiu o corpo inteiro e disse: — Ok, estou pronta agora.

E o mais louco: sabia que ela estava mesmo.

Se eu havia aprendido alguma coisa com minha mãe, além de pedir molho de salada à parte e mergulhar o garfo ali para poupar calorias, foi rodear a verdade. Só para deixar claro, minha mãe não rodeava nada; eu, sim. Ela atirava palavras como se fossem flechas, muitas vezes apontadas para o meu coração. Já eu... eu enterrava os meus sentimentos vivos, simplesmente os sufocava. E aí veio Amanda. Ela parecia honrada quando eu compartilhava fragmentos do meu caos interior.

— Então, a gente tem o plano de dirigir até Los Angeles depois da formatura, certo? E vamos fazer testes juntas, além de, é claro, fazer sucesso estrelando comédias sobre melhores amigas.

Amanda esperou pacientemente que eu chegasse ao ponto.

— Certo — continuei. — Minha pergunta é: você já pensou no que vem depois?

Sempre ensaiando o timing cômico, Amanda esperou um segundo e, então, disse:

— Você quer saber se eu penso no que vem depois de me formar no ensino médio, dirigir com minha melhor amiga — pausou e piscou para mim —, que é *você*, para sua informação, até Los Angeles, encontrar um lugar para morar e fazer sucesso na indústria cinematográfica?

*É, quando você coloca assim...*, pensei. Caramba como meu cérebro era disfuncional — não conseguia relaxar e desenrolava quilômetros e quilômetros de cenários, esperanças e sonhos infindos. *Pensamentos grandes e suculentos*, como Amanda às vezes os chamava. Quando minha atenção se desviava, ela dizia: "Você está ocupada dentro desse seu cérebro, com todos os seus pensamentos grandes e suculentos?" Eu imaginava uma bala Gusher, com uma explosão de caldinho ao morder. O slogan: "Não deixe ninguém tratar você como uma bala comum. Você é uma Gusher."

— Maaaas — continuou ela — estou sentindo que o que você realmente quer dizer é que tem um plano para depois de TUDO ISSO. — Amanda não parecia irritada, mas sim entretida. Irradiava bom humor: *Annie sendo Annie.* — O que está acontecendo aí em cima? — Ela bateu na têmpora.

E lá estava eu de novo, sendo a versão mais assustadora de mim mesma. Não tinha conquistado nada e já queria mais. Qual era a palavra para isso? Insaciável, talvez. Mas isso era terreno demais, lembrava sexo ou comida. O que eu desejava era uma grandeza cósmica.

Do outro lado do ginásio, o DJ começou uma nova música e as primeiras batidas deixaram todo mundo em polvorosa, as garotas agarrando as amigas e correndo para a pista de dança. Mas Amanda, ainda bem, estava focada em mim.

— Me conta seu grande plano para nós — pediu ela.

— Eu andei pensando em depois de tudo... depois de irmos embora daqui e estrelarmos vários filmes juntas, quer dizer. Fiquei imaginando que vou precisar me separar e fazer uns dramas de prestígio... preciso ganhar um Oscar... e aí talvez escrever ou produzir e dirigir.

Amanda inclinou a cabeça de leve, comprimindo os lábios. Sacudiu um pouco o corpo, então parou. Uma palavra surgiu em minha mente: *pesarosa*. Será que eu a estava usando corretamente? O que eu via era tristeza misturada com piedade. Repeti a palavra para mim mesma, na esperança de me lembrar dela mais tarde.

— Você está dizendo que meus sonhos não são sonhadores o suficiente? Annie Callahan, eu nunca conheci ninguém que sonhe que nem você.

O que me lembro daquele momento é a maneira como ela disse meu nome. Ela o pronunciou como se fosse um pequeno animal que precisava manter seguro, e era assim que eu me sentia, lá no fundo. A forma como ela me compreendia causou uma pontada, o bater repentino de um tambor, reverberando uma vez pelo meu peito.

Dei um passo na direção da Amanda e agarrei sua mão, levei-a aos lábios, beijei as costas da mão suavemente e disse:

— Sabe, eu te amo de verdade, mesmo.

Meus olhos eram recipientes abertos, e criei espaço dentro deles para ela se derramar. Inspirei fundo e exalei como se *pronto, o não dito foi dito.*

Eu estava, de forma inequívoca, dizendo algo um pouco diferente de tudo que havíamos dito antes, e ela entendeu, porque uma sutil onda de temor passou por seus olhos.

Então Amanda delicadamente pegou minhas mãos nas suas e as pressionou contra meu peito, sobre o coração, como se quisesse me devolver a mim mesma. Foi um gesto amoroso, gentil e inegável.

Deixei cair a cabeça e chutei a serpentina amarela aos meus pés, a música pareceu voltar a nos cercar, as batidas iniciais da música seguinte: "No Scrubs", do TLC — um ritmo irresistível que vivia fazendo Amanda pirar, e lá estava ela perdendo o controle novamente, agarrando minha mão e me arrastando de volta à pista.

---

Algumas semanas depois, Amanda e eu estávamos matando tempo, andando de um lado a outro da cidade. De repente, ela se afastou da calçada principal em direção ao lago, chamando por cima do ombro para que eu a seguisse. Logo chegamos a um píer flutuante que parecia prestes a se desintegrar na água. Amanda girou e disse:

— Sei que está em algum lugar por aqui. — Depois colocou as mãos na cintura e olhou para mim. — O barco — explicou. — Aquele que eu comentei.

Aquilo estava me soando vagamente familiar, e estreitei os olhos como se o gesto talvez me ajudasse a lembrar.

Amanda e eu nunca havíamos estado no lago. Já tínhamos estado *dentro* do lago, claro, mas nunca *no* lago. As famílias do pessoal mais rico do colégio tinham barcos, mas, apesar de às vezes irmos a festas com eles, nunca recebíamos convites para as coisas mais chiques. O inevitável choque de classes era angustiante demais para a galera rica da escola. E provavelmente ainda mais para seus pais.

— Ah, é. — Estalei os dedos. — Sei, sei... aquele que seu pai estava construindo ou algo assim?

— É — disse ela, virando-se em direção às árvores e à grama que cercavam os chalés. — Acho que estou vendo.

Arrastamos o barco para a água e, depois de muito debate, Amanda e eu nos sentamos frente a frente, imaginando que isso manteria o barco mais equilibrado. Começamos a remar, mas parávamos a cada poucos minutos para constatar como éramos desajeitadas.

— O que estamos fazendo? — Amanda riu.

— É possível, talvez, que a vida no barco não seja nossa praia — comentei, dando de ombros.

— O que você diria que é nossa praia? Fora teatro, óbvio.

— Ah, um monte de coisa — respondi. — A Sarah McLachlan, por exemplo.

— Ah, sim, boa — disse ela. — Definitivamente somos especialistas na Sarah. Ah, e também roupas... se bem que isso é mais um lance meu, acho.

— Mas mesmo assim conta — argumentei, sentindo-me generosa.

— Hmm, bom, a gente também gosta de filmes. — Ela levantou o rosto para o céu. Um segundo depois, algo lhe ocorreu, e ela acrescentou: — E não vamos esquecer... temos uma à outra.

— Owwwn — exclamei, colocando a mão sobre o peito. — Que fofa.

— Pois é, eu sou adorável — disse ela. — E, ah, ah, ah, nós entendemos de tortas!

Uma adição inesperada à lista, mas certeira. Nós nos considerávamos especialistas em tortas, sobretudo a de limão, a sobremesa favorita da Amanda e a minha segunda favorita. (Time Aveia com Passas: o cookie preferido dos azarões.) Na terra das maçãs, amar limão era contraditório, sinalizando que éramos pensadoras independentes. Além disso, parecia excêntrico.

Depois dos bailes da escola, parávamos na lanchonete local para comprar uma fatia e, em seguida, caminhávamos com a caixinha de isopor e o garfo de plástico até um banco na esquina. Saboreávamos cada mordida. Sempre que uma de nós aparecia segurando um garfo e uma caixa de torta, a outra era obrigada a dizer: "Acho bom não ser nenhuma baboseira de maçã."

Aquela primeira vez no lago foi mágica. As cores pareciam de faz de conta — o azul do céu, o azul-marinho da água, o verde das árvores e da encosta da montanha.

Amanda devia estar pensando algo parecido, porque disse:

— Agora eu meio que entendi. — E, quando a encarei em busca de detalhes, ela continuou, jogando a cabeça para trás: — O quanto algumas pessoas são obcecadas pela natureza.

Quando ela abaixou o olhar, nos encaramos por alguns segundos antes de começarmos a rir e não conseguimos parar até sermos atingidas por uma onda causada por outro barco. Assustadas, nós duas nos agarramos à balaustrada.

Ficamos à deriva por um tempo, com o sol avançando em direção ao horizonte. Não falamos muito. Só ficamos absorvendo tudo, deixando o dia se estender diante de nós. Então o amarelo do sol colidiu com a montanha, e o céu se encheu de rosa e roxo. Conforme as cores se espalhavam, Amanda disse:

— Uau, que pôr do sol.

Era lindo mesmo, então falei:

— Pois é.

E um ou dois minutos depois, Amanda, que, até onde eu sabia, jamais tinha parado para observar um pôr do sol na vida, comentou, como se tivesse passado a vida avaliando a qualidade deles e classificando-os:

— Nova York não recebe o devido crédito pelo seu pôr do sol.

Soltei uma risadinha.

— E você por acaso é especialista em pôr do sol agora? — perguntei.

Ela me lançou um olhar que dizia *vai se foder* e falou:

— A Kerri sai para ver o pôr do sol todo domingo à tarde, sabia? E quase toda vez que volta para casa diz: "Nova York tem o melhor pôr do sol do mundo." Já virou uma piada de família.

*Família*. De repente, senti vontade de chorar, mas não queria estragar o que, de outro modo, seria um dia perfeito.

## CAPÍTULO 6

# RYAN CHANNING

*Outubro de 2006*
*Los Angeles*

Eu me acostumei demais a ser Ry Channing, a estrela de cinema. É fácil ser ela. É uma mulher confiante, equilibrada, nas nuvens de tanta felicidade. Quando sou ela, sinto essas coisas. Mas Ry Channing não é uma pessoa; é uma persona. E, no fundo, sei que esses sentimentos são passageiros, um pouco perigosos. Eles camuflam uma verdade: eu me sinto melhor comigo mesma quando finjo ser outra pessoa.

A verdadeira "eu" é apenas uma garota tímida de Lawrence, Kansas, que adorava vagar pelo museu quando criança. Que ainda odeia ler em voz alta (mas adora ler em silêncio) porque as sílabas brincam de amarelinha em sua cabeça, e errar dá muita vergonha. Que tem dislexia, por si só uma palavra cruel, não diagnosticada. Não consigo evitar pronunciar como *diz-que-lê-e-chia*. E particularmente relevante para esta empreitada, a garota que começou a imitar a escrita de Hemingway depois de ler *O sol também se levanta*, no ensino médio. Frases simples me confortam. Peço desculpas desde já. Tentarei me libertar algumas vezes.

Não me entenda mal, também adoro os holofotes.

Nós contemos multidões.

Quando "Cate Kay" me pediu para fazer isto, eu me perguntei qual versão deveria trazer para a página. O meu eu brilhante e lustroso ou o meu eu com aparelho e língua presa? Minha empresária disse que poderia pedir que alguém escrevesse a minha parte se eu quisesse. Que eu poderia aprovar depois. Mas me vi rejeitando a ideia assim que ela fez a sugestão. Se eu continuasse investindo na fachada de Ry Channing, em breve teria de viver atrás dela o tempo todo. E não é um lugar onde se queira estar. Pode acreditar.

Então vamos lá. Sem ghost-writer. Só eu.

---

Eu me lembro do momento em que tudo começou. Estava no meu trailer entre uma cena e outra, o que às vezes podia durar horas, quando o meu agente ligou. O nome dele era Matt. Ele me disse que havia me enviado um livro por mensageiro.

— Dá uma lida — pediu ele. — A escrita é ok, mas a história é ótima e, ao que parece, a autora, Cate Kay, está usando um pseudônimo e literalmente ninguém sabe quem ela é. Está causando o maior fuzuê. As pessoas estão obcecadas... anunciaram como "a versão de leitura leve de *A estrada*, de Cormac McCarthy". Acho que você deveria interpretar a Samantha.

Eu falei para ele que aquele *blurb* era a coisa mais hollywoodiana que eu já tinha ouvido, mas que parecia fantástico.

Um segundo depois, ouvi uma batida rápida à porta do trailer. Um mensageiro. Era magricela e usava um capacete de bicicleta desafivelado. Olhei para o set atrás dele — estávamos em uma cidadezinha nos arredores de Atlanta — e me perguntei onde exatamente ficavam os seguranças. Obviamente não estavam me protegendo. Afinal, eu era a quinta na ordem do dia.

O filme que mudaria tudo, *Sob a mesma lua*, ia ser lançado dali a três meses. Eu ainda era aquela atriz que você tinha de estalar os dedos e pensar muito para situar. *Ah, é, a melhor amiga naquela série de TV.* Aí *Lua* estreou. E, depois, foram só fãs histéricos e festas do Oscar e roteiros intermináveis e eu, basicamente, buscando refúgio dentro do meu bangalô em Los Feliz.

Mas, antes, nessa pequena janela de tempo, eu estava parada na porta do trailer, aceitando um envelope de papel pardo. Puxei de dentro um livro de capa dura. O *derradeiro fim*. Aquela capa, agora icônica: metade preta, metade bege, a placa de metrô caindo aos pedaços. O que gostei na capa foi que nitidamente anunciava algo impactante, mas parecia sugerir que contaria essa história impactante de uma forma terna e cheia de nuances. E, em letras garrafais na parte inferior, o nome da autora. Quem exatamente era essa tal Cate Kay?

Abri o livro e li o texto de orelha:

> "O mundo se lembrará dos nomes deles."
>
> 2000: Os melhores amigos Samantha Park e Jeremiah Douglas têm um sonho em comum: dominar os noticiários televisivos. Eles passaram a amar trabalhar juntos no turno da noite, na American News Corporation. Quando a cidade explode ao redor deles em uma hecatombe nuclear, são os únicos sobreviventes da emissora. E então cabe aos dois transmitir dos escombros, para contar ao mundo a história da cidade.
>
> 2025: Persephone Park jamais compreendeu a mãe. Para todos os outros, Samantha Park é uma heroína caída, mas para Persephone, é um buraco negro que não pode ser preenchido. Quando Persephone, perdida e à deriva, apesar da fama herdada, ouve falar do Núcleo, imediatamente abandona sua vida confortável. Atraída pelo local da lenda da mãe, ela se juntará ao grupo de párias que buscam construir uma vida onde costumava ficar a cidade...

Olhei para onde estariam a foto e a biografia da autora. Sem imagem, apenas uma frase: *Este é o romance de estreia de* Cate Kay. Eu me joguei no sofá do trailer e comecei a ler.

## CAPÍTULO 1

## A Grande Maçã

Samantha Park amava os cantos e recantos de Nova York, como a cidade forçava as pessoas a se apequenarem, ao mesmo tempo que prometia grandiosidade. Dessa forma, Nova York era a combinação perfeita para uma mulher que pensava frequentemente em como permaneceria humilde depois de se tornar grande. A fama corrompia as pessoas, Samantha sabia, mas com ela seria diferente. Continuaria gentil e generosa; pararia para atender os fãs, sempre, não importaria o quanto estivesse ocupada. Era o acordo que havia feito com o universo.

Na noite antes de o mundo mudar, ela e Jeremiah estavam atravessando os últimos quarteirões em direção ao trabalho enquanto a luz do dia deixava a cidade. Samantha olhou para cima e viu o laranja desbotado do pôr do sol de Nova York. Na maioria das noites, ficava impressionada com a beleza da última hora de luz do dia na cidade. Manhattan não recebe o devido crédito pelo pôr do sol que tem aqui, pensou ela, mas não disse. Na semana anterior, Jeremiah havia mencionado que ela dizia aquilo, ou algo semelhante, quase toda noite enquanto caminhavam para o trabalho.

— Ah, é? — perguntara ela, genuinamente surpresa.

Mas, a cada dia, desde então, o pensamento lhe ocorria.

Jeremiah notou seu leve sorriso, inclinou-se na direção dela em busca de calor e disse:

— O que foi?

Os dois eram filhos da Califórnia que não conseguiam se acostumar com o frio.

— Nada — respondeu ela.

— Deixa eu adivinhar, a luz em Nova York não recebe o devido crédito?

— Mas não recebe mesmo! — Samantha passou o braço pelo de Jeremiah, empurrando-o de brincadeira.

— Acho que você dá bastante crédito, sim — argumentou ele. — Toda noite, aliás. Créditos infinitos.

Ela estava olhando Jeremiah enquanto esperavam na faixa de pedestres. Ele levou o café aos lábios e soprou a pequena abertura da tampa, olhando para ela enquanto fazia isso. Então forçou um sorriso exagerado durante os últimos passos até os estúdios da ANC — um prédio de vidro brilhante às margens do East River...

Quando o assistente de direção me chamou para a minha cena seguinte, eu já havia lido dois terços de *O derradeiro fim*. Achei que Matt estava errado: eu não deveria interpretar Samantha Park. Deveria interpretar Persephone, a filha dela. Eu estava intrigada com Samantha, sua ambição sem fim e escolhas corajosas (ou imprudentes) após a explosão. Mas o mundo que Persephone habitava acendeu todos os meus sentidos. Era uma personagem perfeitamente construída. Os problemas com a mãe, a necessidade de provar algo a si mesma, a curiosidade e a divagação. Quando criança, eu adorava *Tom & Jerry*. E lá estava Persephone, vestindo um moletom surrado da dupla animada que eu podia me imaginar usando. Além disso, fiquei intrigada com o cenário do Núcleo.

Já ouvi jornalistas enaltecerem os benefícios de reportagens em locais remotos. Como a história pode se escrever sozinha por causa do cenário singular. Para um ator, isso também pode ser verdade. Encontrando um personagem ambientado em um mundo distinto e interessante, podemos muitas vezes encontrar, na atuação, maneiras mais óbvias e simples de refletir a humanidade dele. Pelo menos, era assim para mim. A razão pela qual minha atuação em *Lua* atingiu um novo patamar foi a intensidade do conceito. Cientistas renegados, muito à margem do sistema, testando potenciais curas em pacientes. A última coisa de que meu papel como Paciente Zero precisava era que eu exagerasse e transformasse a coisa em um filme de terror tipo B. Em vez disso, eu precisava demonstrar calma e disciplina diante da loucura.

Vi uma oportunidade semelhante em *O derradeiro fim*. Sete Oscars e quatro bilhões de dólares em bilheteria depois,* acho que podemos concordar que em alguma coisa eu estava certa.

— Persephone — avisei a Matt, em ligação a caminho do set. — Samantha, não. Eu quero a Persephone.

— Então você gostou do livro? — Ele parecia satisfeito consigo mesmo.

— O Núcleo... é o cenário mais rico que li nos últimos tempos — admiti.

— Concordo, e é muito visual também: os barcos de madeira apodrecidos que eles levam pela água, a zona de contaminação e aquela última estação de metrô. Caramba...

— Exatamente por isso que precisa ser a Persephone — interrompi.

— Mas a Samantha... com certeza é a protagonista — argumentou ele. Eu sabia que ele estava pensando em quanto dinheiro a protagonista ia ganhar e quão maior seria sua comissão como resultado, mas fingia que tinha a ver com *criatividade*. — Ima-

---

* **Nota da Cate**: Sou um pouco escrupulosa. Gabar-se (e sobre dinheiro!) é a antítese de minha educação católica irlandesa — mesmo quando é outra pessoa que faz isso. Mas entendo a necessidade de destacar os livros e filmes, colocá-los no contexto adequado. Então ofereço aqui uma linha do tempo clínica para a trilogia *O derradeiro fim*: o primeiro livro foi lançado em 2006, o segundo, em 2009, e o terceiro, em 2011. Os filmes foram lançados um ano depois: 2007, 2010 e 2012, respectivamente. Preciso respirar fundo. Ok, vamos continuar.

gine a construção do cenário para o mundo dela, atravessando uma Manhattan ardente e fumegante com uma câmera. Sério, é uma personagem obviamente motivada pela ambição, mas aclamada mundialmente como mártir. Que loucura. É tão, tão... alegórico.

Ele adorava usar palavras rebuscadas e agir como se o viés social de um filme lhe importasse.

— Com certeza é bem parabólico — comentei.

Eu queria que ele soubesse que eu também podia brincar.

— Mas...?

— Eu quero a Persephone.

Em sua defesa, ele não hesitou, apenas disse:

— Deixa comigo.

E foi a primeira conversa que tive sobre O *derradeiro fim*. Aquele livro se tornaria uma trilogia de livros e uma trilogia de filmes, quebrando recordes de bilheteria. Mas, para mim, o legado desse fenômeno cultural não tinha nada a ver com fama, popularidade ou números. Sempre que esse projeto é citado, penso imediatamente em uma coisa. Ou, melhor, em uma pessoa: Cass Ford, conhecida mundialmente como Cate Kay.

E como ela partiu meu coração.

# CAPÍTULO 7
# ANNIE

*1999*
*Bolton Landing*

No outono do nosso último ano, fui ver o sr. Riley, que era quem dirigia o departamento de teatro. Não contei à Amanda. A sala dele era muito parecida com como eu imaginava um escritório num teatro da Broadway: pequena, com espaço suficiente para uma mesa de tamanho médio e cadeira, paredes pretas cobertas de fotografias e pôsteres de produções de teatro.

— Anne Marie, que surpresa — disse o sr. Riley, erguendo o olhar quando bati à porta preta, apesar de estar aberta.

Ele era um homem corpulento, com uma barba grisalha bem--cuidada e raramente visto sem uma echarpe.

— Queria dar uma palavrinha — falei, notando uma cadeira de metal dobrável encostada à parede.

Antes que ele pudesse responder, eu me inclinei em direção a ela, o movimento o incitando a agir.

— Ah, claro. — E então ele se levantou, desdobrou a cadeira e abriu espaço. — Pego outra cadeira para a Amanda?

— Sou só eu — respondi.

A suposição de que eu estaria com a Amanda me deixou com uma pulga atrás da orelha e comecei a questionar: será que ele só pensava em mim acompanhada da Amanda? O que ele achava de mim independentemente dela?

— Claro, claro. — Ele pareceu perturbado. Não devia acontecer com frequência isso de um aluno ir até lá, percebi. Após a agitação ele se recostou na cadeira com uma expiração rápida, como se para repor as energias. Bateu as mãos nos joelhos, e disse: — Muito bem, em que posso te ajudar?

Seu jeito casual de interagir com os alunos, como se fôssemos pessoas de verdade, havia me feito gostar dele desde o início, naquele primeiro acampamento de verão.

— Você já escolheu a peça?

— Não, ainda não está decidido — disse ele, estendendo a mão para tocar uma pilha de papéis em sua mesa. — Mas fica tranquila, só estou considerando peças com pelo menos dois papéis principais fortes e que compartilhem bastante o palco. — Ele piscou para mim, acrescentando: — Vou usar nossos pontos fortes.

— Na verdade, é por isso que eu vim — expliquei. — Queria saber se você consideraria fazer algo diferente este ano.

Minha mochila estava aos meus pés, e eu a abri e tirei um pequeno livro de bolso. *Noite de reis*. Eu tinha lido durante o verão e queria interpretar Viola, uma jovem náufraga que se disfarça de homem, Cesário. Naquela época, disse a mim mesma que estava apenas mudando um pouco as coisas. Mas agora vejo que na verdade estava colocando uma barreira entre mim e Amanda enquanto fazia uma pergunta ao universo: sou boa o suficiente?

Eu acreditava que estava disposta a aceitar o resultado.

O sr. Riley pegou o livro.

— Um clássico, com alguns papéis fantásticos — disse ele, folheando as páginas, e bateu o livro uma vez contra a palma da mão aberta. — Posso perguntar por quê? — Seus olhos encontraram os meus.

Hmm, o que dizer?

— Acho que tem a ver com a minha zona de conforto — respondi — e com o desejo de sair dela.

Ao ouvir aquilo, ele assentiu em aprovação, como se eu tivesse dito algo maduro, o que me agradou, pois era meu objetivo. Imaginei que falar a verdade nua e crua, *Quero ver quem você vai escalar para Viola, eu ou a Amanda*, não seria tão bem recebido.

— Acho muito inteligente — elogiou ele. — Obrigado por me trazer isto. — Então ele ergueu o exemplar de *Noite de reis* e disse: — Tudo bem se eu pegar emprestado e me familiarizar com o texto?

— Tudo, claro, pode ficar — ofereci.

Nossa conversa não demorou muito, certamente não o bastante para legitimar ter aberto a cadeira, então, talvez para prolongar a reunião e justificar que nós dois ficássemos sentados em sua sala, o sr. Riley perguntou:

— Já pensou no que vai fazer depois da formatura? Você tem muito talento, é uma pena ser jogado fora.

Aquela frase, "jogado fora", evocou imagens de uma lata de lixo transbordando. Eu não planejava jogar fora nada do que possuía, figurativamente ou não. Queria extrair cada gota.

— Ainda não tenho certeza — admiti. — Mas, assim que tiver, aviso.

Aquilo pareceu satisfazer seu desejo de ser visto como um mentor, de me ajudar a *ser tudo que eu poderia ser* ou algo assim, e ele espalmou as mãos nos joelhos e se levantou rápido, sinalizando o fim da reunião.

— Sei que as coisas nem sempre foram fáceis para você — disse ele, se demorando à porta. Eu havia pegado a mochila e parado na frente da sala. Era a primeira vez que ele mencionava, mesmo que de forma furtiva, todas as idas ao teatro que eu não pude pagar. Agarrei a mochila com mais força e apertei os lábios. Talvez ele conseguisse perceber a mudança de energia, pois rapidamente mudou de assunto: — Mas, enfim, só queria que soubesse que foi ótimo ver você — completou ele, abriu a palma da mão e fez um gesto indicando da minha cabeça aos meus pés — amadurecer.

Agradeci e fui embora.

O sr. Riley escolheu *Noite de reis* como a peça de outono. Amanda ficou ligeiramente perturbada com a seleção — "Agora isso coloca a gente em confronto direto!" — e momentaneamente confusa com minha pronta aceitação e calma defesa da decisão. "Vai ser bom para a gente, não importa quem fique com o papel de Viola", eu havia argumentado. Mas não foi.

Na tarde em que a escalação foi anunciada — impressão de computador pregada com tachinhas em um quadro de cortiça —, encontrei Amanda e consultamos a lista juntas. Alunos circulando às nossas costas. Ela passou o dedo indicador pela lista, absorvendo tudo, parando primeiro em seu nome, depois no meu. Eu estava focada, acompanhando com os olhos, mas já tinha espiado alguns minutos antes, depois, me afastado para usar o banheiro e me recompor antes de encontrar Amanda para fingir que estava vendo a lista pela primeira vez.

Amanda fora escalada para interpretar Viola/Cesário; eu fiquei com Olívia. As duas tinham bastante tempo de palco, mas Olívia era uma personagem muito menos interessante para mim. Se eu achei a escolha de elenco equivocada? Sim. Amanda era totalmente transparente com sua personalidade. Não acreditei nela durante os testes, vestida de Cesário, uma garota interpretando uma garota interpretando um garoto. Ela fez de modo desleixado, cômico, mas, depois que os papéis foram anunciados, percebi que talvez eu tivesse me aprofundado demais no personagem, realmente incorporando a troca de gêneros de um modo que Viola talvez nunca tivesse feito e que Shakespeare jamais tinha planejado.

Dentro daquele cubículo do banheiro, eu havia me sentado no vaso sanitário e controlado a ardência no fundo dos olhos, engolindo as lágrimas. Eu me perguntava para onde aquelas lágrimas iam. Estariam escorrendo atrás das maçãs do meu rosto? Lágrimas eram feitas para transbordar. Abri os olhos o máximo possível e as deixei secar. Senti como se minha alma tivesse sido esfaqueada: eu não era tão boa quanto pensava, com certeza, e talvez nem fosse boa afinal.

Talvez Amanda tivesse me nomeado como sua parceira e ajudante por pena, porque era a única coisa que conseguia imaginar para mim. Os pensamentos colidiam e se misturavam, depois se separavam, depois se misturavam de novo até formar uma longa sequência: você não é boa, você é uma piada, esse sonho é absurdo, você vai quebrar a cara e acabar limpando quartos no Chateau e morando em um apartamento conjugado sujo e CHEGA CHEGA CHEGA. Eu havia me levantado, erguido o queixo para o teto e imaginado os pensamentos transbordando da minha cabeça junto das lágrimas.

— Minha Olívia! — gritou Amanda, depois de ver nossos nomes. Ela me envolveu em um abraço. — A dupla dinâmica ataca de novo.

Então me ocorreu que ela nunca havia cogitado que eu ficaria com Viola.

# CAPÍTULO 8

# RYAN

*Dezembro de 2006*
*Los Angeles*

Eu amava minha vida no Kansas. Adorava meu irmão e minha irmã, e nossos pais nos cobriam de amor. Todo ano, eu estrelava a peça da escola com os meus amigos mais próximos. Minha família estava sempre lá, sorrindo, batendo palmas e enchendo meus braços de flores. E eu pensava que, se vencesse em Hollywood, seria assim, só que em uma escala maior. Felicidade pura, presumi. Mais amor, mais alegria, mais amigos, mais festas animadas.

Quando alcancei o sucesso, o que me surpreendeu foi o isolamento. Fui separada de todas as pequenas alegrias que dão sentido ao dia. Os cumprimentos matinais no café do bairro. O bate-papo com o barman no meu restaurante favorito. Até mesmo o superficial, mas não indelicado, aceno típico do Meio-Oeste, ao passar por alguém na rua.

A época logo depois de ter conseguido o papel de Persephone, apenas duas semanas antes do lançamento de *Sob a mesma lua* nos cinemas, é uma de que me recordo com carinho. Meu bangalô em Los Feliz era cinza ardósia, com persianas vermelhas e um quintal fofo que tinha uma piscina minúscula. Eu morava a três quarteirões de um café chamado Gem. Quando não estava no set, eu sempre ia andando de manhã até lá de Vans e bermuda, um moletom do Kansas Jayhawks, o cabelo preso num coque bagunçado.

Sarah, a jovem que trabalhava no turno da manhã, tinha estudado na Universidade do Kansas. Conversávamos sobre basquete. Ela sabia mais que eu. Mas eu conseguia me virar, sacava as linhas gerais, Roy Williams, Paul Pierce, o torneio da NCAA. A casa da minha infância ficava literalmente na esquina da casa de James Naismith, o inventor do jogo.

Voltando à Sarah. Ela tinha aqueles olhos cor de avelã e braços fortes. Quando eu estava lá, ignorava todas as outras bebidas que tinha de fazer. Às vezes, outro barista se aproximava e começava a prepará-las, e ela só se afastava calmamente, ainda conversando comigo.

Conversar com Sarah era uma experiência interessante para mim. Durante toda a vida, as pessoas me disseram que eu era bonita. Cabelo ruivo, rosto salpicado de sardas, olhos azuis aparentemente separados o suficiente para tornar meu rosto interessante em vez de básico. Minha altura também era um pouco acima da média para uma mulher: um e sessenta e oito. Os diretores de elenco adoravam que eu "combinava" com praticamente qualquer ator. Mas, ao lado de Sarah, eu me perguntava o que ela via. Torcia para que, seja lá qual fosse o visual que parecia tão atraente para os homens e diretores de elenco, também fosse atraente para ela.

Antes do lançamento de *Lua*, tivemos uma série de reuniões sobre a turnê promocional. Minha equipe havia marcado o máximo possível delas na minha casa. Certa manhã, no meio da semana, fui ao Gem antes da primeira dessas reuniões. Não tenho vergonha de admitir que escolhi minha roupa especialmente para Sarah. Uma camiseta vintage do campeonato da NCAA de 1988, um boné de tela preto com a aba para trás. Aquele era o dia.

O Gem ficava em uma ruazinha secundária, com hera agarrada à fachada. Entrei e fiquei aliviada ao ver Sarah na máquina de *espresso*, concentrada em vaporizar o leite. Fiz o pedido, depois fui até o balcão lateral e esperei que ela me atendesse.

Enfim ela ergueu o olhar, e, ao me ver, baixou os olhos e rapidamente olhou para mim de novo, abrindo um sorriso presunçoso. Estava de regata e admirei a maciez da pele queimada de sol. Ela terminou a bebida que estava preparando, colocou-a no balcão e virou o corpo para mim.

— Sarah — falei. Assenti, fingindo um gesto formal. Minha tentativa de um cumprimento charmoso.

— Olá, Ryan Channing, como vai seu dia?

Gostei de como ela disse meu nome completo. Aquilo me lembrou de quando era criança, e eu só tinha boas lembranças dessa época. Quase todo mundo em Hollywood me chama de "Ry". E o pôster de cada filme que fiz estampava "Ry Channing" porque, e aqui faço uma citação direta do pessoal de publicidade: "Ryan é nome de menino, mas Ry é misterioso o suficiente para ser perfeito."

— Melhor agora — respondi, e deixei no ar. Será que eu me referia ao fato de vê-la, referia-me ao café fresco na minha mão... ou a ambos? Cabia a ela decidir.

— Idem — disse ela, e deu uma piscadela.

Ela tinha a manha. Já havia me acompanhado até minha casa uma vez, na semana anterior. Na ocasião, quando chegamos ao meu portão dos fundos, ela se despediu e recuou alguns passos, mantendo contato visual. Não havia como negar sua intenção. O olhar dizia: *A bola está com você.*

Desafio aceito. Sou uma mulher de ação. Ou pelo menos tento.

Dei um passo em sua direção, tomei um gole do café e inclinei a cabeça um pouco. Então disse:

— O que você acha de tomar um drinque comigo no próximo sábado?

Eu estava orgulhosa de mim mesma por não usar nenhuma das minhas palavras de apoio: *talvez, não sei, então*. Fui só direta, simples, concisa, sincera. Um bom começo para o que quer que aquilo pudesse ser. Eu não tinha vergonha de gostar de mulheres, mas havia negociado (comigo mesma) um limite distinto: jamais deixar aquilo transbordar e afetar meu trabalho. O que tornava Sarah perfeita para mim.

— Topo — respondeu ela, sem hesitar. — A qualquer hora, em qualquer lugar.

Estava nas nuvens enquanto andava os três quarteirões de volta para casa. Meu humor nem ficou abalado quando vi dois carros na garagem, um lembrete da reunião daquela manhã sobre a turnê publicitária iminente, que eu nem queria fazer. Minha empresária Janie tinha a chave da minha casa, então ela e Matt, o agente, assim como Maxine, chefe de relações públicas do estúdio, já estavam na minha sala de estar.

Meu sofá de veludo verde ficava de frente para duas poltronas estofadas, com uma mesinha redonda de vidro no meio. Soltei um "Oi, pessoal!" animado e fui para a cozinha pegar um copo de água. Eu estava pensando em Sarah e em como ela havia dito "A qualquer hora, em qualquer lugar" com um toque de ameaça. Como se eu a tivesse desafiado para uma briga. Mas dissera de um jeito que transmitia desejo. Eu estava ficando molhada só de relembrar a conversa.

Ainda numa onda de dopamina, levei minha água para uma das poltronas estofadas. Janie estava sentada ao meu lado. Matt e Maxine à nossa frente, no sofá. Lembro-me vividamente desse encontro, foi a primeira vez que Hollywood tirou algo de mim. Maxine usava o cabelo preto em um corte chanel bem reto e usava uma blusa branca e saia de tailleur, o que parecia apropriado para alguém tão desiludido com a humanidade. Eu já esperava o pior dela.

— Qual é a pauta, time? — perguntei, otimista de que a reunião fosse ser eficiente.

Em outras palavras: mostrem-me o itinerário, preparem-me para a imprensa, depois saiam daqui e me deixem voltar a fantasiar sobre Sarah.

— Só tem um item, na verdade — respondeu Maxine, e foi aí que notei um pouco de desconforto, mas só da parte de Janie.

Maxine, por sua vez, já tinha destruído mil almas àquela altura. Matt me considerava um ativo, não um ser humano. Janie, porém, sabia o que eu sentia por ela. Ela era dez anos mais velha que eu (portanto, tinha 35), e nós duas vínhamos de cidades universitárias do Meio-Oeste. Eu a via como uma irmã mais velha e valorizava sua opinião. Ela estava se remexendo na cadeira.

Inclinei-me para a frente e falei um longo *ceeerto*.

— Olha, Ry — disse Maxine. Óbvio que seria Maxine, que me conhecia menos, quem daria a notícia. — Tivemos uma grande reunião geral no estúdio ontem, analisando a receita projetada para *Lua*, e todos achamos que precisamos de um empurrãozinho extra, só para pender mais um pouco a balança a nosso favor.

— Grande reunião geral? — repeti.

Não era bem uma pergunta. Era mais como se usasse um marca-texto para destacar o que ela havia dito. Tanta coisa naquela frase me incomodava. A expressão "geral", para começar. A ideia de que, durante uma semana que eu havia deixado livre para reuniões, eles fizeram a "grande" sem mim. E, finalmente, toda aquela baboseira generalizada da indústria cinematográfica sobre ostentar poder com base em quem é convidado para quais reuniões e quem é excluído e tem seu destino revelado depois.

Uma coisa que Hollywood ensina é a microgerenciar tudo. Outra é a acumular poder por meio de pequenos gestos. Como quem dá as cartas e quem apenas joga. Filmes inteiros viveram e morreram por causa dessa frivolidade. Dizem que o poder é inebriante. Todos dizem que serão os primeiros a se manter sóbrios. Mas, deixa eu te contar, todo mundo fica bêbado. Então, quando se perguntar sobre nossa sanidade, aqui nestas colinas de Hollywood, lembre-se de que praticamente todos nós a perdemos.

Olhei para Janie. Ela ergueu as mãos como se quisesse mostrar que era inocente. Depois, encarei Matt, que inclinou a cabeça em direção a Maxine: o gesto me incentivava a ouvir o que ela estava dizendo. O copo de água estava no braço da poltrona. Tomei um grande gole.

— Tudo bem, desembuche de uma vez.

Eu agia com postura e confiança, mas estava com medo de ouvir o que ela diria. A necessidade de agradar as pessoas era um transtorno que eu não havia superado. (Ainda não superei.) Seja lá o que ela fosse pedir, um pedido transmitido pelos chefões do estúdio, eu já conseguia sentir o habitual "Ok, eu faço" na ponta da língua.

— É um lance pontual, mas achamos que você e o Johnny deviam ser vistos juntos antes da estreia, na próxima sexta-feira...

Maxine continuou falando, explicando a "estratégia", que era que eu passasse uma noite glamurosa (leia-se: escandalosa) com meu coprotagonista em *Lua*, Johnny Muir. O objetivo era dar às pessoas a impressão de que éramos mais que colegas de elenco. Não um relacionamento de longo prazo, explicou ela, nada disso. Só o suficiente para assegurar o tipo de imprensa gratuita que um filme mais sombrio e cheio de nuances como *Lua* de fato precisava naquele mercado difícil.

Eu ri. Não consegui evitar. Estava imaginando a reunião "geral" do estúdio, com todos os figurões ao redor de uma mesa de conferência, realmente explorando as profundezas criativas, escrevendo no quadro branco, nenhuma ideia é idiota, pessoal, e enfim, enfim chegando à ideia revolucionária de que eu deveria... fingir que estava transando com meu colega de elenco.

Maxine pareceu surpresa com a minha risada. O que fazia sentido, pois também foi surpreendente para mim. Matt cerrou os dentes e me lançou um olhar fulminante. Janie estendeu a mão e a pousou no meu antebraço. Estremeci.

Ela sabia. Janie sabia que eu não queria fingir que namorava meus colegas de elenco. Mas também, mais intimamente, sabia que eu não queria namorar homem algum. Será que seu toque carinhoso era um pedido de desculpas? Retraí meu braço, lentamente. Ela pareceu magoada. Não era culpa minha nem problema meu, tentei dizer a mim mesma. Mas, um segundo depois, estendi a mão e apertei a dela para tranquilizá-la.

— Uma noite? — Eu me ouvi dizer.

Maxine recostou-se no sofá, cruzou os braços e respondeu:

— Com certeza. Só isso. Apenas um joguinho para colocar a gente na primeira página. É um filme tão lindo e deslumbrante, odeio que a gente tenha que fazer coisas assim, mas, às vezes, é necessário.

*Não faz sentido nenhum!*, eu queria gritar. Mas Johnny era ok: engraçado e fofo, com seu jeito desgrenhado e tímido. E seria uma única noite, algumas manchetes idiotas.

— Fizemos uma reserva para vocês no U-Turn, a nova casa do Marcelo Gutierrez, e alguém da nossa equipe vai ligar antes para a imprensa com a dica, para conseguirmos o melhor custo-benefício.

— Ouvi coisas boas sobre o U-Turn. — Foi o que, Deus me ajude, comentei em seguida.

Olhei para Janie, que pareceu aliviada. Ela deu um tapinha na minha mão e balbuciou, *Vai ficar tudo bem*, e eu imaginei que provavelmente ficaria.

Eu tinha assinado com Janie Johnson depois de ler um artigo sobre ela. Nele, a empresária falava sobre levar seus valores do Meio-Oeste para Hollywood. Em nosso primeiro encontro para um café, ela pediu um *mocha* e um croissant, e eu quis abraçá-la. Foi nesse mesmo encontro que eu lhe contei que namorava mulheres, mas que ninguém mais poderia saber. Isso de ser garota-propaganda de qualquer causa não era para mim.

Parada à minha porta naquela mesma manhã, Janie disse:

— Você consegue, RyRy. Quando tivermos o poder, nós vamos fazer as regras, ok?

# CAPÍTULO 9

# ANNIE

*2000*
*Bolton Landing*

Nós nos formamos em junho, mas Amanda não queria ir embora antes do aniversário de Kerri. Provavelmente era o último ao qual iria comparecer por um bom tempo, argumentou ela, e então concordei. Amanda havia contado a Kerri sobre nosso plano de nos mudar para Hollywood — ela não guardava segredos da irmãzinha.* Kerri idolatrava Amanda, ainda mais depois de ouvir sobre nossos grandes sonhos. Ela disse que, assim que nos acomodássemos, talvez fosse nos visitar.

Então esperamos o fim do verão e o início do outono antes de ir. Naquela última semana, Amanda e eu começamos a arrumar o carro para Los Angeles. Só coisinhas que não queríamos esquecer, tipo nossos sacos de dormir, algumas roupas e livros favoritos — itens resistentes ao calor ou ao frio — e, cada vez que guardávamos algo no porta-malas do Brando, nos entreolhávamos com sorrisos histéricos. O tempo passa devagar quando se tem essa idade, e

* **Nota da Cate:** Amanda e eu nunca dissemos isso em voz alta, mas acho que não contamos a ninguém sobre nossos planos porque não queríamos a pressão adicional. Se, um ano depois, voltássemos com o rabo entre as pernas para casa, queríamos a chance de reescrever a história sobre para onde tínhamos ido, o que tínhamos feito e por que tínhamos retornado.

parecia que falávamos sobre o plano havia cem anos. Agora, finalmente, estávamos o colocando em prática.

Embora aquela mesma coisa horrível ainda estivesse acontecendo comigo — vinha acontecendo havia muitos meses —, eu tinha começado a imaginar a vida sem Amanda.

Era uma daquelas coisas que eu nunca conseguia decidir como abordar, nem de forma abstrata. Mas sempre estava presente, em todas as conversas ao longo do último ano, quando falávamos sobre a viagem rumo ao oeste e sobre nosso futuro. Enquanto guardávamos as coisas no porta-malas do Brando, um fio de pânico envolvia o momento.

(*Como, como, como eu poderia me apaixonar por outra pessoa com ela por perto?*, perguntava a voz que eu tentava silenciar dentro da minha cabeça.)

Em uma tarde de sábado, cada uma de nós colocou alguns suéteres na traseira do carro. O porta-malas estava enchendo lentamente, mas você ficaria surpreso com o espaço interno de um Civic. Estávamos lado a lado, estudando nossa coleção crescente, e lá estava — aquela *ânsia* de criar distância entre nós.

— Você já teve um plano diferente? — perguntei.

Eu queria introduzir a ideia de nós duas separadas, fazê-la se perguntar por que eu estava pensando nisso. Mas também tornei minha voz o mais suave e acolhedora possível, assim talvez ela ignorasse quão profunda era a pergunta e a aceitasse cegamente. Minhas mãos estavam acima da cabeça, agarrando a borda do porta-malas, me apoiando nele. Ela estava a poucos centímetros à direita e olhou para mim de soslaio. Percebi que estava decidindo como responder à pergunta. Como eu queria que ela respondesse? Talvez quisesse que saísse enfurecida, dizendo "Vai se foder, Annie", mas, também, talvez não quisesse.

— Um plano diferente? — repetiu ela, hesitante, como se estivesse desconfiada do que eu queria dizer. — Você sabe que este sempre foi meu plano.

— Tá — disse eu, com um tom que queria dizer o oposto.

*É, sei*, era a intenção. Mas, logo depois, me arrependi... por que eu estava começando aquela briga pouco antes de irmos?

— O que isso quer dizer? — Amanda, como sempre, tinha me interpretado da maneira certa.

— Absolutamente nada — respondi, e dessa vez minha voz soou sincera, porque era.

Ela ainda parecia cautelosa comigo e se inclinava levemente quando a encarei, seu olho esquerdo semicerrado como se dissesse: "O que você está tramando?" Mas eu acabei com a energia estranha que havia criado, batendo o porta-malas e passando o braço em volta de seu ombro, puxando-a para perto de mim.

— Está pronta para esta aventura?

Pensei que eu ia dizer "nossa" — *nossa aventura* —, mas simplesmente não consegui pronunciar a palavra.

## CAPÍTULO 10

# RYAN

*Dezembro de 2006*
*Los Angeles*

Meu encontro com Sarah foi na noite seguinte ao U-Turn. Cheguei ao restaurante, Jack's, um pouco mais cedo e consegui dois lugares na ponta do bar, meu lugar favorito para sentar. Eu estava de costas para o restaurante, de frente para o barman — era como ter um show particular. Sarah parecia o tipo de pessoa que senta no bar. Casual, mas intimista. O lugar tinha um burburinho agradável. Não tão alto que não se pudesse ouvir um ao outro conversando, o que testei quando o barman se inclinou para mim e me perguntou o que eu queria. Eu me senti bem com a atmosfera que ela ia encontrar quando chegasse.

— Na verdade, estou esperando... — Droga, o que eu deveria dizer? Minha mente gravitou entre minhas opções e as respectivas consequências pelo que eu esperava ter sido apenas a mais breve das pausas. "Alguém" foi como concluí, e então me perguntei se tinha falhado em um teste criado por mim mesma. O que Sarah teria dito se estivesse no meu lugar? Imaginei, dada a minha leitura dela, que não se importaria nem um pouco com quem soubesse que ela estava saindo com uma mulher. Eu queria ser essa pessoa. — Mas eu adoraria uma água com gás e limão, por enquanto — acrescentei.

O barman bateu o nó dos dedos na madeira e foi pegar um copo, mas aí ele pareceu ter um estalo. Então se virou para mim e perguntou:

— Você está esperando a Sarah?

A princípio, ouvir o nome dela em seus lábios me encheu de uma sensação calorosa, como se todos nos conhecêssemos e tivéssemos criado uma linda bolha de intimidade. Acho que sorri um pouco, meio tímida, o que dali a um segundo se mostraria constrangedor.

— Eu *estou* esperando a Sarah — admiti.

— Então, putz, merda. — Ele deu uma volta rápida, como se estivesse tentando lembrar onde tinha colocado algo, finalmente pousando o olhar na caixa registradora e em uma pequena pilha de bilhetes. A maioria era comprovantes de pagamento de cartão empurrados para a lateral. Por cima do ombro, ele disse: — Ela deixou algo aqui mais cedo e me disse para te dar.

Em seguida, vasculhou aqueles papeizinhos, encontrou o que procurava e me entregou.

Era um envelope branco. Dentro havia um recorte de jornal dobrado. Fiquei atônita ao pegá-lo. Meu primeiro pensamento foi que eu não queria sujar os dedos de tinta. Mas a preocupação logo se evaporou quando percebi que era uma das minhas fotos com Johnny, tiradas por paparazzi, na noite anterior. A legenda dizia: "Novo casal do momento? Ry Channing e Johnny Muir, estrelas de *Sob a mesma lua*, em breve nos cinemas, flagrados em clima de romance no badalado U-Turn."

Antes de notar o bilhete escrito por Sarah na margem, passei por um momento de pura admiração pela facilidade com que o estúdio e Maxine tinham conseguido centenas de milhares em publicidade gratuita para o filme. Não é de admirar que coisas assim estivessem sempre nos planos de divulgação. Então vi a lápis, na coluna da direita: *Ryan, tenho certeza de que tem uma história interessante por trás de tudo isso, mas, neste momento da vida, simplesmente não consigo dar conta do drama. Sarah.*

O barman, preparando o drinque de outra pessoa, fingiu não me ver lendo o bilhete. Rapidamente, dobrei-o outra vez e o enfiei no bolso. Do nada, e irracionalmente, senti como se todos no bar estivessem olhando para mim.

Talvez eu tivesse me livrado de um problemão com Sarah, falei a mim mesma enquanto caminhava os dois quarteirões até em casa. Ela provavelmente era possessiva e controladora, e ia exigir que eu saísse do armário muito antes de estar pronta. Mas também havia uma sensação incômoda por trás da mágoa. Era por ela ter articulado meus sentimentos. Em algum nível, fazer aquela cena com Johnny foi doentio. Óbvio, óbvio, *óbvio* que ela devia fugir da insanidade da carreira que eu tinha escolhido.

Mas, imagino, quando se toma um repentino pé na bunda por ser uma atriz disposta a fazer qualquer coisa pela fama, a melhor solução é dobrar a aposta, entrar mais fundo na boca do lobo. Então me aconcheguei para ler *O derradeiro fim*. Eu já tinha lido duas vezes e o estava relendo mais uma vez e fazia marcações com post-its. Era início de inverno e as filmagens começariam em dois meses — fevereiro, em Charleston. Numa cidade onde transformar um livro em filme frequentemente leva uma década (ou muitas décadas), a coisa tinha passado de projeto de sucesso para a fase de produção em apenas sete meses.

As pessoas estavam obcecadas com o mundo futurista imaginado por Cate Kay. A história tinha um pouco de tudo. Uma protagonista lésbica, inédito naquela época, além de um coprotagonista negro. Potencial de bilheteria insano mais Oscars igual a executivos de estúdio enlouquecidos. Mas, além de tudo isso, o que realmente atraía uma atenção sem precedentes era o anonimato da autora. Ela não estava em lugar algum. Eu tinha perdido a conta da quantidade de matérias de jornais e revistas com a manchete

"QUEM É CATE KAY?" acima de uma ilustração sombreada. Deveras misterioso, como diriam os britânicos. Todos estavam atordoados. Quem, na América faminta por fama, dispensaria um banquete dada a oportunidade?

Essa última parte foi o que me veio à mente, deitada na cama naquela noite. Eu havia acabado de ser rejeitada por causa de minha própria busca descarada pela fama. Antes do caso U-Turn, eu havia feito todo tipo de experimento mental. O que estaria disposta a fazer por um papel de destaque? Não muita coisa, imaginara. Mas Hollywood era uma vadia sorrateira, entrando pela porta lateral e puxando meu tapete quando eu menos esperava. Aquela tal de Cate Kay, porém, escolheu manter os pés absolutamente no chão.

Folheei as páginas, pensando na história que a autora havia escrito e me perguntando quais pistas continham sobre ela (ou ele?). Difícil, considerando que alternava entre dois períodos: Manhattan, nas horas antes e depois de um ataque nuclear, e 2025, quando a ilha não era mais habitável.

Mas aí me lembrei de uma pequena cena:

> Eles se conheceram no primeiro ano do ensino médio, trabalhando no jornal da escola. Dois anos depois — Samantha sempre ria ao lembrar — e Jeremiah ainda não sabia que ela era lésbica. Samantha não sabia como Jeremiah podia não saber. Ela havia apresentado Jeremiah à namorada pelo menos meia dúzia de vezes, sempre quando ela aparecia com o jantar enquanto Samantha e Jeremiah diagramavam o jornal.
>
> Certa noite, perto do fim do ano, Jeremiah se inclinou para beijar Samantha. As duas cadeiras estavam posicionadas juntas na mesma estação de computador. Durante toda a noite, Jeremiah notara cada vez que seus joelhos

se tocavam, imprensados enquanto Samantha estendia a mão para apontar uma imagem na tela. Então ela fez isso mais uma vez, invadindo o espaço dele para digitar uma palavra, e ele levou a mão direita à bochecha dela, depois deslizou até o queixo. Ela havia correspondido ao beijo por um longo segundo. Lembrava-se do momento com tanta nitidez: aquelas mãos fortes em sua pele. Ele era tão bonito, inteligente, gentil.

Segura, era como ela recordava se sentir. Mas aí ela se afastou e o encarou. Ele sorria, sonhador, os olhos ainda fechados.

— Espera — disse ela. — Mas você conheceu minha namorada!

— Sua namorada? — Seus olhos se abriram de repente. Ele parecia genuinamente surpreso.

— É, a garota que vem pra cá direto!?

Samantha se inclinou para trás a fim de ter uma visão completa de Jeremiah, para checar se ele estava fingindo ignorância. Não estava.

Um segundo depois, ele começou a rir descontroladamente. Quando recuperou a compostura, explicou que, na infância, passara a maioria das tardes com a avó, que tinha amigas que iam lá toda semana para jogar cartas. Então, ele sempre havia presumido que esse tipo de proximidade era normal entre amigas.

— Quer dizer — disse ele, recostando-se —, até este exato momento.

Eles riram por muito tempo naquela noite. E ainda, anos depois, se uma mulher comentasse que via a amiga sempre, Jeremiah lançava para Samantha um olhar que se traduzia em: *Viu só?*

Uma mulher hétero não escreveu aquela cena. Aquilo vinha de experiência própria. Joguei o livro na cama e peguei meu telefone. Senti uma pontada passageira de culpa por ligar no meio da noite, mas não o suficiente para me conter. Tocou cinco vezes antes de Matt atender com um "alô" grogue.

— Sim, eu sei que horas são — interrompi, embora não soubesse. Tarde, eu tinha certeza, mas quanto? Estiquei o pescoço para consultar o relógio na mesa de cabeceira e fiquei atordoada ao ver que era 1h45. Meia-noite teria sido meu palpite. Continuei: — Estou deitada aqui, lendo O *derradeiro fim* outra vez, e preciso que você faça algo por mim, e não, não pode esperar até de manhã.

Podia, total, ter esperado até de manhã, mas eu tinha acabado de possivelmente localizar uma companheira queer na natureza e queria interrogá-la. Além do mais, eu era jovem e estava animada com minha capacidade de manipular um homem (supostamente) poderoso. Meu ego havia sido pisoteado mais cedo naquela noite e precisava ser restaurado.

— Quero conhecer a Cate Kay — decretei, e soou razoável saindo da minha boca, mas o pedido foi recebido com um longo silêncio. Tão longo que perguntei a Matt se ele ainda estava lá. Em resposta, ele suspirou.

— Por que isso? — questionou ele.

— Por nada. Se vou interpretar a Persephone direito, preciso conhecer a autora.

Ao dizer as palavras, pensei que parecia um raciocínio sólido e profissional. Quase me convenci de que era mesmo por isso que queria conhecê-la. Não porque eu quisesse alguém gay em minha vida, um prêmio de consolação pela noite decepcionante, certamente não por isso.

— Ry, ninguém sabe quem ela é.

— Sério, Matt, alguém sabe quem ela é.

— Tá, uma pessoa sabe quem ela é, mas não é uma daquelas situações de pseudônimos fúteis, em que todos na editora sabem quem é o verdadeiro autor e tudo é só uma manobra para chamar a atenção da mídia. Literalmente, todos, até mesmo quem editou o livro... até a *agente*... estão no escuro.

Matt parecia particularmente chocado pelo fato de a agente — a agente! — não estar por dentro. Um nível de sigilo que ele não conseguia compreender. No seu mundo, era ele o guardião dos segredos, não o contrário. A única coisa que ouvi, porém, foi que uma pessoa sabia quem era Cate Kay. Como mencionei antes, os diretores de elenco se encantavam com o meu cabelo ruivo e os meus grandes olhos azuis. Imagine com que frequência eu conseguia o que queria, o quanto aquilo podia se tornar viciante.

— Então conversa com a única pessoa que conhece ela — argumentei.

— Você já considerou que talvez tenha um motivo para ela querer o anonimato? Que ela não vai vir correndo só porque Hollywood está chamando?

O que Matt não entendia era que eu tinha uma conexão pessoal com Cate Kay. Eu sentia. Sem dúvida, Matt, o Matt de sangue quente do Upper East Side de Manhattan, formado nas melhores escolas particulares, não conseguia imaginar um mundo em que eu desejasse alguém que não o mais belo espécime masculino. Contar a verdade era inviável, o que significava que eu não podia confiar nele para abordar Cate Kay com a paixão necessária. Eu precisaria fazê-lo eu mesma.

— Vou escrever uma carta pessoal para a Cate Kay — decidi.
— E você vai entregar à única pessoa que sabe quem ela é.

— Farei o meu melhor.

Ele parecia ter terminado a conversa, o que me irritou demais. No início daquela semana, ele tinha se sentado na minha sala de estar e me pedido para fazer algo sujo, sem nem admitir que era.

— Eu fiz o que precisava no U-Turn... pelo *Lua*, né? — perguntei.

Mas não era uma pergunta, e ele sabia exatamente o que eu queria dizer.

---

As críticas ao *Lua* foram espetaculares. Palavras como *temperamental, único, imperdível, brilhante* e por aí vai. Era uma sensação estranha, os elogios, minha carreira em bases sólidas. Nunca tive certeza de que conseguiria vencer em Hollywood. A confiança absurda que eu observava em todos os outros raramente encontrava em mim mesma. (Eu ainda não entendia confiança como atuação — vida de tapete vermelho.)

Naquela semana, enquanto tentava suportar intermináveis sessões de fotos e entrevistas para revistas, imaginava Cate Kay ao meu lado. Eu me perguntava o que ela pensaria de tudo aquilo. Imaginei alguém mais velha e sábia, uma mentora, mas secretamente esperava que fosse sexy e divertida.

Recebi a ligação de Matt cerca de uma semana depois.

— Não sei o que você escreveu naquela carta, mas vai rolar — disse ele. — Embora você tenha que assinar o acordo de confidencialidade mais ridículo que já vi.

Na época, não pensei naquilo como o golpe de sorte que acabaria sendo. Cate Kay estava nos primeiros meses de sua fama anônima. Ninguém mantinha a privacidade diante de tamanho escrutínio. Imaginei que ela estaria sob os holofotes em poucas semanas, que eu estava apenas tendo uma prévia.

Mas Matt tinha razão sobre o acordo de confidencialidade. Era absurdo. Eu não podia contar a ninguém, nem mesmo à minha mãe (e ainda conversávamos duas vezes por semana, no mínimo). Além disso, precisava garantir a privacidade de minha casa. Quando assinei o documento, sabia que havia feito promessas de privacidade, segurança e sigilo *em caráter perpétuo* que eu não seria necessariamente capaz de cumprir. Mas era uma daquelas situações em que não fazia sentido colocar o carro na frente dos bois. Eu nem tinha certeza se poderiam me responsabilizar por metade das coisas ali. Mas o que o acordo de confidencialidade me comunicava explicitamente era que eu estava errada: a privacidade de Cate Kay não era um truque publicitário de curto prazo. E que ela tinha um advogado muito bom.

Eu acabara de terminar três semanas de publicidade implacável para *Lua* e a indicação ao Oscar era quase certa. Lembra a Jennifer Lawrence logo depois de *Inverno da alma*? Era tipo isso. Eu passei de um mero *quem?* para celebridade em um mês. Se você tivesse me perguntado, naquela época, qual era meu sonho, eu teria respondido me tornar famosa.

E então, de repente, eu era.

Naquelas primeiras semanas, eu ainda tentava viver minha vida. Treinar na academia do bairro, jantar fora, ler um livro em um café. Mas eu era como o Chiqueirinho, da *Turma do Charlie Brown*, só que com uma nuvem de curiosos sempre ao meu redor. Comecei a me sentir constrangida. Como se todos estivessem cochichando que eu devia ansiar por atenção. Só ficar saciada depois de engolir litros de adoração pública todos os dias. Agora eu entendo que é exatamente o que acontece com jovens atores alheios à vida para a qual disseram sim.

Muito rapidamente, senti falta do anonimato.

Janie começou a trazer o meu café da manhã. Nós nos sentávamos no quintal, nas cadeiras listradas de azul e branco, às vezes molhando os pés na pequena piscina. Ela também assinou o acordo de confidencialidade. Apenas três pessoas sabiam de meu iminente encontro com Cate Kay: eu, Matt e Janie. Era o mais abrangente que o círculo podia ser.

— Então… tivemos notícias da Sidney Collins ontem — disse Janie, durante uma dessas manhãs no meu quintal.

Eu estava começando a me perguntar quando receberíamos detalhes daquela tal de Sidney, aparentemente a única pessoa que conhecia Cate Kay. As filmagens de *O derradeiro fim* começariam no mês seguinte, em Charleston, Carolina do Sul. O diretor achava que as planícies poderiam simular, tão bem quanto qualquer outro lugar, sua visão para o Núcleo alagado.

Beberiquei o café e fiz careta. Cada gole estava me deixando ainda mais mal-humorada. Percebi que Janie tinha diminuído o creme e o açúcar. Será que ela achava que eu não notaria? Ela sabia que eu não gostava de café. Eu gostava de creme e de açúcar, e o café era o vetor. Levantei meu copo em direção a ela e perguntei:

— O que está rolando aqui?

Pelo menos, ela não fingiu confusão. Apenas suspirou e explicou que o assistente de direção de *O derradeiro* havia ligado e dito que precisavam que eu diminuísse meu manequim para 36, de preferência 34, antes das filmagens. Revirei os olhos por uma dúzia de motivos. O primeiro, o tratamento infantil. O segundo, um cara comentando sobre meu corpo para outras pessoas. O terceiro, Janie acreditando que poderia estragar meu café matinal sem que eu percebesse. Apontei para o copo dela, entre nós na borda da piscina.

— E isso aí, o que é? — perguntei.

— *Chai* com *espresso* e leite integral — respondeu ela, e pegou o copo, aninhando-o de brincadeira contra o corpo como um bem precioso.

— Me dá isso agora. — Fiz menção de agarrar a bebida. — Só um gole antes de eu mergulhar no abismo das neuroses corporais que vão perpetuar um ciclo de vergonha para todas as mulheres do planeta.

Com falsa relutância, ela me entregou. A riqueza do leite e a doçura do *chai* deixavam um sabor macio em minha boca. Demorei o máximo que consegui para engolir. Então, devolvi o copo à

Janie e fingi que ele não existia enquanto bebia meu café amargo, muito amargo. Eu sabia que ela não tinha culpa. Hollywood era assim desde o começo. Em meus piores momentos, Janie olhava fixamente nos meus olhos e me encorajava com o nosso lema: "Nosso jogo, nossas regras... em breve."

— Sidney Collins. Como ela é e o que ela disse? — perguntei.

Janie parecia aliviada por ter saído ilesa da tensa conversa sobre dieta. Ela aproveitou a mudança de assunto.

— Ela é super-reservada — respondeu ela. — Uma daquelas pessoas que são péssimas adversárias e ótimas no seu time. Ela pensou em tudo que poderia dar errado no encontro. Deixou claro que não é fã da coisa toda. Ah, mas tem um detalhe para discutir com você: pelo jeito, a Cate não quer se hospedar em um hotel, diz que é muito arriscado e não quer deixar rastro. Ela insistiu que pelo menos te encontrasse aqui primeiro.

— Mas lógico que ela pode ficar comigo — ofereci rapidamente.

Naquela época, não deixava nem um entregador passar pelo portão para deixar algo na varanda, mas aquilo era diferente, Cate era diferente.

— Ela vai passar uma semana aqui — explicou Janie, olhando para mim para ver se a informação mudava minha oferta.

— Perfeito — falei. Se as coisas ficassem estranhas, o que não aconteceria, eu contaria a Janie e ela resolveria. Sem problemas. — Mas espera aí, volta. Você disse que ela *insistiu*? — acrescentei, de modo brincalhão.

Eram minhas primeiras semanas entendendo que eu podia então dobrar as pessoas à minha vontade, e pensar que Cate Kay poderia fazer o mesmo me excitava.

— Ao que parece, a Cate *insistiu*. — Janie me cutucou como se fôssemos melhores amigas (só amigas mesmo) no ensino médio, fofocando no refeitório. Eu a amava nesses momentos. — Ela também disse que a Cate viria à sua casa nesta sexta-feira.

— Nesta sexta-feira tipo daqui a dois dias?

— Isso — respondeu Janie. — Não tenho permissão para estar aqui, e o Matt também não. Ninguém além de você pode estar presente. Obviamente. Você leu o acordo de confidencialidade.

---

Naquela sexta-feira, Janie trouxe meu café, com ainda menos açúcar e menos creme. Ela me disse que Sidney (agora nos tratávamos pelo primeiro nome!) havia ligado para avisar que Cate chegaria à minha casa "no final da tarde, início da noite". Janie me desejou sorte e saiu rapidamente. Mas não sem antes ficar na soleira de minha porta e admitir o quanto estava enciumada. Uma incomensurável quantia de dinheiro, disse, é o que ela pagaria para conhecer a misteriosa Cate Kay.

— E também, RyRy — sussurrou ela, olhando ao redor para se certificar de que não tinha ninguém passeando com o cachorro. — Estou precisando de uma força de vontade exorbitante para não ligar para a *Vanity Fair* com uma dica quente. Essa história é importante pra caralho.

Revirei os olhos e disse:

— Não vou te contar de jeito nenhum como foi, sob pena da lei.

Será que era mesmo importante pra caralho? Imaginei a cena de Janie ligando para a mídia e quantas câmeras invadiriam meu pequeno bangalô. Centenas. Então, sim, acho que era importante.

*Como devo me preparar para a noite com Cate Kay?*, eu me perguntei enquanto me sentava no ladrilho ao redor da piscina. Coloquei os pés na água e refleti sobre o que deveria fazer em relação à comida. Acontecia cada vez menos de eu mesma saboreá-la ultimamente, mas eu continuava ciente, e com inveja, de que outras pessoas podiam fazer isso. Uma autora, sem motivo para restringir severamente o próprio corpo, ia querer jantar. Aqueles pensamentos logísticos estavam ajudando a aquietar minha crescente ansiedade quanto ao encontro.

O que eu imaginava ter pela frente eram mais oito ou nove horas daquele tipo de ruminação. A manhã estava fria, e eu vestia moletom e short de basquete do Kansas, o que me fazia lembrar de casa.

Eu tinha ido embora de Lawrence no verão, depois do meu primeiro ano na Universidade do Kansas. A faculdade simplesmente não era para mim. Meu pai disse que eu estava jogando meu futuro fora. Minha mãe não disse nada, mas me levou para Los Angeles, e ouvimos Maroon 5 durante todo o caminho. O bangalô foi a primeira casa que visitamos. Acima do orçamento, claro. Naquele momento, eu só tinha dois comerciais fechados. Mas minha mãe e eu andamos por ali e absorvemos todos os detalhes. A sanca, as estantes embutidas, os ladrilhos marroquinos ao redor da piscina. Mamãe havia me puxado de lado. Estávamos na cozinha, longe da corretora.

— Amei este lugar para você — sussurrara ela.

— Eu também, mãe — dissera eu.

Ela agarrou minhas mãos.

— Sei que é um pouco caro para sua atual condição, mas eu poderia te ajudar com o aluguel. Só teríamos que prometer não contar para o seu pai. Você sabe como ele ficaria.

Eu entendia. Mamãe gostaria de ter tido uma aventura como se mudar para Hollywood. Como morar sozinha em um bangalozinho adorável. Como perseguir seus sonhos. Mas sua vida tinha tomado outro rumo.

*Ligar para mamãe*. Estava guardando essa informação quando ouvi algo na entrada da casa. Eu me inclinei para trás e olhei pela porta de correr de vidro. Então estreitei os olhos e prendi a respiração, esperando outro barulho. Não teve nada. Janie saberia que devia dar a volta pela lateral para o que precisasse.

Apoiei-me nos cotovelos e joguei a cabeça para trás, olhando para o céu azul sem nuvens. A fama havia chegado rápido e estava me assustando. A solidão. Não apenas o isolamento físico frequente da vida cotidiana, mas também a impossibilidade de comunicar como me sentia. Para qualquer pessoa, inclusive minha família. Provavelmente era como um astronauta descrevendo a sensação de flutuar no espaço. Tentando usar palavras desajeitadas e cotidianas para transmitir uma experiência que só poderia ser compreendida quando sentida.*

De repente, ouvi uma batida suave no portão lateral do quintal. Eu me levantei em um pulo, derrubando o café. *Merda.* Endireitei rápido o copo, derramei só um pouquinho. Meus olhos voaram para a cerca, que era mais alta que eu e pintada de cinza-escuro. A ideia de que aquela pessoa pudesse ser Cate Kay nem tinha me passado pela cabeça. Mas, quando destranquei o portão e o abri pela metade, vi a mochila pendurada em seu ombro.

Metade das cláusulas do acordo de confidencialidade estavam sendo colocadas em risco por ela estar ali parada, na lateral do meu quintal. Disparei pelo caminho de pedras do jardim, agarrei-a pelo braço e arrastei Cate Kay para o pátio. Ao trancar a porta, tive um lampejo de compreensão: ah, entendi agora, essa mulher não apenas *tem* um segredo, coisa que até aquele momento me parecera muito de refeitório de colégio, algo com muito pouco valor. Não, ela *era* um segredo.

Dei uma olhada rápida. Ela não parecia alguém sendo caçada... ou assombrada. Mas, obviamente, acreditava que algo a perseguia.

---

* **Nota da Cate:** Certa vez, li um livro sobre experiências de quase morte. Nele, as pessoas tentavam explicar a sensação de quando as almas deixavam seus corpos, e todas pareciam frustradas com a inadequação da linguagem. Todas esbarravam em suas limitações e, por fim, concluíam que, àquilo que queriam transmitir ao leitor, nenhuma palavra poderia fazer justiça. Essas partes do livro me fizeram pensar em Ryan, o que me deixou interessada — será que a fama era semelhante a uma experiência de quase morte? (E igualmente rara?)

# CAPÍTULO 11
# ANNIE

*2000*
*Bolton Landing*

Um dia antes de partirmos para Los Angeles, Amanda me pediu para encontrá-la no barco. Eu estava em casa, olhando para uma folha de papel em branco, pensando no que deveria escrever para minha mãe como despedida — se é que escreveria alguma coisa. Era um dia frio de outono, o lago não era o que eu tinha em mente, mas Amanda insistiu.

Assim que nos afastamos da costa, ela disse:

— Quero te mostrar uma coisa.

Isso despertou meu interesse. Tantos anos, uma cidade tão pequena... o que restava para descobrir? Então ela acelerou o motor e, por um segundo, a proa do barco, comigo dentro, se ergueu no ar, e pensei que eu fosse cair em cima da Amanda. Rapidamente a nivelamos, e ela sorriu. Vinha fazendo aquilo ultimamente, uma estranha espécie de exibição, como se quisesse que eu prestasse mais atenção a ela.

Será que ela não sabia que eu gravitava em sua órbita? Dei uma olhada rápida: ela estava de perfil, o cabelo soprado perfeitamente pelo vento, porque era assim que o mundo interagia com Amanda, banhando-a em sua luz mais lisonjeira.

— Estamos chegando — gritou Amanda ao vento. Estávamos nos aproximando de uma série de pequenas ilhas no meio do lago. Àquela altura, já havíamos explorado a maioria, mas era tudo grama e árvores. — Meu primo me trouxe aqui na semana passada… é a única ilha que nós duas ainda não visitamos!

Amanda desligou o motor e seguimos em direção a um trecho de praia arenosa. Um segundo depois, ela saltou a amurada e nos puxou para a costa. Sua habilidade atlética era impressionante.

— Uau! — comentei, saindo desajeitada do barco. — Eles deviam dar troféus de excelência esportiva para isso.

Caminhamos por uma fileira de árvores e chegamos à parte de trás da ilha. À nossa frente, havia uma casa em ruínas — ripas de madeira descascadas em um vermelho queimado — com um celeiro desabado e grama malcuidada, o mato quase obscurecendo uma grelha enferrujada no pátio lateral, uma boia meio vazia escondida atrás. Cada detalhe combinava entre si, até que tudo que eu via era o cenário de um filme pós-apocalíptico. Era o tipo de lugar que sobreviventes vasculhariam e encontrariam uma única lata de ração para cachorro fechada.

— Você tem que ver isso! — gritou Amanda do quintal.

Contornei a casa, levantando bem os joelhos para evitar carrapatos.

Mais apocalipse no quintal: uma tirolesa que começava no alto da linha de árvores, passava por cima de uma piscina elevada e terminava em uma varanda de madeira apodrecida. A piscina estava vazia, com o revestimento azul descascando em longas tiras. A varanda era uma armadilha mortal de pregos e tábuas empenadas.

Amanda caminhava em direção à fileira de árvores, e eu a seguia à distância.

Alguns segundos depois, ela começou a subir em uma árvore e, a princípio, eu não soube como aquilo estava acontecendo tão rápido. Então avistei os degraus de madeira pregados ao tronco, levando a uma plataforma.

Abandonar alegremente a segurança do chão era a cara da Amanda. Fisicamente aventureira de maneiras que eu jamais havia sido. Como no palco, quando ela se permitiu ser presa a um arnês e erguida a seis metros de altura durante uma apresentação de *Peter Pan*, o que me deixou enjoada. Toda a produção fora dirigida por alunos que tinham praticamente zero experiência em equilibrar humanos delicadamente no espaço. Claro, tudo correu perfeitamente, reforçando a crença da Amanda na própria invencibilidade.

Eu estava pensando naquilo enquanto ela alcançava a plataforma e a testava com um pouco de seu peso sobre um dos pés, segurando a tirolesa com a mão direita.

— Que tal a gente não fazer isso? — gritei. Ela fingiu não me ouvir. — Amanda! — exclamei, a ansiedade aumentando.

Mas ela já estava concentrada em desenrolar uma corda presa ao que parecia ser um guidão de bicicleta.

Certa vez, eu havia elogiado sua ousadia. Era disso que se tratava? Uma performance... só para mim?

Ela desenrolou a corda do guidão e colocou mais de seu peso na plataforma. Rapidamente examinei o comprimento da tirolesa. Estava bem esticada, tudo parecia estar preso.

E, no entanto, lá estava meu coração, marcando presença, enquanto Amanda subia com tudo na plataforma. Ela segurava o guidão com as duas mãos. Ela ia... ia mesmo fazer aquilo?

Coloquei as mãos em concha sobre a boca e gritei para ela descer, então comecei a andar rápido em sua direção. Ela achou meu pânico engraçado e riu enquanto acenava para mim em resposta.

— Annie, não, eu vou até você... essa é a ideia! — Um segundo depois, gritou: — Isto é legal pra caralho!

Meu último pensamento antes da Amanda pular da plataforma foi: *Uau, nós somos mesmo muito diferentes.*

Ela deu um grito tipo Tarzan enquanto pulava. Eu estava parada entre ela e a piscina, a cerca de um quarto da distância do comprimento da tirolesa. Ela usava um suéter, calça jeans e All Star preto de cano alto, e pareceu forte segurando-se no ar, a silhueta de seu corpo surpreendente. Ela dobrou os joelhos e me encarou com os olhos arregalados, a boca um perfeito O, e percebi que estava sendo cautelosa demais — ela não estava *tão* alto assim. Podia torcer o tornozelo, se machucar um pouco, nada mais.

Então ela passou por cima de mim e, quando olhei para o alto, vi a sola de seus tênis, aquele marrom característico com um padrão de diamante.

O começo de tudo veio um momento depois. A base da tirolesa, presa à varanda sabia-se lá quantos anos antes, se soltou. O som foi como uma chicotada, como em um filme quando uma tempestade atinge um barco e uma das velas se desata com o vento. Não é um barulho bom, é aterrorizante... algo se desfazendo.

Amanda não estava mais acima das leis da física, pelo contrário, estava à mercê delas.

Girei com o som, de frente para a piscina que Amanda estava prestes a sobrevoar. Desejei poder enchê-la instantaneamente. Ela sairia encharcada, e aos tropeços nos abraçaríamos, caindo, rindo de escapar por um triz. Uma semana depois, esqueceríamos que havia acontecido.

Mas a única coisa dentro daquela piscina eram folhas mortas, lama e, por baixo, o chão duro. Olhei para Amanda, mas agora eu só conseguia ver suas costas. Não conseguia saber se ela tinha consciência do que estava acontecendo.

Gritei seu nome, sentindo a inutilidade, minha impotência. Mas a energia que meu corpo havia gerado instantaneamente — o puro medo — precisava ser liberada.

Amanda se contorceu no ar. Por um segundo, pensei que talvez conseguisse deslizar na grama como uma paraquedista experiente, mas ela contraiu o corpo rápido demais, e a corda já não tinha tensão alguma. Ela se virou de lado. Ao cair, quase paralela ao chão, seu pé esquerdo bateu na borda da piscina, e o impacto a fez mergulhar de cabeça em um ângulo nauseante. Ela desapareceu na piscina com um baque abafado, o som absorvido pelas folhas molhadas.

Não me mexi. Ao meu redor, o dia era de um azul sem nuvens e, por um segundo, eu me sintonizei com os sons da ilha, a melodia de um rouxinol pairando sobre as árvores, a percussão de uma brisa leve entre as folhas. O mundo era tão, tão grande — infinito, na verdade — e, então, a sensação de tudo desmoronando em si e passando por um buraco de agulha, deixando-me a poucos metros daquela piscina horrível. Nenhum som vinha de dentro dela. Meu primeiro pensamento foi que, se Amanda não estava chorando, devia estar bem. Quem sabe as folhas molhadas não tinham amortecido a queda?

— Amanda. — Minha voz era um suspiro.

Eu estava na beira da piscina, movendo-me mais devagar do que desejava. Imaginei que, se alguém observasse a cena, estaria gritando *anda logo, porra, vai, vai, vai,* mas minha mente havia colocado meu corpo em câmara lenta.

A piscina tinha mais ou menos minha altura. Pressionei os dedos dos pés na grama, *um, dois, três,* e então me lancei para cima, enganchando os braços na lateral, e desajeitadamente me icei até a borda. Meu corpo estava tão inundado pelo medo que eu sentia até a mandíbula tremendo.

Primeiro, notei o guidão e o cabo da tirolesa, frouxo, pendurado na lateral da piscina como um fio elétrico caído. Então vi Amanda, deitada de costas perto da parede curva, com o calcanhar do pé esquerdo alguns centímetros acima da lateral, e, enquanto assimilava tudo, senti alívio.

Ela não estava mutilada nem em algum ângulo grotesco, e passei uma fração de segundo pensando que talvez tivesse simplesmente perdido o fôlego. As folhas estavam enlameadas e cobertas de sabe-se lá o quê, e pensei em como Amanda ficaria irritada com toda aquela gosma sobre si.

Mas então vi seus olhos, e foi aí que o ciclo de medo retornou, ainda mais acelerado, e me ajoelhei ao seu lado, toquei seu braço. Os olhos estavam tão arregalados, e havia tanto branco, que pareciam bolas de bilhar, e ela estava olhando fixamente para cima, como se nunca tivesse visto o mundo antes.

Então ela revirou os olhos para o lado a fim de me encarar, e o modo como aconteceu, como se estivessem desconectados do restante do corpo, causou uma onda de náusea tão forte que fiquei de pé num salto e vomitei a alguns metros de distância. Um momento depois, cambaleei de volta até ela.

— Você consegue me ouvir? — Agarrei sua mão. Seus lábios se moviam, mas nenhuma palavra saía. — Consegue sentir isso? — Ela piscou. Apertei novamente. — E agora? — Ela não piscou.

Minha mente estava embaralhada, desesperada por um ponto de apoio.

— Amanda, o que está havendo, o que aconteceu? — perguntei, a voz à beira do limite, desesperada.

O que significava piscar? O que significava não piscar? Será que algo daquilo significava alguma coisa? Eu não disse nada pelo que pareceu um longo tempo, mas provavelmente foram apenas alguns segundos, examinando seu corpo em busca de algum sinal óbvio de fratura. Apertei sua perna, logo acima do joelho, e disse:

— Você consegue sentir isso?

Mas ela apenas encarava o céu. Aquele azul infinito acima de nós. Vi uma lágrima se acumular no canto de seu olho e rolar lentamente pela têmpora, desaparecendo no cabelo.

— Eu já volto — avisei, então fui rápido até a escada, subi e saí da piscina, em seguida corri de volta para o barco.

Por um curto período, tudo que fiz foi exatamente o que precisava ser feito. Arrastei o barco até a água, acelerei de volta ao cais, corri para a recepção do hotel mais próximo e pedi ao gerente que ligasse para a emergência, o que ele fez, entregando o telefone para mim assim que conseguiu falar com alguém na linha. Contei tudo que sabia: a pequena ilha, a casa vermelha, a tirolesa quebrada, a piscina, Amanda imóvel e piscando, por favor, acudam o mais rápido possível.

A atendente me garantiu que os serviços de emergência estavam a caminho, então, corri de volta ao barco e juro por Deus que tinha toda a intenção de retornar para Amanda. Cheguei a arrastar o barco para a água. Então minha mente começou a acelerar. De repente, eu estava ofegante, mas ainda assim não conseguia encher os pulmões de ar. Abandonei o barco, deixando-o meio submerso, e caminhei o quilômetro e meio até onde Brando estava estacionado, saindo da estrada sempre que um carro passava, como se eu fosse algum tipo de fugitiva. Pouco a pouco, minha respiração se acalmou e então eu estava me sentando no banco do motorista. Agarrei o retrovisor para olhar meu reflexo quebrado, atordoada por ter esquecido que o vidro estava rachado. O que mais eu poderia esquecer sem nem ao menos tentar?

No fim, as últimas palavras significativas que eu disse para Amanda foram: "Você consegue sentir isso?"

E a resposta era não, não, ela não conseguia.

# CAPÍTULO 12

# SR. RILEY

*1999*
*Bolton Landing*

Eu me lembro de uma noite, cerca de uma hora antes do abrir das cortinas para *Noite de reis*, quando eu estava procurando por Annie e Amanda porque um dos figurinos precisava de um ajuste de última hora. Estava andando pelos bastidores quando ouvi sussurros à minha esquerda. Parei, fiquei em silêncio e percebi que as vozes vinham de dentro de um emaranhado de cortinas — azul-marinho e grossas, caindo do teto ao palco. Olhei para baixo, vi dois pares de pés e reconheci as garotas pelos sapatos.

Delicadamente, muito delicadamente, dei um passo à frente. Imagine aquele plano baixo em um filme de roubo e assalto, o ladrão se movendo, sorrateiro, na ponta dos pés. Agora mais perto, eu podia ouvi-las com mais nitidez.

— Não sei o que está acontecendo comigo. Estou meio assustada e trêmula. E se eu paralisar… estragar tudo? — disse uma delas.

Então houve uma pausa. Um momento depois, a outra respondeu:

— Sinceramente, aposto que isso acontece com todo mundo uma vez ou outra. Acho que estamos todos só fingindo que não estamos surtando e você só está tendo mais dificuldade de fingir agora.

Um segundo depois, as cortinas farfalharam — as meninas estavam se abraçando —, então uma delas disse:

— Sabe o que eu amo em você?

— Por favor, fala — devolveu a outra, solícita.

— É como... hmmm... como explicar? É como se você me escorasse, mas sem me segurar.

Após uma longa pausa, a outra disse:

— É uma honra te escorar.

Ainda penso naquele momento. Nem mesmo aquela grossa cortina azul do teatro conseguiu impedir que o amor das duas irradiasse.

## CAPÍTULO 13

# ANNIE

*2000*
*Plattsburgh, NY*

Lá estava eu, apertando o volante até os nós dos dedos ficarem brancos, saindo da cidade, totalmente descrente de que estava fazendo aquilo. Mas a única coisa de que eu me sentia capaz era me mover. Para longe do corpo caído de Amanda, que continuava despencando do céu na minha mente, de novo e de novo. Minha visão estava totalmente preenchida pelo pé dela batendo na lateral da piscina, aquele ângulo horrível, e eu me sentia atônita com a quantidade de adrenalina que o corpo humano conseguia produzir. Será que se esgotava em algum momento? As pontas das minhas mãos ficaram dormentes, como se meu corpo estivesse puxando todo o calor para o centro. Seria o tal modo de sobrevivência, fora do meu controle? Ou eu era um monstro?

Mesmo enquanto dirigia, naquela primeira hora, soube que essa decisão me assombraria. E, ainda assim, eu me sentia incapaz de fazer qualquer outra coisa. A vida tinha acabado de mostrar suas garras, havia me dado a primeira mordida. Fugir parecia um reflexo. Mas então me perguntei: se meu reflexo era fugir, o que aquilo dizia sobre mim?

Uma hora e meia se passou num piscar de olhos. Quando vi uma placa para Plattsburgh, o nome despertou uma lembrança.

Amanda tinha um tio ali, que visitava a cada dois anos, no feriado de Ação de Graças. Eu odiava esses anos, adorava os que ela passava em casa e nós assávamos tortas. Havíamos descoberto que eu era uma ótima confeiteira — precisa com as medidas.

Eu não queria me afastar mais de Amanda. E talvez, se meu corpo parasse, meu cérebro seguiria o exemplo. Desaceleraria e me deixaria pensar. (Além do mais, eu precisava fazer xixi.)

Saí da rodovia, segui as placas para o centro da cidade. A temperatura havia caído, e a rua estava salpicada de sal. Dirigi com cuidado pela rua principal até avistar um café. Parei na frente e olhei para dentro: estava vazio, exceto pelo cara que trabalhava lá.

Estacionei o carro, tentando me acalmar e pensar. Eu tinha o dinheiro do meu último salário como empacotadora de supermercado na carteira. Tinha algumas roupas — merda, e algumas da Amanda também — no porta-malas. E tinha meu carro. Eu podia dormir nele.

Não era muita coisa, mas eu nunca tivera muita coisa mesmo.

Saí do carro e caminhei até o café. No meio do caminho, notei a placa de ESTAMOS CONTRATANDO na porta. Paralisei. Seria um sinal do universo de que eu deveria ficar? Mas era uma ideia maluca. Dava para ouvir Amanda me dizendo como eu parecia desequilibrada.

Entrei. A coisa mais barata do cardápio era café preto coado. Enchi de creme e açúcar e encontrei um assento nos fundos. O lugar era mais hippie que qualquer coisa em Bolton. Havia um adesivo de surfe na parede à esquerda, e passei os dedos sobre ele, pensando no mar em Malibu e nas casas dos maiores produtores de Hollywood à beira da praia.

*Amanda, sinto muito, muito mesmo.*

Eu não conseguia ficar perto daquele adesivo. Então me levantei, fui até a frente e perguntei onde era o banheiro. O cara estava lendo um livro, com o cotovelo no balcão. Não ergueu o olhar, apenas apontou para a porta nos fundos da loja. Sua apatia era reconfortante, ninguém me notaria ali.

O banheiro ficava no final de um corredor e, quando vi que havia um chuveiro dentro, e o que meu cérebro fez com a informação, percebi o quanto ele estava dedicado a construir uma nova vida. Abri a fina cortina azul, inclinei-me para a frente e girei a torneira. A água saiu abundante e quente.

A pia ficava ao lado do chuveiro. Lavei as mãos e encarei o espelhinho quadrado, que parecia uma arma, as bordas ásperas. Antes que eu pudesse bloquear sua chegada: uma imagem de Amanda, destroçada, seguida por um turbilhão de pensamentos — *como ela está?, onde ela está?, ela está bem?, claro que ela está bem, mas e se não estiver e se ela estiver mor..., não, não, não, seus olhos estavam abertos, ela está bem, mas como eu pude, sério, como eu pude?* Encarei meu reflexo por tanto tempo que, assim como quando uma palavra repetida perde o significado, meu rosto virou só pele e osso. Então olhei através de mim mesma até não saber mais quem eu era. Novamente entrei em foco. Eu estava usando um moletom da campanha de combate às drogas por baixo de uma jaqueta jeans esfarrapada — Amanda sempre o havia chamado de "look *RENT*, o musical".

Agarrei as bordas da pia e imaginei voltar para Bolton Landing. Imaginei como seria a vida: eu pegaria turnos no Tops mais uma vez, ajudaria Amanda com qualquer coisa terrível que tivesse acontecido, moraria com minha mãe de novo.

Ou eu poderia...

Ver no que isso ia dar?

Ver se eu conseguia me tornar uma nova pessoa.

E, se não desse certo, entraria no carro e voltaria para casa. O que provavelmente era o que eu faria de todo modo. Provavelmente no dia seguinte.

Mas, só por ora, eu precisava de um novo nome. Era necessário me afastar um pouco da Annie.

Pensei em todas as peças que havia feito. Em todos os livros que tinha lido. Os nomes começaram a preencher minha cabeça.

Alguns eram antigos demais (Blanche) ou antiquados demais (Ofélia), mas então apareceu um — Cassandra —, e era tudo o que eu queria ser: sofisticada, distinta, cosmopolita. E quanto mais chique o primeiro nome, mais simples o sobrenome. Um dos meus nomes favoritos de astros de cinema sempre fora Harrison Ford. Amanda e eu uma vez tínhamos encenado (no quarto dela) uma sequência de O *fugitivo*.

Cassandra Ford.

Apelido Cass.

Voltei para o café e pedi um formulário de emprego, e o cara largou o livro e me encarou. Não ia se mexer a menos que eu estivesse falando sério. Sustentei seu olhar, então ele deu de ombros e foi buscar o formulário para mim.

---

Naquela noite, acordei no carro com os joelhos empurrando o câmbio e torcicolo. Eu me endireitei e bati os punhos no volante.

*Por quê, por quê, por quê, por quê, por quê?*

Aquelas explosões emocionais não eram do meu feitio, mas eu estava experimentando uma agonia única. Como se tivesse feito um transplante de coração e estivesse à espera para ver se daria certo. Eu queria desesperadamente uma nova chance na vida. E, por outro lado, estava apavorada com a possibilidade de consegui-la.

Um mês se passou assim: eu dormindo no carro, trabalhando no primeiro turno do café, sempre prestes a dirigir de volta para casa.

Mas, dia após dia, não voltei.

## CAPÍTULO 14

# CASS FORD

*2000*
*Plattsburgh*

O gerente do café se chamava Brett. Certa manhã, eu estava parada às suas costas enquanto ele tentava destrancar a porta com dificuldade, por causa do frio. Suas mãos haviam perdido a destreza.

— Se quiser, posso adiantar tudo antes de você chegar — ofereci.

Ele não se virou, continuou tentando abrir a fechadura enquanto dizia:

— Hmm, é, não, eu não sei nada sobre você.

— Eu chego na hora e trabalho bem, o que mais você precisa saber?

Tínhamos entrado pela porta dos fundos nesse momento, e eu a fechei às pressas atrás de mim.

— Literalmente qualquer coisa — respondeu ele, acendendo as luzes.

— Eu sou de Albany. — Meio que uma mentira, embora todo o interior de Nova York pudesse ser considerado Albany. — Estou aqui tentando fazer algo diferente — acrescentei.

Cass havia se tornado uma personagem fascinante de interpretar. Ela era eu, mas fazia o tipo solitária. Gostava de manter distância e observar, à procura de outra oportunidade enviada pelo universo. Eu me perguntava o que Amanda pensaria dela... se gostaria dos ajustes que eu tinha feito. Continuava dizendo a mim mesma que em breve eu voltaria e contaria tudo a ela. Como eu havia criado uma versão alternativa de mim mesma e a testado no mundo. Uma peça, de certa forma, mas em curta temporada.

Amanda. Eu a queria ao meu lado naquele momento, para conversar com Brett. Ela sabia como dizer todas as coisas certas — sabia falar a língua dos meninos.

— Nunca tem ninguém aqui antes de, tipo, 6h30 — argumentei, seguindo atrás de Brett, endireitando as cadeiras. — Se você me der a chave, posso estar aqui às 5h45, aprontar tudo. Você não precisaria chegar antes das 6h15, ou 6h30, sei lá.

Ele parou o que estava fazendo e me encarou. Nesse momento apenas meio cético. Eu enfim o tinha oferecido algo que ele queria: mais sono. Por acaso, mais sono também era a minha motivação. Dei de ombros, como se dizendo: *é moleza, cara, fala sério,* então dei uma olhada rápida para o sofá de couro esfarrapado junto à parede dos fundos, no qual eu imaginava dormir por sei lá quanto tempo se conseguisse arrancar aquelas chaves de Brett.

— Por quê? Por que você faria isso?

Ele estava atrás do balcão, enchendo o regador de plástico verde na pia. Ele o entregou para mim, e o levei até a planta mais alta, perto da vitrine, ganhando um minuto a mais para pensar.

— Eu durmo muito mal — justifiquei, o que se tornara verdade desde que eu tinha abandonado minha melhor amiga, fugido e começado a dormir em um carro. — E estou sempre lá fora, no frio congelante, esperando você chegar.

Em casa, na minha aconchegante cama de solteiro, eu era capaz de dormir e dormir e dormir. Precisava daquilo. Se dormisse bem, pensava melhor, e um bom sono e raciocínio sólido sem dúvida levariam a decisões melhores do que as que eu vinha tomando ultimamente.

Quando os primeiros clientes chegaram, consultei o relógio — 6h44 — e olhei para Brett a fim de reforçar meu argumento anterior. Sua resposta: um revirar de olhos nada hostil. Aquilo me deu um lampejo de esperança. Ele voltou a atenção para os clientes, dois homens, e lhes ofereceu um *oi* mal-humorado.

Eles fizeram seus pedidos e encontraram um lugar no canto de trás, perto do balcão com o creme e o açúcar. Na noite anterior, Brett tinha me pedido para dar uma filtrada nos panfletos na parede. Fui até lá e comecei a remover os de eventos passados.

— O lance de escrever... — Ouvi um cara dizer, e meus ouvidos se aguçaram. Fiz uma pausa, com os dedos em uma tachinha, e me concentrei totalmente na conversa. — É que é diferente de outras empreitadas criativas. Não tem a ver com você, só com a história e as palavras. Para ser ator ou músico, você precisa se apresentar, se vender, mas como escritor, não. A maioria dos leitores nem leva em consideração o autor.* Adoro isso na escrita.

*Olá, universo.* Parecia uma porta se abrindo de repente. O panfleto na ponta dos meus dedos escorregou de baixo da tachinha, caindo da parede e se alojando no rodapé com um baque surpreendentemente alto. O homem parou no meio da frase e olhou na minha direção.

— Foi mal — desculpei-me, ao agachar para pegar o panfleto. Arrancá-lo da parede levou alguns segundos e torci para que o homem mais velho continuasse falando, mas naquele momento Brett chamou meu nome de trás do balcão.

Pelos minutos seguintes, parada atrás do balcão fitando o nada, vislumbrei meu novo futuro. Fazia tanto sentido. Todos os livros e peças que eu tinha lido. Eu sabia o que fazia uma boa história. E mais, havia passado anos imaginando os pensamentos íntimos de Amanda com base em suas palavras e ações. Talvez meu destino fosse escrever, não atuar. Talvez isso fosse o que aconteceria

* **Nota da Cate:** Sabe o que, ironicamente, faz os leitores se importarem com quem escreveu o livro? Um pseudônimo.

em Hollywood: primeiro teríamos estrelado filmes, mas depois eu teria começado a escrever também. Pode ser que eu teria me tornado a primeira…

— Terra chamando Cass!

Dois dedos estalaram na minha frente, e eu aterrissei atrás do balcão, Brett segurando uma jarra de leite e a sacudindo para me mostrar como estava vazia.

— Ah, deixa comigo — respondi, e comecei a me mover em direção aos fundos, notando que os dois homens estavam de pé, vestindo os casacos.

Dei a volta no balcão e apressei o passo para pegar o leite, pensando no que perguntar ao escritor antes que ele fosse embora.

Eu me agachei em frente à geladeira dos fundos e movi os potes de cream cheese até encontrar um galão de leite integral. Voltei depressa ao salão e avistei a porta da frente se fechando atrás dos homens. Brett esperava impaciente pelo item, e eu lhe entreguei a jarra ao passar, saindo desembestada para a manhã congelante, só de camiseta e avental do café.

— Com licença! — falei quase gritando.

Minha pele se arrepiou quando uma rajada de vento me atingiu.

O cara que dissera aquilo sobre escrever estava parado em frente ao café, as chaves na mão. Ele ergueu o olhar, um lampejo de preocupação percorrendo seu rosto. Eu devia parecer desesperada. Mas meu superpoder era, e sempre tinha sido, uma crença irracional em meu próprio destino manifesto.

— Você dá aula de escrita criativa? — perguntei, o que deve ter despertado seu interesse, pois ele guardou as chaves no bolso.

— Dou — respondeu ele. — Em Plattsburgh — disse lentamente, deixando a questão *por que a pergunta?* se insinuar na conversa.

— Eu quero ser escritora — expliquei, perguntando-me se talvez isso sempre tivesse sido verdade.

O frio estava se tornando insuportável naquelas mangas curtas, mas percebi que era um trunfo para motivá-lo a tomar uma decisão rápida. Juntei as mãos em concha e as soprei.

---

Um minuto depois, voltei para o café segurando o cartão de visita do professor, batendo os dentes. Brett me observava com curiosidade.

— O que foi isso? — perguntou, quando me juntei a ele atrás do balcão.

— Só realizando sonhos — respondi.

No final do dia, Brett me chamou quando eu estava saindo. Demorei a responder, presumindo que ele tivesse outra tarefa para mim. Ele estava limpando a máquina de café *espresso* quando disse:

— Estão ali no balcão.

E desviou o olhar para alguns metros adiante, onde colocávamos as bebidas para os clientes. Lá estava um molho de chaves. Gloriosas, aquelas chaves — aquele pesado maço de metal que agarrei e segurei com avidez nas duas mãos, jogando-as uma vez no ar. Dei uma olhada rápida para o sofá de couro, onde dormiria naquela noite.

— Obrigada, Brett — agradeci, as palavras lentas e sinceras.

E, enquanto dizia seu nome, percebi que talvez eu nunca o tivesse dito antes... que ele talvez até pensasse que eu não o sabia.

— De nada, Cass.

## CAPÍTULO 15

# BRETT STEPHENS

*2000*
*Plattsburgh*

Eu sabia que havia algo errado com Cass desde o início. Poucos dias depois que ela começou a trabalhar no café, eu a vi no carro. Já estava escuro e eu tinha esquecido alguma coisa. Eu atravessava o beco, que dá para um pequeno estacionamento com uma cerca de arame e aqueles postes de luz amarela difusa que sempre fazem as coisas parecerem ameaçadoras, espiei por cima do ombro e arregalei os olhos: Cass estava sentada de olhos fechados, no banco da frente de um Honda vermelho.

Parei e observei com mais atenção. Seus olhos estavam fechados, mas não como se ela estivesse dormindo. Como se estivesse meditando, embora ninguém fizesse isso naquela época. Ela irradiava um campo de força de energia, e não pude deixar de me aproximar. Então vi que ela estava balançando para a frente e para trás, bem de leve. Rapidamente desviei o olhar. Parecia, não sei... particular? Como se ela estivesse tentando aproveitar a energia do mundo para produzir um milagre ou algo assim. Eu não queria atrapalhar.

O que aprendi naquela noite: essa garota, quem quer que fosse, estava processando algo intenso. Não fiquei cauteloso nem com medo de Cass depois disso. Quando ela finalmente me pediu as chaves, pareceu uma solução fácil para um problema grande, que era conseguir um lugar seguro para dormir. Claro, eu era mais babaca naquela época, então a fiz suar um pouco. Mas parecia óbvio que, independentemente do que estivesse acontecendo com ela, a única pessoa que Cass estava colocando em perigo era ela mesma.

## CAPÍTULO 16

# SIDNEY COLLINS

*2000*
*Plattsburgh*

Nós, advogados, temos má fama. Somos apenas contadores de histórias. A única diferença é que, ao contrário de um livro ou filme, não revelamos se a história é verdadeira ou falsa. Cabe às outras pessoas decidir. Além disso, sempre que uma lembrança é acessada, a mente a altera um pouco. A memória que estou prestes a compartilhar pode não se assemelhar mais à verdade, de tão frequentemente que a tenho revisitado. O que posso prometer é que não há floreios conscientes. Apenas recordações lúcidas.

Lembro que a sala de aula em que vi Cass pela primeira vez estava iluminada pelas luzes artificiais do teto. As carteiras eram do tipo que tinha na maioria das escolas, com prancheta. Entrar e sair delas era uma forma de arte. Minha versão mais velha olha para aquelas carteiras agora e imagina uma lombar travada, mas, na época, eu me movia com facilidade enquanto pegava minha mochila do chão e saía me contorcendo.

Eu estava na graduação, e me preparava para depois me especializar na faculdade de Direito, então, fazer uma eletiva de Artes parecia irrelevante, mas no bom sentido — algo que dava para tentar sem me preocupar com o fracasso. Eu adorava Introdução à Escrita Criativa. Todo mundo vive transformando seus hobbies em empregos, menos eu. Adoro um bom jogo de palavras até hoje, mas o Direito paga minhas contas e já é pressão suficiente.

O semestre estava quase na metade quando uma aluna nova chegou. Era uma turma pequena, só doze pessoas. Colocávamos aquelas carteiras-prancheta horrorosas em um círculo para que pudéssemos ver os rostos uns dos outros. A turma tinha uma vibe boa. Cada um de nós já havia trabalhado em uma peça, e todos tinham sido gentis e atenciosos com os outros, o que posso confirmar por experiência própria que nunca acontece nas aulas de Direito. "Adoro o seu uso de travessões", um colega me disse uma vez ao final de sua crítica ao meu trabalho. Ele assentiu, impressionado. Eu travessamente (haha, brincadeira) os adoro desde então — minha marca registrada.

Naquela tarde, cheguei mais cedo do que o habitual. Eu tinha acabado de colocar as carteiras em um círculo perfeito quando uma mulher entrou. Ela tinha cabelo castanho-claro que batia na altura dos cotovelos, repartido ao meio. Ao se sentar, colocou uma mecha do lado direito para trás da orelha. Por um momento, ela não me encarou, como se não tivesse notado que eu estava na sala, então sem falar nada levantou a cabeça e fez contato visual, e absorvi a riqueza do castanho, as sobrancelhas perfeitas — o modo como os olhos eram curvos nos cantos. Ela assentiu uma vez, depois abaixou a cabeça e ajeitou o cabelo novamente. Minha primeira emoção foi perplexidade: quem era aquela pessoa, e será que ela estava na sala errada? Mas logo em seguida: quero olhar para ela de novo, mais, por mais tempo. Eu a encarei.

Ela se levantou um pouco da cadeira e tirou algo do bolso de trás da calça jeans — um pedaço de papel solto. Dobrado em um quadrado. Como um bilhete para ser passado na aula. Abriu-o uma, duas, três vezes e, em seguida, o alisou contra a mesa. Estava em branco.

— Você tem uma...

— Caneta? — interrompi, já revirando minha bolsa, porque prover era o que eu fazia de melhor. Contorci o corpo para fora da mesa, dei um passo grande, avancei, oferecendo a caneta. Ela mal precisou se mover, apenas se inclinou de leve para a frente. Recuei, sentei-me novamente e então disse (e fiquei em dúvida se deveria dizer ou não, mas, no fim, pensei *oportunidades são feitas para serem aproveitadas*): — Uma escritora nunca está preparada demais.

— Você é? — Ela destampou a caneta e rabiscou no canto superior do papel para ter certeza de que funcionava. (Funcionava.) — Escritora?

— Quando estou nesta aula sim, mas não, vou fazer faculdade de Direito — respondi.

Eu havia tido um pensamento fugaz enquanto dizia aquelas palavras: torcia para que a declaração a impressionasse, aquela coisa tão adulta que eu seria. Ela se recostou como se tivesse sido atingida por uma brisa forte e comentou:

— Uau, que adulto.

Um arrepio de empolgação percorreu minha espinha — nosso cérebro funcionava na mesma sintonia. Mas pelo seu tom, eu não conseguia decifrar se ela gostava de coisas adultas.

— E você? É escritora?

— Sabe... eu ainda não sei. — Ela colocou a caneta na boca, parecendo esquecer que era minha, embora eu tenha gostado do gesto porque me fez notar sua boca, o lábio inferior carnudo, o superior mais fino. — Acho que sim.

— Como você veio parar nesta aula? Está tão tarde para se matricular — argumentei, e bem nessa hora o professor Moore entrou.

Ele parecia aflito, mas eu havia chegado à conclusão de que provavelmente era seu estado natural. Usou a mão para afastar o cabelo dos olhos.

— Ah, que bom, você veio — disse ele para a novata. — E olá, Sidney — cumprimentou. — Vocês duas já se conheceram? — Ele gesticulou entre nós.

— Sidney — falei ao me apresentar. — Emprestadora de canetas.

— Cass. — Ela fez uma pausa, e pude ver seu cérebro girando, depois um sorrisinho. — Ouvinte de aulas.

O professor Moore estava esvaziando a mochila, mas, naquele momento, retomou a conversa e disse:

— É isso mesmo. A Cass aqui vai assistir às aulas pelo restante do semestre, mas sem créditos. — Ele piscou para Cass e, felizmente, o gesto pareceu paternal em vez de esquisito. — Ela é escritora, mas autodidata.

Então Cass olhou para mim, ergueu a caneta e a única folha de papel, e fechou o semblante, como se preparada para uma batalha. Eu sorri. Estava grata pelo professor Moore porque, entre mim e ele, Cass estava obviamente se aliando a mim.

Quando a aula terminou e estávamos todos arrumando nossas coisas, Cass saiu primeiro. Apressada, enfiei tudo na mochila e tirei um caderno espiralado que eu ainda não tinha usado. Capa vermelha lisa — nada extravagante. Enquanto corria atrás dela, quase me contive, meus ouvidos ressoando as palavras da minha irmã mais velha. *Por que você simplesmente não relaxa, sei lá, deixa as coisas acontecerem naturalmente para variar?* Ela também dizia que eu não tinha senso de humor, o que é descaradamente ridículo. Havia chamado aquilo de "conselho", mas soou mesmo como uma crítica, um eufemismo para *como você é irritante*.

Minha irmã tinha largado a faculdade no ano anterior, estava em casa reavaliando a vida, enquanto eu amava o que fazia e estava arrasando. Discretamente me destacando na graduação, fazendo a inscrição com admissão antecipada na NYU para o curso de Direito, então, por que estava deixando aquelas velhas palavras me assombrarem? Eu não havia sido descolada no ensino médio... era magra e esquisita demais, com o cabelo curto e calças sociais. Apesar disso, pelo que vejo, ser descolada no ensino médio é uma sentença de morte. Não há sofrimento para te impulsionar mais tarde.

— Cass! — gritei, quase correndo.

A garota era escorregadia, já estava dobrando o corredor e, de algum modo, apesar da beleza impressionante, se misturava à multidão. A aula de escrita era no grêmio estudantil; ela já havia se enfiado no refeitório. Mas eu estava de olho: ela calçava Vans *slip-on* xadrez (ou uma imitação), um detalhe tão específico dessa memória que eu nunca mais, em todos os anos desde então, vi alguém usando Vans xadrez sem me lembrar daquele momento.

Ela olhou por cima do ombro, diminuiu o passo e esperou por mim.

— Oi — disse ela, soando cautelosa, curiosa. — Sidney?

— Sim, ou Sid… tanto faz.

Tudo em sua linguagem corporal questionava: *Por que você está me seguindo?* Como resposta, imediatamente levantei o caderno espiral, apresentando-o como aquelas placas com nomes que os motoristas seguram no aeroporto.

— Eu tinha um caderno extra na bolsa e pensei… se você ainda acha que talvez seja escritora, talvez queira ficar com ele?

Aí percebi que um caderno espiral barato provavelmente custaria um dólar no grêmio estudantil.

Ela semicerrou os olhos, mas ergueu os cantos da boca. Meus professores de Direito falavam com frequência sobre interpretar as pessoas. Por que elas fazem o que fazem, dizem o que dizem — um advogado deve estar um passo à frente. Eu me perguntei se Cass seria uma daquelas pessoas que rejeitavam presentes por acreditar que isso as deixava em dívida, as fazia se sentir inferiores, ou se seria alguém que acolheria a generosidade alheia. Aquela garota linda e misteriosa estava prestes a me dar uma pequena pista sobre si mesma.

— Obrigada — agradeceu Cass, pegando o caderno delicadamente. Ela o abraçou contra o peito. — É muito gentil da sua parte.

— Não é nada de mais — respondi, porque, de verdade, não era.

Um segundo se passou, depois outro, e rapidamente comecei a ficar ansiosa. *E agora, e agora, e agora.* Eu não tinha planejado nada além de lhe entregar o caderno. A ansiedade não parecia afligir Cass. Depois de mais alguns segundos excruciantes, durante os quais pratiquei a antiga arte jurídica de *deixar a outra pessoa falar demais*, ela preencheu o silêncio terrível:

— Bom, preciso ir.

Então levantou o caderno como quem diz *obrigada mais uma vez* e se foi. Eu gostava de como ela andava. Naquela idade, muitos jovens mantinham a cabeça baixa ou curvavam os ombros para ocupar menos espaço. Cass caminhava com propósito. Foi naquele caderno vermelho que ela começou o primeiro rascunho de *O derradeiro fim*.*

Assim que ela chegou à porta principal, gritei às suas costas:

— Espera! — Então corri para abrir a porta para ela, perguntando: — Onde posso te encontrar?

---

Foi preciso um nível sobrenatural de paciência para eu não ir até o centro da cidade e visitar o café em que ela trabalhava logo no dia seguinte. E, quando me permiti ir, um dia depois, tentei ser discreta — e me esgueirar porta adentro sem Cass perceber. Entrei de cabeça baixa. Queria encontrar um assento discreto, provavelmente no canto, que me permitisse ver com o que eu

* **Nota da Cate:** Fiquei em dúvida se deveria adicionar uma nota de rodapé aqui ou deixar para lá, mas há algo em revelar totalmente este detalhe da origem de *O derradeiro fim* que eu não consegui engolir. A memória é uma coisa estranha, mas aqui vai a minha: não me lembro de Sidney me dar um caderno. Minha lembrança é que Amanda me deu um caderno — *para colocar todos aqueles pensamentos grandes e suculentos*, lembro-me de ela dizer — no final do último ano que eu nunca usei, então, estava na minha mochila quando saí de Bolton Landing. O fato de eu ter escrito o primeiro rascunho do meu livro em um caderno que Amanda me deu sempre me consolou de algum modo.

estava lidando. É o meu lado advogada. Encontrei um lugar junto à parede dos fundos, entre duas plantas enormes. A decoração era mais incrementada do que eu esperava: almofadas, plantas, anúncios de shows e feiras livres — adesivos na parede. A atmosfera boêmia não fazia muito meu estilo.

Quando me sentei, procurei por Cass no salão. Nem sinal dela. Só um cara de cabelo preto oleoso atrás do balcão. Mas aí ouvi uma porta atrás de mim se abrir e, um segundo depois, a vi — carregando um engradado de leite. Ela esticou o pescoço em minha direção. Por que, não sei, mas acabei aprendendo que, como eu, ela estava sempre virando a cabeça, constantemente atenta aos seus pontos cegos.

Aquele sorriso furtivo, o franzir de olhos — uma marca registrada daqueles primeiros dias. Ela ergueu as sobrancelhas — um cumprimento —, depois se afastou e abasteceu a geladeira com o leite. Observei, esperei. Ela voltaria, eu sabia disso. Mas não voltou. Na hora seguinte, Cass se ocupou atrás do balcão com várias tarefas, depois o café fechou. Fiquei mesmo assim. Fiquei até quando o cara de cabelo preto oleoso começou a limpar as mesas e empilhar cadeiras, caminhando ameaçadoramente na direção de onde eu estava sentada.

— Ainda está aqui? — Cass apareceu novamente, saindo da sala nos fundos, os braços enfim vazios.

— Bom, eu vim te ver — respondi.

Sou uma pessoa que vai direto do ponto A ao ponto B. Algumas vezes pensei em pegar minhas coisas e sair sem falar com Cass — que, de todo jeito, não parecia interessada em falar comigo. O que me mantinha ali? A crença de que alguém como Cass deveria ser minha, de que eu era boa o suficiente para ela, de que ela também deveria se dar conta disso.

Cass riu baixinho. Pareceu respeitar a franqueza de minha abordagem, e senti que ela estava debatendo consigo mesma o que fazer em seguida.

— Quer saber, por que você não me acompanha até os fundos e senta comigo um pouco?

O inverno havia chegado rápido naquele outono.

— Até os fundos? — repeti. — Um... pouco?

— Você não é daqui de perto?

— De Burlington — respondi.

— Você vai ficar bem, vamos — convidou ela. — A menos que não esteja interessada.

O modo como ela disse a última parte, como se afinal realmente não se importasse, soou insensível — e me magoou um pouco.

— Então, de onde você é? — perguntei quando estávamos lá fora.

A porta dos fundos do café se abria para quatro degraus de madeira apodrecida que levavam a uma fileira de latas de lixo pretas e um beco estreito, ladeado por uma cerca de arame. Nos sentamos no último degrau, largo o suficiente para acomodar nós duas, ombro a ombro, o que me deixou grata, porque assim podíamos compartilhar o calor. Ser criada em Vermont não tornava o frio mais suportável — apenas me fazia ter mais respeito por ele.

— Tem um cigarro? — perguntou Cass.

Eu ri. Estava justamente pensando, sentada ali, olhando para o beco, que parecia o cenário perfeito para um cigarro. Mas não, eu não tinha um. E descobri que Cass nem fumava. Só achou que era a coisa certa a dizer.

— Pareço fumante? — perguntei.

— Não, não parece, na verdade você parece mais...

— Cuidado — interrompi, não tinha certeza se gostaria do final daquela frase.

— Eu ia dizer... — Cass fez uma pausa, abaixou a cabeça para poder ver meus olhos, o que me pareceu um gesto meio sedutor. — Eu ia dizer que você parece a CEO da empresa de cigarros que é inteligente demais para fumar.

Gostei daquilo. A dor de sua indiferença anterior já havia se dissipado, substituída pela euforia do elogio.

— Puxa, obrigada. — Sorri e bati meu ombro no dela. — Eu me sinto compreendida.

— De nada. — Ela fingiu acender um cigarro, tragar e passar para mim. Como eu jamais havia segurado um cigarro, apertei meus dedos e os levei aos lábios, dei uma tragada funda e o devolvi. Cass continuou: — A lista de coisas que sei sobre você é: que você é de Burlington, está fazendo graduação para depois estudar Direito, gosta de elogios bem específicos e bebe chocolate quente.

Era o que eu tinha pedido enquanto esperava que me notasse. Pelo jeito, ela havia feito isso sem que eu percebesse. Senti aquela empolgação de novo.

— Na verdade, isso praticamente me define — admiti.

Ela estava certa: o frio não era nada para mim então. A noite inteira, eu ficaria sentada lá fora, feliz, com ela. Contaria tudo para essa garota. Ela tinha essa vibe casual, porém perspicaz; excêntrica, porém séria; descolada, porém chique, que parecia completamente natural vindo dela, mas teria sido desagradável e artificial em qualquer outra pessoa. Ela não parecia ser da região. A namorada que tive antes — não que eu estivesse pensando em Cass como minha namorada naquele momento —, mas a namorada que tive antes usava casacos acolchoados e botas de caminhada, e sempre parecia reagir ao ambiente. Cass, no entanto, se integrava perfeitamente. Pelo menos, foi assim que me senti a princípio. Naquela primeira noite, ela usava um casaco de inverno na altura dos joelhos, um suéter creme por baixo, um gorro de tricô,* fumava sem esforço algum o cigarro imaginário.

— O que mais eu preciso saber? — perguntou ela.

Levei a pergunta a sério. O que eu poderia compartilhar que seria capaz de impressioná-la? Repassei minha lista: eu tinha uma irmã, minha mãe era dona de casa e meu pai trabalhava para a

---

* **Nota da Cate:** Eu sempre encarnava Amanda quando me vestia. Um visual sem esforço, dizia Amanda, só vem com uma quantidade absurda de esforço. Outro *Cosmo*ismo, tenho certeza.

Agência de Proteção Ambiental. Talvez contar que eu havia jogado basquete no ensino médio? Então me lembrei de minha inscrição para a faculdade de Direito — *bingo*.

— Bom, vou começar a faculdade de Direito na NYU no próximo outono — respondi, o que ainda não era verdade, mas seria em breve, eu tinha certeza.

Apertei os dedos e peguei o cigarro falso, animada para mostrar a ela que, mesmo tendo objetivos sérios de carreira, eu também sabia ser divertida. Falar sobre meu futuro para Cass me deixou com uma sensação de formigamento. Quem era aquela garota?

Ao ouvir a notícia, Cass assentiu, apreciativa. Olhou ligeiramente para a esquerda enquanto tragava — e exalava pelo canto da boca. Fingir fumar era um talento, e ela tinha de sobra.

— Nova York. — Ela colocou uma inflexão no final, como se fosse uma pergunta que estivesse considerando.

Cass pareceu se inclinar um pouco mais em minha direção, ou talvez fosse minha imaginação,* algum desejo, mas meu corpo reagiu como se fosse um toque proposital.

— Interessante — disse ela, apagando o cigarro falso no corrimão.

---

* **Nota da Cate:** Foi, de fato, a imaginação dela.

## CAPÍTULO 17

# SIDNEY

*2000*
*Plattsburgh*

Passadas apenas três semanas, chamei Cass para ir morar comigo em Nova York. Imprudente e louca, eu dizia a mim mesma sempre que a ideia surgia na minha cabeça. Meu lado racional falava para o meu lado impaciente que era muito cedo, e eu parava de pensar nisso por um tempo. Mas aí ela fazia algo, dizia algo que acelerava meu coração, e lá estava de novo — *Anda, chama ela, vai lá, cacete!*

Nós nos víamos todos os dias, porque eu fazia todo o meu trabalho naquele café. Inclusive, ajudava a fechar o lugar. Meus livros didáticos ficavam espalhados em duas mesas, com folhas de papel cuidadosamente guardadas entre as páginas. Cass se juntava a mim de vez em quando, trazendo cafés por conta da casa. Então, depois que todas as cadeiras estavam arrumadas, e o chão, limpo, nós duas saíamos para dar uma caminhada — se não estivesse muito frio — ou eu a levava para jantar em algum lugar e conversávamos. Bem, *eu* conversava, principalmente. Ainda estava à espera de que ela confiasse a mim o que quer que tivesse lhe acontecido. Afinal, era óbvio que alguma coisa tinha rolado. *Quando for a hora*, eu repetia a mim mesma, uma frase que se tornaria meu mantra.

— Que tal um sushi? — perguntei a Cass em uma dessas noites, depois que ela terminou de limpar o balcão.

Brett tinha saído alguns minutos antes, então, éramos só nós duas. Parecia clandestino, o que me excitou.

— Sushi — disse Cass, enrolando a palavra na língua. — Peixe cru, é?

— Por minha conta — acrescentei, embora sempre fizéssemos tudo por minha conta.

— Na verdade, nunca comi sushi.

Ela estava caminhando em minha direção e, ao dizer isso, colocou uma mecha de cabelo atrás da orelha. Um hábito, eu havia percebido, que Cass fazia sempre que se sentia vulnerável de algum modo. Observando-a caminhar até mim, tive vontade de agarrar sua mão e puxá-la para mais perto, mas é óbvio que não fiz isso. Ainda não tínhamos nos tocado de forma significativa.

— É bom? — perguntou ela, enquanto desamarrava o avental.

— É, se você gosta de peixe cru — respondi, rindo, e ela me lançou um olhar... Cass não gostava de ficar de fora. — Na real, não — falei. — Você nem precisa comer peixe cru. A gente pode pedir de camarão ou avocado e pepino. Acho que vai gostar, se bem que não te conheço *tão* bem assim, né?

— Neste exato momento, você me conhece melhor do que qualquer outra pessoa no mundo — argumentou ela, o que foi uma coisa interessante de dizer.

Eu queria pedir que ela elaborasse, mas, por outro lado, estava pensando no longo prazo.

— Sushi então? — respondi, em vez disso.

Sushi em Plattsburgh não era a melhor introdução à culinária japonesa, lamentei enquanto nos sentávamos a uma mesa de dois lugares, em um restaurante vazio. A garçonete era uma jovem pálida que tinha um cabelo cor de azeviche — emburrada, caminhou em nossa direção com dois grandes cardápios de plástico, nitidamente decepcionada por termos decidido comer ali.

— Bem-vindas ao Sushilândia — cumprimentou ela, o mais seca possível, estendendo um cardápio primeiro para mim, depois para Cass, que a encarou e, juro, foi como se estivesse derramando energia e luz na garota, como se aquela atenção tivesse reanimado a garçonete.

— Obrigada — agradeceu Cass, com uma concentração que poucas vezes vi nela; ela costumava ficar à deriva com seus pensamentos. — Do que você gosta aqui? — Cass desviou o olhar da garçonete para ler o cardápio, que tinha muitas fotos. — Preciso de ajuda, por favor.

Sou uma pessoa confiante, então não tenho vergonha de dizer que fiquei com ciúme. Ao levar Cass para experimentar sushi pela primeira vez, bem, eu queria ser a pessoa a ensiná-la e aconselhá-la, a fazer recomendações. O objetivo era compartilhar algo novo, juntas. Pelo restante da vida, sempre que Cass comesse sushi, pensaria na primeira vez que o havia experimentado — *comigo*.

— Meu favorito é o *roll* de tempurá de camarão — disse a garota, aproximando-se um pouco mais de Cass e virando-se para que pudessem olhar o cardápio do mesmo ângulo. Ela até se abaixou um pouco.

Tempurá de camarão, não era exatamente uma escolha de especialista, mas ela provavelmente tinha razão — provavelmente era a melhor coisa para Cass pedir.

— Você é charmosa — comentei, quando a garçonete estava fora do alcance.

Cass estava estudando o cardápio que havia pedido à garçonete que deixasse com ela. Deu de ombros.

— Sei como é trabalhar em uma cidade pequena.

Debaixo da mesa, eu mexia os polegares. Como mencionei antes, uma parte fundamental de ser advogada era saber jogar com os silêncios. Ou melhor, suportá-los. Se você ficasse o tempo todo atacando uma testemunha, explicavam meus professores, não haveria tempo para mudarem de ideia — e era na hesitação que residia a informação útil.

— Antigamente, eu achava... — começou Cass um momento depois, e, ao observá-la, percebi o quanto ela estava se esforçando para formular aquele pensamento, para compartilhá-lo de um modo que fizesse sentido.

Ela desviou o olhar e recomeçou:

— Antigamente, eu achava que ia atuar, tipo, atuar de verdade. — Ela olhou diretamente para mim por um segundo, depois desviou os olhos de novo. — Meu plano desde criança era me mudar para Hollywood e ser atriz. Pode parecer bobo, mas é algo que eu sempre quis fazer. Atuar é simplesmente fazer alguém se apaixonar por você para te seguirem a qualquer lugar... no palco, quer dizer, ou na tela. Talvez também fora dela, acho, se for boa o bastante.

Cass parou de falar, e sua atenção parecia estar em alguma lembrança que só ela conseguia ver. Continuei mexendo os polegares até que o silêncio se estendeu por tanto tempo que se tornou um som em si. Finalmente, Cass me encarou e disse:

— Isso faz algum sentido para você?

Eu respondi, juntando as peças enquanto falava:

— Então... você... quer ser uma estrela de cinema e você...

— Quer*ia* — interrompeu ela, enfatizando o *ia*.

Olhei para ela, fixamente, não porque não tinha entendido, mas porque estava interessada no motivo pelo qual ela havia destacado tanto aquela sílaba. (Siga as pessoas para onde te levarem.) Como não respondi, ela explicou:

— A parte de ser estrela de cinema, você disse *quer*, no presente, mas é no passado, *queria*.

— Você não quer mais... ser estrela de cinema?

— Não é que eu não queira ser, é que... — parou abruptamente.

E deduzi que ela sabia exatamente como terminar a frase, mas decidiu não fazer isso.

— Sei lá — disse ela, balançando a cabeça. — É complicado.

Quando nos despedimos, a mais ou menos um metro uma da outra na calçada, eu estava retraída de propósito. Só para ver como Cass reagiria, se minha distância a aproximaria. Enfiei as mãos nos bolsos, balancei nos calcanhares e disse que a veria no dia seguinte. Cass me encarou com curiosidade — obviamente eu não era tão boa atriz quanto ela —, mas não disse nada.

— Boa noite, Sidney — falou.

Nesse momento, o bolso do meu casaco começou a apitar, o que ainda era um fenômeno incomum na época, e peguei o pequeno celular de flip prateado — MÃE, indicava o visor — e o levantei para mostrar para Cass.

Pensei ter vislumbrado um lampejo de emoção no semblante dela.* Então respirou fundo, algo que não consegui decifrar, depois se virou e voltou pelo caminho por onde tínhamos vindo.

Entrei mais uma vez no Sushilândia e atendi à ligação. Vinte minutos depois, minha mãe e eu finalmente estávamos nos despedindo, o que foi providencial, porque Annalise (a extraordinária garçonete do Sushilândia) andava na minha direção. Dei um rápido aceno para ela e saí para a noite fria.

Meu carro ainda estava estacionado em frente ao café. Corri até lá, enterrando o queixo no casaco e soprando ar quente para aquecer o rosto. Fiz isso repetidas vezes — minha respiração não era páreo para o vento congelante — até estar de volta ao mesmo quarteirão. Ao levantar o olhar, imediatamente fui atraída pelo

* **Nota da Cate:** Quando li esta parte do relato de Sidney, fiquei chocada com a perspicácia de sua interpretação daquele momento. Eu lembro bem. Para mim, havia algumas coisas ligadas a isso. Ao ler a palavra "Mãe" me teletransportei para Bolton, que, como pode imaginar, não era um lugar de onde eu quisesse me lembrar naquele momento. A mente funciona rápido. O que Sidney leu como um "lampejo de emoção" foi, para mim, uma série de pensamentos intrinsecamente conectados: mãe-infância-Bolton-Amanda-acidente-fuga-covarde. Essa ligação da mãe de Sidney foi, *sem dúvida alguma*, o motivo de tudo ter acontecido mais tarde naquela noite. (Não sem relação: eu estava com inveja. Imagine só, ter uma mãe que liga sem outro motivo a não ser ouvir sua voz. *Imagine* só.)

brilho suave na vitrine do café e espiei através da nesga de vidro não coberta pelas persianas. Cass estava sentada na ponta do sofá, com um caderno no colo. Dei um passo para trás enquanto minha mente voava pelas explicações, tentando fazer com que uma delas se encaixasse, então olhei novamente e sim — sem dúvida era Cass. Quaisquer que fossem os joguinhos de antes, pareciam idiotas. Bati no vidro. Como ela reagiria ao fato de que eu a tinha visto?

Ela ergueu o olhar, mas permaneceu imóvel, e seu profundo constrangimento me atingiu como uma onda sônica através do vidro, e então desapareceu. Será que eu tinha imaginado? Ela estava se desenrolando do sofá e andando na minha direção de meias, sem sapatos. Sua cabeça estava abaixada o tempo todo, então eu não conseguia ver sua expressão. E de repente ela estava na porta, destrancando a fechadura, abrindo-a apenas o suficiente para colocar o rosto.

— Oi — cumprimentou ela, e eu nunca a ouvira tão suave.

Ela encontrou meu olhar por apenas um instante, depois olhou para baixo, e, mesmo havendo tantas outras coisas em que pensar, não consegui evitar — minha mente começou a se fixar em quanto ar gelado estava entrando. Cass estava com meias pretas puxadas até a metade da canela, shorts de algodão branco e um moletom cinza com capuz com o pequeno logotipo da Champion no esterno. Ela parecia confortável como em um anúncio de roupa íntima, e eu queria tocá-la — mas primeiro precisávamos interromper o fluxo de ar frio.

— Posso entrar? — perguntei.

Em resposta, ela se afastou, então me virei de lado e entrei, ajudando-a a fechar a porta atrás de nós — um alívio.

Sem dizer uma palavra, ela voltou para o sofá arrastando os pés, e eu a segui. Naqueles poucos segundos, o café deixou de ser um local de negócios e se tornou uma sala de estar intimista. Sentamos e o brilho do pequeno halo de luz do abajur nos cercou.

Cass segurava o caderno fechado no colo, encarando-o. Eu estava sentada a cerca de um braço dela e me aproximei, reduzindo a distância pela metade. Depois, inclinei-me para a frente e tirei o casaco, colocando-o atrás de mim no sofá.

— Estou imaginando isto? — perguntei, girando o dedo no espaço entre nós como se pedindo outra rodada no bar.

Cass pareceu surpresa e me perguntei se talvez ela estivesse preparando alguma mentira. Nesse momento eu a fizera considerar essa outra coisa, e ela não estava pronta. Enquanto estávamos sentadas ali, a questão de por que ela estava descalça no café, depois do expediente, não parecia tão importante quanto algum outro sentimento maior.

— Imaginando o quê? — disse ela finalmente, e eu pensei: *Ok, ela precisa que eu soletre para ganhar tempo.*

— Parece que tem algo muito grande ocupando sua mente — respondi. — Como um peso, algo espesso, que pulsa. — Então eu acrescentei, apenas para dar a ela uma rota de fuga, se necessário: — Se bem que pode ser minha imaginação... é uma possibilidade.

Ela balançou a cabeça.

— Não, não é sua imaginação.

Ela poderia ter feito gaslighting comigo, e eu meio que esperava isso, dizendo algo do tipo: *quê? Não. Não sei o que você quer dizer.*

Ela olhou para baixo, moveu o caderno em silêncio para o lado, inclinou-se lentamente para a frente sobre as pernas e, por um instante, achei que ela fosse vomitar. Um segundo depois, entrelaçou os dedos na nuca. Parecia ser um passageiro num voo que achava que o avião estivesse caindo. Então começou a apertar os cotovelos com força, puxando o pescoço, e vi que seus olhos estavam fechados e o rosto, franzido, como se ela estivesse se preparando para a dor ou talvez já estivesse em sofrimento. Um momento depois, ela começou a balançar para a frente e para trás, os dedos dos pés pressionando o piso de madeira.

Aproximei-me ainda mais e coloquei a mão em suas costas para acalmá-la — só para que Cass soubesse que eu estava ali. Observei minha mão subir e descer, sua respiração ofegante. O que quer que estivesse sentindo, parecia grande e assustador, e ela tentava se controlar, como se a própria vida dependesse disso.

Continuei repetindo, minha voz um sussurro em seu ouvido:

— Estou aqui, estou com você.

Duas vezes, tentei me deitar sobre suas costas e envolvê-la com meu braço para acalmá-la, mas ela tremia violentamente — a posição era estranha. Por quanto tempo ficamos sentadas assim? Tempo suficiente para que eu pensasse em todas as explicações possíveis — morte, assassinato, estupro, insanidade, uma mistura de tudo ou nada, algo mais que minha mente nem conseguia imaginar. Ela soluçava; eu categorizava. Tentei me convencer de que não precisava de uma explicação — que a sinceridade de sua dor e vulnerabilidade era suficiente. Mas não era verdade — eu queria saber.

Enfim, sua respiração desacelerou, ficou mais regular. Um minuto depois, ela soltou o pescoço e começou a se levantar lentamente. Seus olhos estavam inchados e o nariz escorria. Ela cobriu o rosto com a mão, mantendo-a ali por mais alguns minutos, os ombros ainda sacudidos por soluços mais discretos. Por fim, colocou as duas mãos sobre o nariz e a boca, como alguém diante de uma decisão terrível, monumental. Minha mão direita repousava delicadamente sobre seu joelho nu. Um segundo depois, suas mãos desabaram e ela se virou para mim — uma decisão havia sido tomada.

— Eu fui embora de casa — confessou ela. — Faz mais ou menos um mês, e estou morando no meu... no meu carro. — Ela fez uma pausa e cobriu os olhos com uma das mãos, mas apenas por um momento, para se recompor. — Minha melhor amiga, ela está... está... eu não sei o que ela está, muito machucada, talvez até pior, não sei.

Lágrimas escorriam, mas eu não diria que Cass estava chorando. Chorar é uma ação. Aquilo parecia passivo — ela estava vazando.

— E eu fui embora. Simplesmente fui embora. Peguei o carro e parti — confessou ela, como se não conseguisse acreditar, como se estivesse ouvindo aquilo pela primeira vez, perplexa consigo mesma. — Nós duas, nós íamos para Los Angeles juntas. Era algo que planejávamos havia anos, sair daquela cidade, e, quando aquilo aconteceu, eu me senti fora de controle, como se tivesse que ir embora. — Seus olhos encontraram os meus, então ela repetiu: — Eu *tive* que ir embora.

— Ok — falei. — Está tudo bem.

(Estava tudo bem? Eu ainda não sabia.)

— A vida toda, eu só esperei que a vida começasse, e eu tinha todos esses grandes sonhos sobre quem eu seria, e agora acho que... — Aí, ela soluçou e me lançou um olhar do tipo: *E agora estou soluçando de chorar, porra... minha vida inteira implodiu, e eu nem consigo explicar como, porque os soluços não deixam*. Ela esperou, soluçou mais uma vez, depois recomeçou: — E agora eu estou presa... estou presa de um jeito ou de outro. Se eu voltar, minha vida não vai ser nada, só faxinar quartos que nem minha mãe ou trabalhar no supermercado, resolver as coisas com Amanda, mas, agora, acho que é ainda pior porque eu... eu não estou fazendo nem isso. Sou tipo um fantasma ou algo assim.

Seus olhos estavam vermelhos e o rosto, tão inchado, que ela parecia ter sido picada por uma abelha.

— Em que sentido você é um fantasma? — perguntei.

— Eu repasso tudo na mente todas as noites: imagino que vou fazer sucesso e o que aconteceria se eu fizesse, sabe? A Amanda me veria, ou alguém de casa, e aí eles viriam atrás de mim, eu sei.

— Quem viria atrás de você?

Eu ainda estava tentando entender se ela havia feito algo ilegal. Fui treinada a pensar assim.

Ela ignorou minha pergunta e continuou:

— Todo mundo descobriria que eu sou uma pessoa horrível... eu seria a que fez aquela coisa terrível. — Ela baixou o tom de voz para um sussurro, como se alguém estivesse fofocando sobre ela: — *Dá para acreditar? Quem faria algo assim à* melhor *amiga?* E agora estou presa na minha própria vida. A menos que eu volte e fique presa naquela outra vida.

— É tão ruim assim?

Seus olhos na mesma hora encontraram os meus, e ela respondeu lentamente:

— Sim, é muito ruim.

— Então me conta. Eu consigo aguentar, seja lá o que for.

Depois que eu disse isso, ela apoiou a cabeça no encosto do sofá e inspirou fundo algumas vezes, se recompondo. Então me contou, com riqueza de detalhes, revivendo cada momento daquela tarde: o passeio de barco, a casa decrépita, a tirolesa, a piscina, tudo. E, de algum modo, foi melhor do que eu havia imaginado e incomensuravelmente pior. Quando terminou de falar, ela virou os ombros na minha direção e me abraçou, pressionando o corpo junto ao meu, e me perguntou se eu podia ajudá-la, por favor, será que eu podia ajudá-la? Eu disse que ajudaria... óbvio que ajudaria.

Naquela noite, no café, inalei o perfume de seu cabelo, que cheirava a maçã,* e passei as mãos pelos longos fios castanhos repetidamente. Por fim, quando Cass pareceu mais calma, eu a afastei de mim, e então nossos lábios estavam a apenas alguns centímetros de distância. Parecia banal, mas usei meus polegares e enxuguei os resquícios de lágrimas dos seus olhos. Estar perto dela iluminou meu corpo. Não consegui evitar; queria sentir seu gosto. Inclinei a cabeça e, lentamente, muito lentamente, lento o bastante para ela ter tempo de se afastar, colei os lábios aos dela. Uma corrente elétrica me percorreu, e então eu estava deslizando minha língua em sua boca e desejando que seu corpo respondesse.

— Vem comigo — convidei, interrompendo o momento, querendo que Cass soubesse o quanto aquilo era sério para mim... o quanto estava comprometida em ser a pessoa que a ajudaria a superar aquele momento terrível.

---

* **Nota da Cate:** Eu era obcecada pela linha de produtos da Bath & Body Works com aroma de maçã verde. Até hoje, sempre que passo por uma loja, entro e procuro o hidratante de maçã verde, porque me transporta de volta a Amanda, que também amava essa linha, mas odiava o fato de amá-la. (Maçãs, Nova York, clichê etc.)

Ela estava tocando a boca como se estivesse atordoada com o que acabara de acontecer. *Velórios* era a palavra que estava passando pela minha cabeça. Aquela coisa antiga sobre como a dor e a tristeza deixam as pessoas excitadas. O que estava acontecendo entre nós não era estranho — fazia parte da condição humana.

— Ir com você para onde?

Eu a sentia se afastar, mas apertei as mãos contra suas costas e a segurei firme.

— Eu vou para Nova York no fim do semestre — expliquei. — Vem comigo. Vai ser um recomeço, para nós duas. Você pode se tornar quem quiser.

Ela estendeu a mão para a mesa de centro, e meus olhos a seguiram, e lá estava o caderno espiral que eu lhe dera depois da primeira aula. Ela tocou a capa, abriu-a brevemente e revelou:

— Quero ser escritora.

— Tudo bem — concordei, acrescentando: — Acho que tem alguns escritores em Nova York.

Essa parte era para soar como uma piada, e Cass sorriu. Senti seu corpo relaxando contra o meu, beijei-a novamente e ela enfim correspondeu.

— Então é um sim? — perguntei.

Ela sussurrou em meu ouvido, sua respiração percorrendo minha espinha:

— *É um sim.*

# CAPÍTULO 18
# CASS

*2000*
*Plattsburgh*

Nas primeiras noites no café, mesmo com as persianas fechadas e o lugar cheio de plantas, eu só ousava usar o pequeno abajur ao lado do sofá. Um campo de visão difícil. Para alguém me ver, era preciso encostar o rosto no vidro.

Eu acreditava ter um pouco de privacidade. E todas as noites encarava meu caderno aberto e esperava que algo acontecesse. Que a escrita acontecesse. Mas, até então, nada. Trinta e nove dias tinham se passado desde que eu deixara Amanda, e só conseguia sentir vergonha. Minha vergonha parecia ter infeccionado. Eu me sentia febril, precisava expurgar aquilo.

Era como me sentia na noite em que Sidney bateu na janela. Estava inquieta e presa na minha própria cabeça, revivendo o momento. Havia desenhado a cena da minha volta à ilha. Um boneco palito em um barquinho horrível. Acelerando sobre ondas rabiscadas. Outro boneco palito, pernas em ângulos anormais, dentro de uma piscina torta. Fiquei olhando para a imagem, repetidamente traçando as linhas.

Então, uma batida na janela. Antes de levantar os olhos do sofá, tive um pensamento passageiro — *por favor, não seja a Sidney.* Mas é claro que era. O rosto comprido pressionado contra a janela e uma profunda irritação irradiando de mim. Quem eu queria mesmo ver parada ali era Amanda, um lado do quadril projetado à frente, ou até mesmo minha mãe, com um de seus abraços luxuosos que deveria compensar todas as outras coisas, *tá, meu bem?* Eu andei na ponta dos pés e destranquei a porta, só um pouquinho, mas ela entrou. Ou ela não era boa em ler linguagem corporal ou acreditava ser capaz de superá-la.

Quando nos sentamos no sofá, percebi o péssimo estado mental em que ela havia me flagrado. Sidney estava tirando o casaco e o colocando de lado. Então fui atingida com tudo pela necessidade de botar tudo pra fora. Eu tinha engolido aquela história toda, uma vida inteira. E ali estava alguém que queria ouvir.

Eu me lembro de balançar nos calcanhares, tentando conter tudo, manter tudo enterrado. Mas não era possível. De repente eu estava falando, uma torrente de palavras, e estava soluçando, os olhos inchados. Finalmente, fui me acalmando, voltando ao presente. E Sidney estava perto de mim, e a sensação era boa, como terra firme. Fiquei surpresa de me sentir feliz com sua presença. A sensação agradável de seu corpo contra o meu. Seus lábios eram macios e delicados, como sempre imaginei que seriam os lábios de uma mulher. Eu gostei.

— Vem comigo para Nova York — sussurrou ela em meu ouvido. — Eu vou tornar essa nova vida real.

O que eu disse: *Sim.*

O que eu pensei: *Outra porta se abrindo.*

O que aconteceu: um segundo abalo sísmico na minha história.

## CAPÍTULO 19

# SIDNEY

*2000*
*De Plattsburgh a Bolton Landing*

Certa vez, minha professora de piano me perguntou se eu conseguia sentir a música. Eu estava na casa dela — ao seu piano. Ela estava sentada de frente para mim. Eu adorava tocar. Cada nota correspondia a um movimento. Um feedback instantâneo de como eu havia me saído. Em geral, sim. Mas eu não sabia o que a pergunta dela significava; se eu *sentia* a música? Quando não respondi nada, ela explicou:

— O que estou perguntando é: você tem uma experiência emocional quando toca?

Ela havia tocado com a Boston Pops. Uma mulher importante da nossa cidade de Vermont. Sempre usava aqueles vestidos esvoaçantes e colares grossos que não faziam sentido para mim, então, não era estranho que aquela pergunta também não fizesse. Claro, eu conseguia sentir a emoção da música, só não achava essa parte interessante. Para mim, a satisfação de tocar o piano envolvia a repetição e a prática. Eu gostava de apertar um botão e ver a letra correta aparecer — como uma máquina de escrever. Foi o que eu disse a ela. E obviamente havia sido a resposta errada. Ela aos poucos parou de atender às ligações da minha mãe para agendar aulas.

Talvez isso ajude a explicar por que fui para Bolton Landing. Afinal, se eu não tinha um "quê" a mais — independentemente do que fosse o tal "quê" —, então precisava compensar. Eu precisava me superpreparar. E, ainda, um advogado tinha de ter o maior nível de compreensão possível. Naquela noite no café, Cass pareceu se purgar de toda a história — que ela havia deixado a melhor amiga, Amanda, ferida em uma piscina, que seu nome verdadeiro era Anne Marie Callahan. Mas os melhores advogados não têm apenas as mesmas informações que seus clientes, eles têm mais.

Eu disse a Cass que passaria o fim de semana prolongado com minha família, em Burlington. Em vez disso, dirigi até a cidade natal dela. Já havia começado a planejar seu futuro. E o que ela realmente precisava para escapar do passado era uma representante legal (leia-se: eu) capaz de enxergar cada ângulo e bloquear todo o tráfego antes de chegar até ela.

Era por isso que eu precisava saber.

A viagem de carro até Bolton levou noventa minutos, quase todo o trajeto pela rodovia, e logo me vi estacionando em uma loja de conveniência Stewart's, nos arredores da cidade, para me orientar. Minha primeira parada seria a secretaria da Escola Central de Bolton, onde me apresentaria como recém-contratada da universidade estadual — recrutadora faria mais sentido, mas eu ia improvisar. Só precisava fazer algumas perguntas. Bastava me aprofundar na compreensão da cidade, seu povo, como tudo funcionava, e então partir desse ponto.

A secretaria ficava logo depois da entrada principal, e enfiei a cabeça no vão da porta com um oi despreocupado. Eu usava uma calça social cáqui de cintura alta e uma camisa social azul, porque parecia o que alguém no meu cargo (recrutadora universitária?) usaria. A mulher da recepção tinha cabelo castanho crespo e eu conseguia imaginar o salão que ela frequentava, um prédio branco não geminado à beira da estrada, com aquelas fotos brilhantes de mulheres com permanente na vitrine. Ela me viu entrar e me deu o mais leve dos sorrisos.

E então me surpreendi ao dizer:

— Oi, eu sou a Sophia... — A mentira simplesmente surgiu na ponta da língua, sem que planejasse. — Trabalho na Universidade Estadual de Nova York, em Plattsburgh, no departamento de teatro. Fui contratada recentemente.

— Mm-hmm — Foi tudo o que a mulher respondeu, e por mim estava tudo bem, porque sua atenção total, que ela se lembrasse de informações sobre mim era, na verdade, o oposto do que eu precisava.

Acesso temporário era tudo o que eu queria.

— Eu gostaria de alguns minutos com a professora de teatro, para contar a ela sobre nosso programa. — Eu me ouvi dizer.

*Inteligente*, pensei, *vá direto à fonte*. Cass havia mencionado que ela e Amanda eram protagonistas de todas as peças da escola. Não contara muito mais sobre a experiência, exceto seus planos futuros de ir para Hollywood.

— Ele — disse a mulher, erguendo o olhar.

— Como?

Eu estava parada ali, as mãos no balcão da recepção, mais ou menos na altura da cintura.

— É ele, o professor de teatro. O sr. Riley. — Ela mal me encarava, fazendo várias coisas ao mesmo tempo, com muito mais foco no que quer que estivesse acontecendo em seu computador. Sem desviar o olhar da tela, apontou para cima e para trás, dizendo: — Deve estar na sala dele atrás do teatro, no final do corredor, depois das portas duplas, à direita.

— Obrigada — agradeci, saindo da secretaria.

Eu esperava mais obstáculos, mas aquilo facilitaria a minha vida.

O sr. Riley estava, de fato, em sua sala. A porta preta estava entreaberta — um pôster de *Noite de reis* colado na frente. Antes de bater, parei e olhei a data da apresentação — no último outono —, o que me fez sorrir, porque, sem dúvida, Cass havia estrelado a peça. Então o pôster começou a descolar, e eu corri para prendê-lo na porta, e o barulho chamou a atenção do sr. Riley. De repente ele estava de pé, e me ajudando, dizendo:

— Essa coisa simplesmente não para, talvez precise de uma fita mais forte.

Ele usara fita crepe, que era o mesmo que usar esperança, mas fiquei quieta.

— Deve ter sido uma ótima apresentação — comentei, batendo o dedo no pôster.

— Minha nossa. — Ele levou a mão ao peito em um gesto dramático. — A história por trás dessa peça... você não acreditaria mesmo se eu te contasse. Richard Riley, a propósito. Como posso te ajudar?

*Que nome incrível*, pensei. Ele era uma figura inesperada para um professor de teatro de uma cidade pequena. Eu havia imaginado uma mulher de meia-idade que tivesse assistido a muitos filmes, mas Richard Riley realmente encarnava o papel, com uma blusa de gola alta preta, lenço cinza e barba grisalha bem aparada. Ele parecia alguém que tinha mesmo trabalhado na Broadway.

— Eu sou a Sally Carver — dizia, numa mentira espontânea. Na fração de segundo antes de começar a falar, percebi que poderia obter informações melhores, e mais rápido, se mudasse a história de ser recrutadora universitária. — Trabalho para uma empresa de pesquisa lá no centro e fomos contratados para... montar um banco de dados, uma espécie de censo, de programas de teatro do ensino médio, para fins de orçamento estadual.

Obviamente, eu estava construindo essa realidade à medida que avançava, cada passo no caminho surgindo conforme eu falava, mas a ideia de ser de uma "empresa de pesquisa" parecia vaga o suficiente, e os "objetivos orçamentários", algo sério o suficiente para satisfazer o sr. Riley. E, na remota hipótese de ele tentar, seria difícil me localizar depois.

— E você está fazendo tudo isso pessoalmente?

— Ah, não, não, óbvio que não... é que a minha irmã... ela mora na cidade vizinha — inventei. Como eu era boa naquilo. — Então vir aqui é uma desculpa para uma pequena visita 0800.

Encostei o indicador nos lábios e arqueei as sobrancelhas. Ele riu, levou o polegar e o indicador à boca, como se a fechasse, indicando que meu segredo estava seguro com ele. Agora eu tinha sua confiança.

Ele puxou uma cadeira dobrável que mantinha guardada, então eu fiz a ele todas as perguntas burocráticas em que pude pensar — números de participação, presença, orçamento, promoção, processo, tudo. O sr. Riley levou a sério, pegando um fichário em determinado momento para confirmar alguns números. Eu tinha um caderno na bolsa e anotei tudo que ele me disse. A certa altura, esqueci que tudo aquilo era uma encenação, porque realmente queria saber as respostas para o que estava perguntando. Se alguém ainda não tinha montado aquele banco de dados, deveria. Então fechei meu caderno, sinalizando que já tinha tudo de que precisava, e olhei para o pôster de *Noite de reis* colado na porta. Seu olhar seguiu o meu.

— Tá, então, *agora* posso ouvir a história por trás daquela peça?

Sinceramente: eu estava impressionada comigo mesma. Sentada ali, a poucos metros dele, minha pergunta soou perfeitamente natural. Não intrometida. Nem muito curiosa. Quem resistiria a acompanhar algum drama local, especialmente quando a ideia daquele drama havia sido apresentada por outra pessoa — no caso, o próprio Richard Riley! Talvez Cass não fizesse questão da verdade, mas eu queria saber de cada detalhe.

Ele se recostou e entrelaçou as mãos atrás da cabeça, balançando-a em descrença.

— É de partir o coração — começou, depois fez uma pausa. Antes de continuar, apontou para o pôster. — Aquela foi a última peça estrelada, provavelmente, pelas duas melhores alunas com quem já trabalhei aqui. Elas eram protagonistas todos os anos e também melhores amigas, basicamente inseparáveis. A gente até comentava na sala dos professores que eram sempre as duas e mais ninguém. Sally, eu chegava a *escolher peças* pensando nas que se encaixariam melhor nos perfis delas, nunca fiz isso antes em minha carreira de professor. Eu estava absolutamente convencido de que as duas fariam sucesso.

— Uau! — exclamei, uma rápida deixa verbal que esperava que o encorajasse a continuar falando.

— Pois é — disse ele, então de repente se levantou, foi até a porta e enfiou a cabeça no vão, espiando os dois lados do corredor, antes de fechá-la. — A cidade ainda está arrasada com tudo isso — comentou, recostando-se na cadeira. — Enfim, as duas, ambas tinham aquele "quê", como dizem, mas uma era uma estrela comprovada e a outra estava meio que pegando carona na onda um pouquinho.

Aqui, ele apertou os dedos e semicerrou os olhos para ilustrar a pequena, mas não insignificante, diferença de talento entre as duas. (Qual era Cass, qual era Amanda? Uma pergunta que eu queria fazer, mas não consegui.)

— Mas isso não vem ao caso — continuou ele. — E eu não quero te prender. Com certeza você quer voltar para sua irmã.

Minha irmã, minha irmã, minha ir... Eu quase tinha me esquecido dela! Mas me recuperei e disse:

— Ah, imagina, eu tenho alguns minutos. O que aconteceu? — Injetar essas três palavras com a dose certa de curiosidade era o objetivo, e eu arrasei.

— É a coisa mais louca do mundo — disse ele. — Há só um mês, mais ou menos, uma das garotas corre para o Big 8, um hotel decadente na beira da estrada, e liga para a emergência, certo? Fala para irem até a ilha Hideaway imediatamente, diz que a amiga está machucada, conta onde, tudo. Lógico, eles mandam as equipes de socorro com urgência, encontram a garota exatamente onde lhes disseram que estaria e a levam para o hospital.

Como um verdadeiro artista, ele parou ali... fim do Ato I, breve intervalo, todos recuperam o fôlego.

— Tá — disse eu, e prolonguei a palavra como se fosse um convite para continuar.

— Tá, então — recomeçou ele. — Uma garota está no hospital, mas a outra, a que fez a ligação...? *PUF!* — Ele juntou as mãos e as abriu em formato de explosão. — Sumiu. Não foi encontrada em lugar algum, simplesmente desapareceu.

*Cass.*

— Simplesmente... sumiu? — indaguei, fingindo espanto, porque parecia o que alguém ouvindo a história pela primeira vez diria e faria.

— Ninguém, nem mesmo a mãe... embora, justiça seja feita, essa aí nunca recebeu nenhum prêmio de Mãe do Ano... teve notícias da menina desde então. Desapareceu.

— O que aconteceu com ela? — perguntei.

O sr. Riley jogou as mãos para o alto, perplexo, e disse:

— Sei tanto quanto você. Ouvi todas as teorias possíveis sendo sussurradas pela cidade. Dizem que ela tentou matar a amiga e depois fugiu quando não deu certo, mas eu não acredito nem por um segundo. Elas se amavam. Além do mais, por que ela ligaria para a emergência? Até ouvi algumas pessoas dizerem que a ilha é mal-assombrada e que ela com certeza se afogou tentando voltar. Sinceramente, é um mistério.

*Se amavam?*, pensei.

— O que a polícia acha?

— Não faço ideia. Eles gostariam muito de falar com ela, claro, mas, como a amiga não morreu, para a polícia, é só um acidente infeliz.

— Faz sentido — comentei. — Então a outra garota está viva?

— Sim, a Amanda. Mas paralisada da cintura para baixo. Absolutamente trágico. — Ele olhou novamente para o pôster de *Noite de reis* e disse: — Shakespeariana, a coisa toda.

## CAPÍTULO 20

# SIDNEY

*2000*
*Plattsburgh*

Segundo minha perspectiva na época, Cass era do tipo de mulher que só aparecia uma vez na vida. Eu nunca havia visitado Nova York antes, desconhecia a grande quantidade de peixes no mar, e estava convencida de que não poderia haver nada melhor que Cass. O que eu precisava — e o que ela precisava — era parar de olhar para trás. Libertá-la do peso de Amanda — esse seria meu presente para ela. Cass teria a verdadeira liberdade. Comigo.

Dirigi direto da escola para o café, em Plattsburgh. Dois minutos antes de fechar, eu estava empurrando a porta da frente, esperando ver Cass de avental, empilhando cadeiras. Mas não, apenas Brett estava lá. Ele não parecia ser meu fã — nem de ninguém, na verdade. Brett apontou para a porta dos fundos, e passei por ele sem dizer nada. Presumi que Cass estaria sentada nos degraus onde havíamos compartilhado aquele cigarro falso, mas também não tive sorte. Continuei andando até o estacionamento, e lá estava ela, dentro do Civic vermelho amassado. Por estar virada, procurando algo no banco de trás, não me viu. Abri a porta do passageiro e me acomodei ali dentro.

— Não, não entra — disse ela, agora de frente. — Estou indo embora. E o que é que você veio fazer aqui? Preciso ir.

Ela estava chorando — os olhos inchados — e virou a cabeça, como se não quisesse que eu visse. Como se eu já não a tivesse presenciado no fundo do poço. Estendi a mão e toquei seu braço. Ela olhou para minha mão, manteve o olhar ali por um instante, depois me encarou, balançando a cabeça rápido.

— Vou voltar — disse ela, gesticulando para que eu saísse do carro.

Não foi nada bom — ser mandada embora daquele jeito.

— Está tudo errado — continuou, em seguida. — Eu cometi tantos erros.

Coloquei a mão na maçaneta e pensei em simplesmente ir. Por que eu estava deixando que ela me tratasse daquele jeito? Quem era ela para mim, afinal? Fora a garota mais linda que eu já vira. Eu a fuzilei com o olhar, demonstrei o quanto estava magoada. Seus ombros cederam.

— Desculpa — lamentou ela, acalmando-se. — Não quero te decepcionar. Sério, não quero mesmo. Mas preciso voltar para casa agora.

Sua expressão era sincera, e eu tive a certeza de que ela ia mesmo embora. Que pisaria fundo assim que eu saísse do carro — um flash vermelho, acelerando de volta a uma vida que a aprisionaria para sempre.

— Ah, Cass — comecei, e deixei meu semblante desmoronar. — É por isso que estou aqui.

Ela parecia confusa.

— É por isso que você está aqui?

— A Amanda — respondi. Cobri os olhos com a mão. Era uma péssima atriz. Aquilo tudo parecia absurdo, e eu esperava que minha próxima frase nos levasse para outra direção. Mas, hesitante, segui em frente: — Fui a Bolton Landing hoje.

— Você fez o q...

— Me desculpa. — Eu a interrompi. — Mas eu precisava saber. Para poder te ajudar. E, Cass, o que eu descobri... sinto muito, muito mesmo.

Abaixei a cabeça e comecei a balançá-la lentamente, deixando claro no movimento o quanto estava arrasada, para que ela entendesse que aquele arrependimento era na verdade lamento — e por algo muito mais significativo que uma viagem secreta.

Ainda assim, eu não tinha certeza se conseguiria pronunciar as palavras em voz alta. Tecer uma existência inteiramente nova para Cass com uma única frase. Será que eu tinha estômago para isso? Mas aí as mãos de Cass buscaram as minhas e o gesto me tocou profundamente. Ela parecia abalada, os olhos suplicantes, e eu só me comprometi — eu me comprometi com o momento e com o que era necessário de mim.

— A Amanda está morta — menti — Pneumonia no hospital... uma semana depois do acidente.

Apostei tudo. Apostei tudo em Cass.

Então me preparei, desligando todos os pensamentos — sem alma, eu era apenas um corpo em frente a ela —, e me mantive firme enquanto seus olhos buscavam os meus, procurando desesperadamente por uma saída de emergência. Um segundo, dois segundos, três. Então ela soltou minhas mãos e se virou, saindo silenciosamente do carro. Observei pela janela enquanto ela abria o porta-malas, vasculhava tudo. Então ela o fechou com força, desaparecendo por uma fresta na cerca e na fileira de árvores atrás do estacionamento.

# CAPÍTULO 21
# CASS

*2000*
*Plattsburgh*

Eu ainda não havia tocado nas coisas de Amanda. Acho que, até certo ponto, acreditei que iria voltar — claro que iria voltar! —, então, talvez tenha pensado: por que mexer naquilo? Ou talvez não fosse bem isso. Talvez eu tenha pensado que não usar as coisas de Amanda seria uma pequena fração de superioridade moral que eu podia reivindicar. Veja, existe um limite que nem eu ultrapassaria. E, de algum modo, nunca me considerei uma pessoa má. Eu estava apenas lutando, descobrindo como viver. Ou talvez seja o que todas as pessoas podres dizem a si mesmas.

Então, aquela tarde terrível. Sidney dizendo aquelas palavras. Dizendo: "A Amanda está morta." Foi o que ela disse.

Um minuto antes, eu estava a apenas um trecho de rodovia de rever Amanda; e então, eu nunca...

Eu nem conseguia imaginar. E não importava o quanto olhasse para Sidney — implorando de verdade, com todas as minhas forças —, ela não retirava o que dissera. De repente, precisei sair do carro. Talvez eu pudesse aprisionar a ideia de Amanda estar morta lá dentro. Saí e abri o porta-malas, pegando rapidamente a bolsa dela, a bolsa da Strand, no fundo do canto direito. Só depois que o porta-malas estava fechado, exalei. Eu não podia deixar mais nenhum ar do carro, contaminado como estava, entrar no meu corpo.

Dentro da bolsa, havia três suéteres meticulosamente enrolados, já que organização era o único sintoma do TOC da Amanda.

Apertei a bolsa contra o peito e desapareci na fileira de árvores atrás do estacionamento. Apesar do meu grande esforço, a realidade das palavras de Sidney havia escapado do carro e estava, fiquei perturbada ao reconhecer, sobrevivendo ao contato com o mundo exterior. E então, ignorei essa ideia da Amanda estar morta. Apenas deixei que existisse no mundo. Como palavras em uma faixa, puxadas por um avião: A AMANDA ESTÁ MORTA. Escritas nas nuvens. De um modo ou de outro, uma coisa à parte e fora de mim. Eu podia olhar para cima e me envolver com elas ou não.

Encontrei uma árvore grossa, recostei-me no tronco e deslizei até o chão. Segurei a bolsa contra o peito e aquela coisa idiota que Amanda sempre dizia sobre moda não parava de passar pela minha cabeça, de que se trata de combinar o interior com seu exterior. Naquele momento, meu interior estava derretendo. Levei a bolsa ao rosto e gritei no tecido.

*Desculpa, desculpa, desculpa, desculpa.*

---

Talvez uma hora depois, não tenho certeza, finalmente me forcei a ficar de pé. Eu me sentia instável. Não sentia nada, exceto pela cabeça, que latejava. Caminhei com cuidado de volta ao carro no qual Sidney ainda estava. Exatamente onde eu a havia deixado.

Esperava ficar irritada, até com raiva, mas não foi o caso. Talvez estivesse tudo bem que algo fosse fácil, para variar. Simplesmente deixar a coisa rolar porque estava à disposição, e seria bom — ser tocada e abraçada. Imagine estar envolto no calor de alguém, o fluxo de seu sangue contra a sua orelha. Então Sidney me viu e saiu do carro, caminhando em minha direção.

— Cass — disse ela, ao me puxar para um abraço apertado. — Conta comigo. Estou aqui, tá? Estou aqui.

Meu queixo estava em seu ombro e eu assenti, apoiada em sua clavícula. Ficamos abraçadas por alguns segundos. Então levei a mão à sua nuca e guiei seus lábios aos meus. Amanda morta — por um instante, eu simplesmente não pude encarar aquilo.

Naquela noite, quando Sidney me levou de volta ao seu apartamento, fomos direto para a cama. Ela sabia o que estava fazendo. Quando finalmente a toquei, enfiando a mão dentro de sua calça jeans, ela estava encharcada, e meus olhos encontraram os dela por reflexo.

— Você faz isso comigo — disse ela, e percebi que me excitava... ser tão desejada.

Naquela noite, Sidney adormeceu com o braço sobre meu peito. Fiquei encarando o teto, apavorada por não ter mais distrações. Mais uma vez, aquelas quatro palavras apareceram acima de mim: A AMANDA ESTÁ MORTA. Letras pretas, com a fonte de letreiro. Fechei os olhos, mas as palavras já haviam sido marcadas em minha visão. Chorei até o travesseiro ficar molhado contra minha bochecha.

Mais tarde naquela noite, comecei a escrever O *derradeiro fim*.

CATE KAY

---

## O derradeiro fim

Jeremiah e Samantha tinham acabado de terminar o plantão noturno na ANC. O sol da manhã banhava os arranha-céus de dourado, e Samantha odiava perder o show, mas Jeremiah havia esquecido os óculos escuros no carro, que eles deixavam numa vaga mensalista, no estacionamento no porão do prédio, e praticamente só usavam no fim de semana. Os dois pegaram o elevador até os fundos da garagem. Quatro andares no subsolo. O carro não era grande coisa — um velho Mazda verde que eles apelidaram de Pacino, porque parecia ter saído de uma briga. Pacino tinha levado algumas pancadas: para-choque amassado, retrovisor rachado, assoalho desgastado. Mas isso lhes dava liberdade para sair da cidade, ouvir música, sentir o vento no cabelo. No fundo, eram jovens da Califórnia, precisavam de rodas.

Jeremiah estava no banco da frente de Pacino, debruçado e vasculhando o porta-luvas. Samantha esperava, com as costas apoiadas em um pilar grosso de cimento. Ela pensava na fita que ele gravara para ela pouco antes de dirigirem para o leste em busca de seus sonhos. Ele a havia intitulado *Liberdade enfim*. Eles tinham dado uma volta, ouvido as músicas, discutindo sobre onde colocar a melhor música em uma mixtape. Ela disse terceira faixa, ele disse quinta.

Ela olhou para o relógio: 6h44. O sol já havia nascido. Samantha não tinha como saber, mas aqueles eram os últimos segundos antes de a cidade explodir.

*No ar, o voo 1602 descia em direção a LaGuardia. Uma menina de 9 anos, com cabelo castanho brilhoso, usando sandálias de plástico da cor do arco-íris, estava com o rosto pressionado contra a janela oval. Ela pensou ter notado algo estranho acontecendo no solo e estendeu a mão para a mãe. Mas, no mesmo instante, o avião tremeu e a mãe da menina a puxou para longe da janela. Um segundo depois, uma nuvem que tomou a forma de um grande cogumelo floresceu acima dos prédios altos, expandindo em todas as direções, e o piloto disse que eles não iriam pousar, que continuariam voando, e os passageiros ao redor começaram a chorar.*

Parada na garagem, Samantha sentiu um pulso de energia vindo do pilar de concreto. A estrutura parecia vibrar contra suas costas, um ronco distante. Um vagão do metrô passando por perto, pensou. A vibração era semelhante, mas essa energia parecia acelerada de algum modo. Todo o seu corpo ficou em alerta.

— Sai daí! — gritou Samantha, a voz irreconhecível.

Ela se jogou para a frente, agarrou Jeremiah e o arrancou de dentro do carro. Eles se amontoaram contra o pilar, tapando os ouvidos. As luzes se apagaram primeiro. Em seguida, caíram pedaços do teto — grossas placas de concreto —, soterrando os carros ao redor. A porta de Pacino ainda estava aberta, e Samantha observou o carro verde ser esmagado por um fragmento do prédio. Quem se importava com um retrovisor trincado agora? Ela fechou os olhos com força e se agarrou a Jeremiah.

## CAPÍTULO 22

# AMANDA KENT

*2000*
*Bolton Landing*

No verão antes da quinta série, Annie e eu passamos a primeira semana de julho jogando *Super Mario Bros.* no console Nintendo original. Jogar videogame nos deixava inquietas e irritadiças, mas não parecíamos capazes de parar. Preparávamos uma jarra de refresco em pó e nos deitávamos no carpete da minha sala de estar com a cabeça em travesseiros, nos alternando e gritando toda vez que um casco de tartaruga ou um pulo mal sincronizado fazia o Mario de 8 bits despencar de cabeça para baixo no submundo.

Em um dado momento, Annie saltou do chão.

— Não aguento mais! — exclamou, aí arrancou o cartucho do console e me encarou. Com sua melhor imitação de Exterminador do Futuro, perguntou: — Permissão para destruir?

Eu me levantei num pulo, feliz com aquela mudança repentina na trajetória do dia. Juntei os calcanhares, como os policiais que tinha visto na TV, e endireitei os ombros.

— Permissão concedida, senhor — respondi, e observei Annie arremessar o cartucho pela sala como um frisbee.

Não era exatamente um plano de destruição bem concebido. O quadrado cinza bateu na parede oposta e caiu, ainda inteiro.

Annie correu para pegá-lo e o inspecionamos juntas. Não parecia ter nada errado.

— Quem sabe a gente vê se ainda funciona? — sugeriu Annie, já o colocando de volta no console.

Ela fechou a tampa e apertou o play, e nós recuamos, observando o jogo tentar se recompor após nossa tentativa de assassinato. A tela piscou. O jogo se esforçava para construir a expressão completa de seu mundo, mas não conseguia — algo ali dentro havia se quebrado.

Annie e eu nos entreolhamos. Eu esperava que ela me dissesse como me sentir em relação a quebrar intencionalmente algo de valor.

— Era necessário — argumentou ela, dando de ombros. — Parecia que a gente estava sendo engolida pelo jogo.

Estou contando essa história porque, na manhã em que acordei no hospital, eu me senti como um videogame que não carregava direito.

Ao acordar, fiquei curiosa, como um detetive resolvendo o mistério do que estava acontecendo comigo — quem, onde, quando, por quê.

Quem: eu, acho; sim, eu.

Onde: no início, não parecia claro, mas ouvi um bipe rítmico e o contorno difuso de uma máquina que me dizia… hospital.

Quando: rebobinar, rebobinar, rebobinar — a tirolesa, a queda, essas eram minhas lembranças mais recentes.

Por quê: estou machucada, mas a gravidade não era uma questão que eu estivesse pronta para considerar.

(Às vezes, mesmo agora, acordo me sentindo do mesmo modo que naquela manhã. É só uma armadilha do meu cérebro. Quando sinto acontecer, eu me forço a sentar ereta e acendo o abajur. Então respiro fundo várias vezes e o pânico geralmente passa.)

De volta àquela primeira manhã. Eu estava com um dos olhos aberto. Alguém havia se aninhado em uma cadeira no canto do quarto, encolhido sob um cobertor pequeno demais. Seria Annie? Eu não conseguia dizer. No parapeito da janela, ao lado da pessoa que provavelmente era Annie, havia um copo do café local, Spot, e ver o logotipo do cachorro marrom com a língua vermelha me acalmou. A familiaridade me deu segurança.

Minha garganta estava seca e dolorida, e me perguntei se eu estava com amigdalite ou, quem sabe, laringite e tinha ido ao hospital por isso, não por causa da tirolesa. Eu estava me esforçando muito para ficar acordada, mantendo meu único olho fixo no copo de café, mas então fui tragada novamente, nadando de volta em direção a uma lembrança.

Em direção a Annie. Ela usava o sobretudo azul que encontrou no Goodwill, aquele com uns botões que pareciam rolhas de vinho de lado. Era o tempo livre, e sempre íamos ao Spot durante o tempo livre. O segredo do café, dizia Annie, era adicionar tanto creme e açúcar que ficasse parecendo mais um milk-shake.

Tínhamos uma relação de amor e ódio com o Spot. Adorávamos a proximidade da escola e o fato de funcionarem em um vagão de bondinho antigo, pintado de azul com detalhes em amarelo. Odiávamos o nome e o logotipo. (O café também não era muito bom, mas não sabíamos disso na época.)

— Tipo, quem chama o cachorro de Spot? — perguntou Annie, na primeira vez que fomos juntas, no primeiro ano do ensino médio, acho. — Eles se reuniram para pensar em nomes de cachorro e simplesmente ficaram com preguiça?

— Talvez o processo tenha sido intenso demais — argumentei, e ela me lançou aquele olhar característico, com a sobrancelha levemente arqueada, quando viu que estávamos prestes a entrar numa onda de engenhosidade.

— Não pode ser mais intenso que, tipo, ter mesmo um cachorro, né?

— Não sei, vamos tentar. Qual seria o nome do seu cachorro?

Ela jogou a cabeça para trás e olhou para as nuvens em busca de uma resposta. Alguns segundos depois, disse:

— Hmm... Lucky? Patch? — Aparentemente, ela havia assistido a *101 dálmatas*. Então fez uma pausa e acrescentou: — É mais difícil do que eu pensava.

Era incomum Annie não ter a resposta perfeita, e eu observei, bem-humorada, enquanto ela colocava as duas mãos nas laterais da cabeça e olhava para mim, horrorizada.

— Meu Deus do céu, como eu sou ruim nisso — comentou ela. (Ela nunca foi ruim em nada.) — Tente você. Qual seria o nome do seu cachorro?

Essa foi fácil. Meu pai tinha cachorros na oficina, então, desde pequena, eu sonhava com o dia em que poderia ter os meus e como os chamaria. Aí, em um acampamento de teatro no ensino fundamental, fizemos *Sonho de uma noite de verão* e eu soube.

— Puck — respondi. — Vou chamar meu cachorro de Puck.

Annie se levantou de um salto e me encarou, impressionada.

— Meu Deus, é perfeito! Você tirou isso de um... *Sonho*? — Ela deu uma piscadela para mim depois da última palavra, tentando ganhar alguns pontos com uma piada sem graça.

Depois daquele dia, de vez em quando, a gente se sentava em um dos bancos que parecia ter sido resgatado de uma estação de trem, e Annie, do nada, simplesmente dizia um nome: Cícero, ou Poe, ou Henrique V, ou Hamlet. Nas primeiras vezes que aconteceu, fiquei perdida e precisava de mais contexto. Eu respondia: "Espera, quê?"

— Persephone — soltou ela numa tarde de março do último ano.

Tenho certeza de que era março porque, quando uma rajada de vento frio soprou alguns minutos depois, Annie disse "março", enquanto balançava a cabeça sutilmente, e eu sabia que devia terminar com "entra ventoso, abril sai chuvoso", e demos um *high-five* sem nos olhar... nossa tradição em todo março desde a terceira série, quando nossa professora favorita, a sra. Rogers, nos fez cortar nuvens em folhas de cartolina e prendê-las com fita adesiva no corredor na frente da sala de aula, abaixo do provérbio, um projeto que nos encantou imensamente.

Em resposta, franzi a testa, o que ela interpretou corretamente. Annie entrelaçou as mãos atrás da cabeça e disse:

— Eu sei, eu sei... não é nome de cachorro.

— Mas é um ótimo nome para um personagem humano.

Ela assentiu. Um minuto depois, tentou de novo:

— Dante.

— Hmm — falei, considerando, de fato, a sugestão. Levava minha posição a sério. — Um forte candidato, com certeza, mas só se você tiver, tipo, um doberman.

Annie suspirou.

— É, acho que você tem razão. — Então ela olhou para mim e disse: — Será que devo um pedido formal de desculpas aos donos do Spot?

---

Eu estava despertando de novo, e agora Kerri estava ali, segurando minha mão. Parecia ao mesmo tempo aliviada e apavorada por eu estar acordada.

— Oi — grasnei.

Kerri começou a chorar imediatamente e levantou minha mão para beijá-la. Minha mão estava estranha, como quando eu acordava no meio da noite e meu braço, dormente, parecia o braço de outra pessoa.

— Para onde a Annie foi? — sussurrei, certa de que ela já havia estado ali antes, encolhida na cadeira.

Kerri apenas me encarou, sem dizer nada.

E, juro, foi aí que o medo começou a se infiltrar em meus ossos, quando as peças começaram a se encaixar — o hospital, minha garganta, a tirolesa, o peso do meu corpo, Annie comigo na piscina, mas depois ausente.

Como aquilo devia ser grande e assustador a ponto de a ter afugentado.

— Não sei onde a Annie está — respondeu Kerri, por fim.

## CAPÍTULO 23
# SIDNEY

*2005*
*Nova York*

Eu sabia que O *derradeiro fim* seria um sucesso. Cass finalmente me deixou ler o original depois de quatro anos e meio escrevendo, editando e reescrevendo. Durante todo esse tempo, tudo do livro — a premissa, os personagens e o cenário — era desconhecido para mim. Ela poderia estar escrevendo uma comédia romântica, até onde eu sabia, embora duvidasse, já que romance não parecia ser uma prioridade para ela, por mais carinhosa que eu tentasse ser. Que ela ficcionalizasse alguma versão do passado também era uma preocupação. Então, quando ela finalmente me deu o livro, eu estava tensa e fiquei acordada a noite toda, lendo, com medo até o fim de que algo ali a denunciasse. Coloquei a última página na pilha e olhei para ela — Cass estava dormindo de lado, de costas para mim.

Morávamos em um apartamento de um quarto, no Harlem. Cass trabalhava em um café na esquina. Eu havia adiantado matérias na NYU, fazendo aulas de verão também, e me formado em dois anos em vez de três, então já estava progredindo em um prestigioso escritório de advocacia.

Naquela manhã, toquei seu ombro e a sacudi de leve para acordá-la. Ela olhou sonolenta por cima do ombro até ver a pilha de papéis no meu colo, então se endireitou, subitamente alerta.

— Você leu — constatou ela.

Eu captava a esperança em sua voz. Ela se importava com o que eu pensava, o que fez com que eu me sentisse melhor sobre nós. Nosso relacionamento sempre pareceu algo tão frágil. Além de contar histórias, o maior dom de Cass parecia ser a ausência — o fato de que ela conseguia facilmente desocupar seu corpo físico. Estava quase sempre em outro lugar, e eu havia começado a encarar aquilo como uma afronta pessoal. Eu não lhe tinha dado o suficiente?

Ao vê-la naquela manhã, na cama, totalmente presente, desesperada para ver minha reação a seu trabalho, eu me apaixonei de novo.

— É um best-seller — elogiei e, enquanto as palavras saíam, jurei usar todos os recursos a minha disposição para torná-las realidade.

— Você acha? — perguntou Cass, o que não era típico dela, buscar reforço positivo reiterado de mim.

— Precisamos de um plano — respondi, em vez disso.

— Na verdade, eu já enviei — confessou ela, acendendo o abajur do seu lado da cama.

Ela era impaciente — sempre fora. Quem quer que tenha usado pela primeira vez a frase *colocar o carro na frente dos bois* estava se referindo a alguém muito parecido com Cass. Como ela poderia enviar uma cópia desse original sem primeiro falar comigo? Sem dúvida, ela percebeu minha desaprovação, pois acrescentou:

— Só para uma agência literária... é a minha primeira escolha: Eloquence.

— E que nome você usou como autora?

— Um pseudônimo.

— Que pseudônimo?

— O que eu quero usar...

— Qual é? — Eu estava irritada e não tentei esconder.

Ela cerrou o maxilar, depois relaxou.

— Eu já estava chegando lá. Escolhi Cate Kay.

— Cate Kay — repeti, testando, tentando mentalmente encontrar falhas. — O que significa?

— Não significa nada. Só gosto de como soa.

## CAPÍTULO 24
# CASS

*2005*
*Nova York*

Quase cinco anos sem Amanda. Mil oitocentos e vinte e cinco dias. Um número microscópico comparado a quantas vezes eu havia pensado nela. Amanda estava em cada canto e recanto. Toda vez que me sentava para escrever — em um caderno espiralado barato, sempre à mão —, conseguia ouvi-la rindo do clique persistente da caneta. Ela se aproximava, segurava minha mão. Havia notado todas as minhas pequenas compulsões.* Escrever amplificava esses tiques. Eu acabava com as canetas de tanto clicar. Literalmente, a mola voava para fora. Sempre que acontecia, eu pensava em Amanda, o que era seguido por uma onda de culpa. Dois coelhos com uma cajadada só.

Ela estava comigo, sempre.

Eu a infundi em meu livro, lógico. Para onde mais Amanda iria, com todos os pequenos detalhes que eu amava, senão para dentro do meu livro? Eu não tinha outra válvula de escape, e ela ocupava espaço demais dentro de mim. Eu tinha de oferecer um pouco ao universo.

---

* **Nota da Cate:** Ela sabia até que, se ficasse com a embalagem de um canudo, eu a dobraria até se tornar o menor quadrado possível.

Então escrevi uma história sobre dois amigos, parceiros, que sonhavam juntos, mas que no fim acabam separados por um desastre. Um ama o outro, mas o amor não é correspondido — pelo menos, não do mesmo modo. E eu tornei o desastre que separaria minhas duas almas gêmeas grande, tão grande que o mundo entenderia que não era culpa de ninguém; o universo os havia separado.

Eu escrevi e escrevi e escrevi. O livro era uma homenagem, mas também um tiro no escuro. Se eu achava que algum dia seria publicado ou se tornaria um best-seller? Claro que não. As chances eram infinitesimais. Mas, ao mesmo tempo, tinha certeza de que sim. Eu estava dividida. Outras vezes, juro que, de um jeito ou de outro, não me importava — o objetivo era só escrever. Mas, sobretudo, eu pensava no livro como minha rota de fuga para outra vida e talvez acreditasse que fosse possível porque eu já tinha feito aquilo uma vez: escapado para outra vida.

CATE KAY

## O derradeiro fim

Roger Riley era o âncora mais famoso da ANC. Conhecido por sua barba grisalha bem-cuidada e a atitude firme. Ele estava no ar na manhã da explosão, transmitindo da sede da emissora, em Atlanta. No meio de uma atualização meteorológica de rotina, a produtora falou em seu ouvido e explicou freneticamente as notícias vindas de Nova York. Roger transmitiu tudo aos telespectadores em tempo real, tentando manter a voz calma. Sabia que aquele seria um evento que mudaria a história. O número de mortos seria impressionante.

*Detonada no centro de Nova York. Ondas de choque sentidas na Filadélfia. Sem sinal de celular. Sem sinal de transmissão. Nova York isolada e incomunicável.*

A última parte era o que mais preocupava Roger. Os sobreviventes precisavam se abrigar, o ar se tornara letal.

Ele estava ao vivo havia uma hora, sem comerciais, quando a produtora falou mais uma vez em seu ouvido uma notícia inacreditável: dois jovens repórteres da ANC haviam sobrevivido à explosão, assim como o sinal de celular da emissora. Eles tinham uma câmera e um microfone operantes — podiam transmitir do local.

— O sinal vai chegar até os nova-iorquinos? — perguntou ele. Não estava nem aí para o protocolo. Sua produtora não tinha certeza, mas achava possível. Ele assentiu e olhou para a câmera: — Acabamos de receber a notícia de que dois jovens membros da equipe da ANC sobreviveram à explosão e estão transmitindo ao vivo. Seus nomes são Samantha Park e Jeremiah Douglas. Eles estão arriscando a própria vida para compartilhar o que está acontecendo no local. Agora é com eles...

* * *

— Aqui é Samantha Park, com Jeremiah Douglas atrás da câmera — disse Samantha, em close frontal, mantendo a voz o mais firme possível. — Estamos transmitindo ao vivo do centro de Manhattan. Acreditamos que uma bomba nuclear foi detonada no centro da cidade, por volta das 6h45.

Eles estavam do lado de fora havia duas horas e Jeremiah estava tonto e com frio. Atlanta havia acabado de avisar que os dois tinham três minutos fora das câmeras — Roger Riley estava entrevistando um especialista nuclear no estúdio. Jeremiah tentava se manter firme, mas a câmera tombou para a frente e caiu no chão. Ele despencou sobre um dos joelhos.

— Isso está acontecendo mesmo, hein? — disse ele.

Samantha havia percebido o mesmo. Ela sabia que ele falava sobre tudo aquilo: o dia, a explosão, o ar, o fato de sentirem seu corpo sendo envenenado em tempo real.

Samantha correu até ele e colocou a mão em seu ombro.

— O que você está sentindo?

— Tipo como mal da altitude, só que muito pior: tontura, dor de cabeça, enjoo — respondeu ele. — Mas também tem uma outra coisa. É como se minhas entranhas estivessem... não sei como descrever exatamente.

Nesse momento, um redemoinho de vento — o ar parecia possuído naquelas primeiras horas — soprou um copo de papel no pé de Samantha, e ela o agarrou, olhou para cima e ficou absolutamente atônita ao ver que estavam em frente ao seu café predileto. Virou-se uma vez, tentando se orientar. Como?

Ela estudou o copo em sua mão, girou-o até ver o logotipo: *Spot*. Imaginou o copo com café — leite e açúcar suficientes para que tivesse gosto de milk-shake morno.

Então se lembrou de todas as noites em que ela e Jeremiah pararam ali, primeiro entusiasmados com o novo emprego, depois com planos de dominação mundial, depois reclamando da burocracia interna. Lembrou-se de Jeremiah entrando em uma manhã recente de domingo, casualmente questionando se eles deveriam voltar para casa — quem sabe a vida na cidade, o lance de sonhar alto, não fosse tudo o que diziam? Samantha riu e parou abruptamente.

— Espera, você está falando sério? — Ela havia prometido a ele que conversariam sobre aquilo, mas não conversaram.

Enquanto Samantha estava perdida em pensamentos, olhando para o copo vazio, Jeremiah conseguiu recolocar a câmera no ombro. Os três minutos tinham acabado. Um suor frio cobria o corpo dele, mas voltariam ao ar em *três, dois, um*. Ele apontou a câmera para o rosto de Samantha: ela estava tendo uma epifania. Jeremiah havia percebido, segundos antes, o modo como o rosto dela se contorcera, como sempre acontecia quando ela tentava não chorar. Agora o peito estava ofegante, ela segurava o copo como se quisesse aquecer as mãos.

— Sam — sussurrou Jeremiah, querendo que ela soubesse que estavam ao vivo novamente.

Quando ela levantou a cabeça e viu que ele estava com a câmera, seus olhos se arregalaram, antes de recuperar o foco.

— Sinto muito — desculpou-se ela, olhando para o céu. — Neste momento, mais que tudo, quero ser profissional, por todos os sobreviventes que precisam de informações, por você em casa, por todos que merecem saber o que está acontecendo aqui. Mas ficamos tão desorientados após o ocorrido e acabamos de encontrar o Spot, nosso café... o melhor de Nova York. E nós... eu... simplesmente perdi o rumo por um segundo.

Samantha se abaixou e recolheu o restante dos copos brancos espalhados, empilhando-os nas mãos. Então atravessou a fachada destruída do Spot. Jeremiah a seguiu, capturando-a enquanto ela deixava com carinho os copos empilhados nos escombros do balcão.

Ela enxugou os olhos e se dirigiu à câmera.

— Ainda estamos em busca de serviços de emergência e continuaremos a caminho da prefeitura, onde esperamos encontrar mais informações e respostas para todos sobre os sobreviventes e o que fazer a seguir. Por enquanto, todos, por favor, fiquem abrigados. Aqui fora é perigoso... por vários motivos.

## CAPÍTULO 25

# MELODY HUBER

*2005*
*Nova York*

Meu papel nesta história é óbvio: sou a agente que salvou *O derradeiro fim* da pilha de originais não solicitados. Já contei os acontecimentos daquele dia centenas de vezes, em todos os jantares dos quais participei. Era o preço do convite. Mas em geral me contenho, corto alguns dos meus detalhes favoritos — nem todo mundo merece saber de tudo. Mas aqui, agora, não vou me conter.

O dia em que descobri o original, e posteriormente Cate Kay, começou como um dos piores da minha carreira. Eu tinha 30 anos e trabalhava na área editorial, na mesma agência literária, havia oito anos, desde que me formara na Brown. Passei os dois primeiros como estagiária na Eloquence, depois mais dois como assistente e, por fim, os quatro seguintes como a profissional menos produtiva da história da agência. Talvez eu esteja exagerando. Mas acho que não. Em quatro anos, tinha vendido apenas cinco livros. Para contextualizar, um dos meus colegas fechou dois acordos em um dia, e o melhor agente vendeu vinte e um livros em um ano. Como eu era tão ruim no trabalho que desejava desde criança? Não faço ideia.

Era a quinta-feira anterior ao fim de semana do Memorial Day, que marcava o início do verão, quando o ritmo no mundo das agências diminuía.

"Ora, olá, Melody", era como o fundador da empresa, um elegante homem branco e grisalho chamado Dempsey Carroll, me cumprimentava todas as manhãs, e naquela não foi diferente. Ele estava conversando com a mulher que cuidava da recepção, e eu apenas tentava passar por eles a caminho da minha baia sem estabelecer contato visual com ninguém. Ser incapaz de vender em um ambiente de vendas corrói gradativamente a confiança de uma pessoa, e, àquela altura, meu ego parecia impresso em fonte tamanho dois. Presumi que todos no escritório estivessem igualmente constrangidos com o meu desempenho.

— Bom dia, Dempsey — cumprimentei sem levantar o olhar.

Eu estava usando um modesto vestido de verão florido azul e branco, que ia até a metade da canela, com um par de sapatilhas básicas. Tudo em mim naquela época gritava "comum". Pelo modo como Dempsey me cumprimentou — igual a todos os outros dias —, eu não esperava nada fora do comum. Pensando agora, tenho certeza de que todos os outros agentes esperavam que eu pedisse demissão naquela primavera, em vez de continuar recebendo um salário durante o marasmo do verão. *Algum amor-próprio* era o que eles acreditavam que eu deveria ter. Mas eu tinha, sim, amor-próprio. Eu *me* amava o suficiente para continuar sendo paga pelo máximo de tempo possível. Especialmente porque eu trabalhava duro, mesmo que não estivesse produzindo resultados.

A caminho da minha mesa, como fazia ao fim de toda semana, recolhi a pilha de originais, o que sempre me fazia parecer uma atendente desorganizada da expedição, com envelopes bege quase caindo dos braços. Eu me sentei e empilhei tudo, deixando organizado. Quando fazia isso, eu me sentia como um crupiê que, ao terminar de embaralhar as cartas, as deixava alinhadas.

— Oi, menina Melody. — Dempsey apareceu de repente ao meu lado... e, antes que pergunte, *sim*, eu odiava que ele me chamasse de *menina Melody*, mas, quando você não consegue vender nada, fica difícil acusar seu chefe de usar linguagem depreciativa. Quando o encarei, ele torceu a boca de uma forma estranha e disse: — Ei, quando tiver um minuto, dá uma passadinha no meu escritório.

Não é o tipo de convocação para a qual se atrasar, então, dei uma última batida na pilha e disse:

— Posso ir agora.

Ler os originais não solicitados era uma das minhas partes favoritas do trabalho, e eu ansiava por reunir a pilha toda semana e carregá-la para casa. Ir a vendas de garagem era muito a minha praia, aquela sensação de novas possibilidades a cada parada, e uma pilha de originais me trazia a mesma energia. Felizmente, nenhum dos meus colegas sentia o mesmo, então a infinidade de tesouros escondidos era todo meu. Naquela manhã, ao me afastar da mesa, olhei para trás, para os envelopes de papel pardo empilhados, com desejo. Como eu preferia abri-los e lê-los do que seguir Dempsey Carroll até sua sala de mandachuva.

— Sente-se — pediu ele, gesticulando para uma das cadeiras na frente de sua mesa, enquanto fazia aquela coisa irritante de ficar meio sentado, meio em pé na quina.

Ele alisou a gravata e cruzou as mãos sobre o colo. (Meu primeiro pensamento: *Será que ele viu isso em algum filme?* O seguinte: *Ah, isto aqui não vai ser nada bom.*)

Por que eu não conseguia vender nada? Eu estava tão confusa quanto qualquer um. Ler era minha atividade predileta, sempre fora. Eu era meticulosa e tinha bom gosto. No entanto, os números sugeriam que eu estava na profissão errada. Também tinha passado a acreditar que talvez eu estivesse mesmo.

*Talvez,* havia começado a pensar naquele último ano na Eloquence, ser uma agente literária tivesse menos a ver com as palavras e mais com bajulação e simpatia fingida, algo em que eu orgulhosamente admitia ser péssima. Passava a maior parte dos dias só na minha mesa, lendo, escrevendo cartas para autores que admirava, acompanhando os acordos, fazendo listas. Eu amava. Meus colegas agentes passavam o tempo fora do escritório, em intermináveis reuniões de café e almoço com autores e editores.

Eu nunca havia sido popular. Minha visão era ruim — uma questão genética — e eu usava aqueles óculos grossos de que alguns bebês precisam. À medida que fui crescendo, a maneira mais fácil de explicar quem me tornei é voltar ao passado e dizer: "Agora a imagine como adulta." Durante o almoço na escola, eu lia meu livro favorito escondida na cabine do banheiro, e, mesmo naquela época, minha mãe dizia: "Melody, você não deveria tentar fazer alguns amigos?" O que agora vejo como um prenúncio dos meus primeiros fracassos como agente.

Lembro-me de olhar para Dempsey com desespero. Ele viu o pânico transbordando de meus olhos e não gostou, aquilo o deixava inquieto. Senti uma onda de carinho por ele naquele momento, muito embora estivesse cada vez mais certa do que parecia prestes a acontecer.

— Melody, menina — começou ele. (Mais uma vez, eu tinha 30 anos.) — Isto simplesmente não está funcionando como gostaríamos.

Ele parou ali, na esperança de que fosse suficiente, na esperança de que eu completasse o restante. Uma caneta estava aninhada em um sulco de sua mesa, e ele a levantou. O gesto pareceu lhe proporcionar conforto. Eu me senti como se tivesse engolido um cubo de gelo que derretia lentamente pela minha garganta, chegando ao meu estômago, e me congelando por dentro.

Naquela época, toda a minha escassa existência dependia de ser uma agente literária. Eu havia me mudado para Nova York, depois de um verão na casa dos meus pais, em Chicago, e nesses muitos anos tinha feito apenas uma amiga — uma garota com quem cursara a faculdade e que, por acaso, morava no mesmo prédio horrível que eu, e com quem me encontrava cerca de uma vez por semana para podermos contar aos outros que "tínhamos planos" e, assim, nos convencer de que estávamos prosperando naquela metrópole solitária. Se a Eloquence me demitisse, eu não só estaria sem emprego, dinheiro e um motivo para ficar, mas também fora da única área profissional para a qual já havia me qualificado.

Ao encarar os olhos muito tristes de Dempsey, percebi: ele provavelmente também não me escreveria uma carta de recomendação. Senti um frio na barriga. Olhei para o teto. Eu teria de voltar para a casa dos meus pais e virar bibliotecária. Esse era o plano B que meu subconsciente havia arquitetado anos antes, mas que eu nunca me permitira transformar em um pensamento completo — até aquele momento. Bibliotecária em minha cidade natal. Eu nem queria imaginar. A vida de leitora voraz era para mim, mas eu tinha alimentado a esperança de que Nova York me transformasse, ao estilo Anne Hathaway, na versão mais urbana de mim mesma.

— Vamos te dar uma semana de indenização para cada ano que você trabalhou aqui. — Ele parecia orgulhoso de si mesmo por isso.

Oito semanas do meu salário vergonhosamente baixo.

E foi assim que o agente principal da Eloquence me demitiu sem, de fato, pronunciar as palavras. Claro, a maioria das coisas na vida são transmitidas sem precisão, motivo pelo qual eu amava tanto os livros. As pessoas nas páginas tinham medo e raramente eram sinceras no que diziam, mas os melhores autores usavam as palavras como espadas, para cortar a conversa fiada.

Dempsey se levantou e eu também, imitando seus movimentos para poder me livrar daquela situação difícil.

— Não precisa ficar até o fim do dia, obviamente. — Dempsey estava na porta nesse momento, gesticulando em direção à minha mesa. Eu também estava na porta, e foi então que vi os envelopes pardos empilhados e o restante dos itens na mesa, a maioria só lixo. Aqueles originais seriam meu presente de despedida. — Precisa de ajuda com suas coisas? — Dempsey estava mordendo a parte interna do lábio, e, embora o constrangimento social fosse meu cartão de visita, até eu conseguia ver que a resposta correta para a pergunta era não.

— Vou ficar bem — respondi.

Poucos minutos depois, todos me viram sair com aquela pilha final de originais e ninguém tentou me impedir. Aliás, devem ter ficado aliviados por eu estar limpando a correspondência pela última vez. Encarei aquilo como um acordo tácito de que os originais eram meus.

Então me imagine em meu minúsculo apartamento em Hell's Kitchen, num prédio sem elevador (quinto andar), um lugar tão pequeno que a porta do banheiro só se abria parcialmente antes de bater na pia. Então me imagine à mesa redonda da cozinha, com espaço suficiente para um único prato e um copo. Ou para uma pilha de envelopes de originais, que estava diante de mim naquela noite. Quanta esperança eu tinha em relação àquele último conjunto de diamantes brutos? Mais do que deveria. Dos cinco livros que vendi, nenhum tinha sido daquela pilha, embora eu tivesse encontrado três clientes ali e estivesse esperançosa quanto ao futuro deles.

Mais de uma vez naquela noite, eu me perguntei o que fazia abrindo aqueles originais: mesmo se encontrasse algo incrível, eu não trabalhava mais para a Eloquence. Mas continuei abrindo, continuei lendo, continuei na torcida, continuei dizendo a mim mesma que resolveria esse problema quando ele se apresentasse, o que provavelmente não aconteceria.

Quando as pessoas me pediam, ao longo dos anos, para explicar como descobri O *derradeiro fim*, não penso naquilo como um momento, e sim como a última cena de um longo filme, que começou comigo no banco de trás de cada viagem de carro que fiz na infância, imersa em algum livro. Existe um mundo onde deixo aqueles envelopes na minha mesa na Eloquence. Essa versão da minha vida não é difícil de imaginar; eu a visualizei todos os dias desde então. Sou a agente literária mais bem-sucedida do mundo ou estou a uma decisão corriqueira de me tornar bibliotecária no condado de Cook? As duas coisas, sempre.

Dezessete, o número de originais na pilha. Eu contei todos antes de escolher um para abrir, puxando o primeiro, como se fosse uma carta de tarô. Minha escolha.

Os dez que abri de início eram todos ruins do mesmo modo, e eu os deixei cair no chão, ao pé da minha banqueta. Restavam seis na pilha, e aquele único original "especial" que eu havia separado e apoiado como um porta-retratos contra um abajur (comprado numa venda de garagem).

Meu palpite é que você presumiu que o envelope continha o original de Cate Kay. Não continha.

Terminei meu jantar (de micro-ondas), sentei-me novamente na banqueta e respirei fundo. Restavam apenas alguns envelopes, e saborear cada um era fundamental. Peguei o seguinte e olhei para o remetente: Cate Kay. Loucura, mas me lembro de ter achado aquele nome ótimo, e meu interesse foi imediatamente despertado. O endereço era de Nova York, um escritório de advocacia perto da Universidade de Columbia. Deslizei cuidadosamente o dedo sob a aba e, com cuidado, retirei as páginas, como se fossem uma obra de arte. Primeiro, a folha de rosto.

E, então, aquela impactante frase de abertura: *Com o tempo, Samantha Park se tornaria uma lenda*. Ok, pensei comigo mesma, um começo forte, estou interessada em como essa mulher se torna uma lenda.

Continuei a ler. Lá no fundo, a esperança começou a rodopiar, mesmo enquanto eu dizia a mim mesma para ficar calma, que a história provavelmente perderia o gás. A premissa era ambiciosa. Era improvável que uma autora desconhecida conseguisse executá-la *e* que fizesse isso bem. Mas, no parágrafo final do primeiro capítulo, eu já estava viciada.

## CAPÍTULO 26

# AMANDA

*2000*
*Bolton Landing*

Nos primeiros meses após o acidente, eu passava horas sonhando acordada com cenários alternativos para minha vida: nem levo Annie até a ilha ou ela volta com os socorristas... ou, ou, ou. Viver naqueles mundos alternativos era um alívio momentâneo, mas aí a realidade — a reabilitação sem fim e minhas pernas pouco cooperativas — voltava ao foco.

Por muito tempo, a última imagem que via antes de adormecer era Annie, seu rosto pairando sobre o meu nos segundos após a queda. Uma das coisas que me lembro de sentir, quando ela apareceu pela primeira vez naquela piscina, foi alívio. Ela estava bloqueando o sol, e, por algum motivo — provavelmente choque —, eu não conseguia piscar, então fiquei grata por ela, por aquela pequena misericórdia.* Então ela se moveu e o sol me atingiu outra vez. A princípio, pensei que ela voltaria em alguns segundos, depois achei

* **Nota da Cate:** Quando li esse detalhe, tive de parar por alguns minutos para me recompor. Isso cristalizou, *de fato*, o quão pouco Amanda precisava de mim depois do acidente. Eu estava fugindo da história que meu cérebro havia criado, mas a única coisa que Amanda precisava era que eu... ficasse parada e bloqueasse o sol de seus olhos. E me pergunto quantas outras coisas na vida julguei tão mal. Mais do que poderia suportar, tenho certeza.

que talvez em alguns minutos. Finalmente, eu me dei conta de que demoraria mais.

Eu estava sempre pensando na distância entre mim e Annie. Calculando o quanto podíamos estar distantes uma da outra em determinado momento — milhares de quilômetros, centenas, dezenas? Ela não poderia estar a apenas uma ou duas cidades, né? Não, não era possível. Eu ouviria sua voz, sentiria seu cheiro.

---

Esperando na fila do mercado, eu me pegava sonhando acordada, minha mente conjurando um mapa do país, e eu colocava um boneco palito de Annie em algum local que poderia estar (às vezes Los Angeles, às vezes algum lugar aleatório, como o meio do Texas) e traçava uma linha imaginária de mim até ela. Outro tipo de tirolesa, acho.

Outras vezes, para me confortar ou me torturar, não sei, eu pensava em todos os momentos em que não havia espaço entre nós: uma noite em nossos sacos de dormir, um beijo em sua bochecha, meus braços ao seu redor. Eu tinha me tornado tão dependente do seu amor. Apesar disso, percebia seu afeto diminuindo — a princípio imperceptível, depois inegável — e havia ficado desesperada. Idiota, imprudente, tentando ser a versão mais descolada de mim mesma, aquela que eu achava que ela mais amava. Sempre que minha mente envereda por esse caminho, acabo naquela tirolesa. Todos os caminhos levam a ela, acho.

O acidente virou meu mundo de cabeça para baixo, até me deu uma nova unidade de medida: uma tirolesa, que tinha aproximadamente cinco metros. A distância da minha queda na piscina. Percebo que estou sempre medindo o espaço entre as coisas: em geral entre um objeto e o chão, verticalmente, mas, às vezes, até entre duas coisas, como carros estacionados, lado a lado.

Há uma pizzaria na cidade, a Iggy's, que pendurou uma placa cerca de um ano depois do acidente, com letras cursivas vermelhas na madeira, e agora não consigo passar pela Iggy's ou ver alguém comendo na Iggy's ou ouvir alguém falando sobre a Iggy's sem cair novamente daquela tirolesa, porque a placa está pendurada acima da calçada, de acordo com os meus cálculos subconscientes, na altura exata em que a tirolesa ficava acima da piscina. Cheguei à conclusão de que a sensação daqueles poucos segundos — todo o meu ser à mercê do universo — nunca irá embora. Eu tentei. Fechei os olhos e revivi o acidente, propositalmente o trazendo à tona uma centena de vezes seguidas, meu estômago embrulhando como se eu estivesse em mar aberto, e o que posso dizer é que a centésima vez foi tão forte quanto a primeira. Enfim, tive de perceber que essa memória jamais se diluiria.

E, ainda assim, vivo pensando naqueles últimos dias juntas. Annie achava que era boa em esconder suas emoções. Ela achava que era uma pessoa difícil de ler. Sério, achava mesmo. Era um dos seus pontos fracos. (Pensando agora, é fácil falar.) Mas ela jamais conseguia esconder a emoção naqueles límpidos olhos castanhos. Eu via que ela estava me examinando em busca de falhas, em nome da autopreservação, porque queria parar de me amar. É uma energia difícil de esconder. Era como se estivesse me espiando através de binóculos, por trás de uma parede.

O que era o pior, visto que eu a amava tanto. Quando ria, ela apertava os olhos, e era uma graça. E ainda tinha aquele cérebro, o plano superior que ela ocupava, eu sempre estava tentando acompanhá-la.

Em outras palavras: ela tornava a vida emocionante.

Alguns dias antes de aquilo ("aquilo") acontecer, estávamos na frente do porta-malas do Brando, carregando uma mala para a viagem, e ela me perguntou: *Você tinha algum sonho diferente antes de me conhecer?*

Eu não soube bem como reagir. Eu odiava tê-la magoado no baile de formatura, desejava não ter feito isso, mas também estava brava por ela estar deixando aquilo afetar tanto nossa amizade. Eu achava que éramos melhores, mais profundas, mais fortes.

— Você sabe que não é a primeira pessoa no mundo a querer se mudar para Hollywood, certo? — Eu a fuzilei com o olhar porque, sério, *vai se foder*, e acrescentei: — Você prefere ir sozinha? É isso que está tentando me dizer?

Depois de falar aquilo, quis tapar a boca com as mãos, engolir a pergunta de volta. Eu não queria a resposta. Mas Annie não era confrontadora, preferia mensagens cifradas. Era um dos motivos pelos quais ela gostava de atuar: personagens nunca dizem exatamente o que querem dizer. Seria chato demais.

— Feroz — disse ela. — Curti.

Fiquei aliviada que a estranheza tivesse passado. Desabafar sobre nossos sentimentos antes de Los Angeles parecia uma atitude amadora. Nós chegaríamos a Hollywood, nos instalaríamos e depois teríamos uma conversa.

Ela estava prestes a fechar o porta-malas quando pedi que esperasse. Tínhamos esquecido nossos sacos de dormir: o meu era vermelho e o dela, verde, em homenagem ao Natal. Nós amávamos o Natal. Enquanto os enfiava no fundo, pensei — como sempre — na noite em que dormimos no meu saco de dormir vermelho, na varanda de um hotel, durante uma excursão do teatro. Algum erro administrativo resultou em nos hospedarmos num hotel de beira de estrada em vez de num chalé. O quarto estava imundo de um modo que desperta a imaginação: pontos escuros nos travesseiros, manchas no edredom e no colchão (olhamos), borrões amarelos no carpete. Ficamos horrorizadas com a variedade de fluidos corporais expostos.

Na hora de dormir, tentamos ficar confortáveis sem nos tocar muito, apenas deitadas rígidas, de costas, encarando o teto. Mas acima de nós havia manchas escuras que pareciam vivas, então, depois de um tempo, Annie perguntou se eu ainda estava acordada, e eu respondi que não tinha como dormir ali.

— Quer dormir lá fora no seu saco de dormir? — perguntou ela, e pareceu uma ideia genial.

O quarto tinha uma varanda com duas cadeiras de plástico, uma mesa e um cinzeiro, então movemos tudo para o lado e desenrolamos meu saco de dormir no cimento. Estávamos em algum lugar no meio do estado de Nova York, cercadas de lagos e árvores, e nos posicionamos para que pudéssemos ver as estrelas, brilhantes acima de nós.

Conversamos e conversamos. Sobre muitas coisas que não lembro, e a noite passou. Não tínhamos relógio, então vai saber que horas eram, e, quando eu estava quase adormecendo, ouvi a voz de Annie novamente:

— Ah, é — dizia ela. — Eu queria te contar.

Respondi com um *hmmmm* para que ela soubesse que eu estava lá, mas que, ao mesmo tempo, me encontrava naquele lugar intermediário, de olhos fechados. Ela falava sobre a semana anterior, quando tinha ido à cidade mais próxima para resolver alguma coisa.

— Aí passo por aquele cinema. Sabe aquele que fica do lado daquela loja com todas as bonecas estranhas na vitrine, e a gente sempre fica se perguntando como ele ainda está funcionando? E eles têm a marquise antiga lá em cima, né, e eu estava passando, e li, e dizia: *Elizabeth*, com Cate Blanchett, só que, meu Deus, Amanda, eles escreveram com K... Kate Blanchett.

— Puta merda, que imbecis — sussurrei sem abrir os olhos.

Mas a história de Annie estava viva em minha mente. Eu imaginava a cena: as letras pretas contra o fundo branco, o erro compreensível, mas ainda assim totalmente pavoroso, de escrever "Kate Blanchett".

— Nós simplesmente não podemos, não podemos de jeito algum, viver em uma cidade que escreve o nome da Cate Blanchett com K.

— Não, Annie, não podemos de jeito nenhum — concordei.

Aquela anedota — Kate, não Cate — virou sinônimo de *Temos que dar o fora dessa merda de lugar.* Uma centena de vezes ao longo dos anos seguintes, algo acontecia — um garoto esmagando uma lata de cerveja na testa, por exemplo — e nos entreolhávamos e uma de nós dizia: "Cate com K", e a outra respondia: "Cate com a porra de um K."

Parada na traseira do Civic, poucos dias antes do que sairíamos da cidade, olhei para meu saco de dormir bem enrolado, que eu tinha desde os 12 anos e que nesse momento aguentaria a longa viagem para o oeste. E como eu queria muito me sentir como a versão de Annie que estava apaixonada por mim, por nós e pelos nossos grandes sonhos, falei:

— Cate com K.

Soube que estava em apuros ao não escutar sua resposta de imediato, quando ela bateu a tampa do porta-malas com força e disse:

— É.

## CAPÍTULO 27

# JAKE FISCHER

*2006*
*Nova York*

A primeira vez que vi o nome de Cate Kay foi em uma resenha de sua agora famosa estreia, no *New York Times*. Eu estava voltando, logo depois do almoço, para minha mesa na *Vanity Fair*, onde eu era repórter sênior. Ao passar pela baia de outro repórter, vazia, vi a seção de resenhas de livros virada para cima na beirada da mesa e parei ao notar o enorme ponto de interrogação que ancorava a página. "O *derradeiro fim*: UM SUCESSO AVASSALADOR" era a manchete, e abaixo dela, mais intrigante para mim, o subtítulo: "IDENTIDADE DA AUTORA DO GRANDE HIT PERMANECE UM MISTÉRIO." Passei os olhos pela página: "Até a editora do livro desconhece quem é a elusiva 'Cate Kay'."

Meu primeiro pensamento foi: *Nem fodendo*. Levei a seção de volta para minha mesa e me joguei na cadeira de rodinhas, o impulso me empurrando até o celular. Examinei o artigo. Minha conclusão: o livro não era nenhuma obra-prima literária, mas era envolvente e vendia como água. Eu ri do quão ridículo era o *blurb*: "*A estrada*, mas uma leitura leve!" (Por mais absurdo que fosse, depois tive de admitir que transmitia com precisão o que era O *derradeiro fim*.)

Naquela época, eu vivia em busca de uma história para apresentar à minha editora; caso contrário, poderia acabar sobrecarregado com alguma tarefa trivial. Minha editora na ocasião tinha sido repórter sênior, no mesmo nível que eu, antes de ser promovida a editora-executiva. Quando fui ao editor-chefe, não para reclamar, simplesmente para pedir explicações, ele mencionou que ela já tinha duas reportagens de capa no currículo enquanto eu ainda estava procurando minha primeira.

Às vezes, conseguir uma matéria de capa era questão de sorte e timing. Uma das capas da minha editora foi uma sessão curta de perguntas e respostas — uma porra de sessão de perguntas e respostas, pelo amor de Deus! — com a estrela de cinema Ry Channing. A melhor amiga de escola dela era a empresária de Channing, e era para a entrevista ocupar, no máximo, uma página perto do final da edição, mas a capa planejada caiu, o último filme de Channing, *Sob a mesma lua*, estava decolando e... *voilà*! Ora, isso foi um ousado feito jornalístico ou uma boa dose de sorte e um exercício de networking? Se bem que, admito, no jornalismo, a linha entre os dois pode ser tênue.

Peguei o fone do aparelho fixo, disquei o número do meu irmão e me dei conta, quando tocou, de que era muito provavelmente a primeira vez que eu ligava para o escritório de Brian. Uma mulher atendeu e, embora nunca tivesse visto meu irmão no trabalho, eu o imaginei sentado a uma mesa, sem dúvida usando seus óculos de armação de metal e aqueles coletes ridículos que ele achava que o faziam parecer erudito.

— Aqui é o irmão do Brian, Jake, ele está disponível?

— Um momento, por favor — respondeu ela, e então uma música horrível começou a tocar, porque o silêncio apavora as pessoas. Vivo notando as pequenas maneiras como a sociedade nos protege da ameaça do silêncio, por exemplo, com a música ambiente nos elevadores. Humanos: construímos as pirâmides e tornamos todas as informações do mundo acessíveis de forma instantânea, mas, pelo visto, se ficarmos juntos em silêncio, vamos entrar em curto-circuito e derreter.

— Jake? — Veio a voz de Brian.

— É — falei. — Oi, mano.

— Como vai?

Uma vez li que, ao longo da vida, a maioria das pessoas passa o equivalente a dois dias se despedindo em festas. Dois dias inteiros. Não, obrigado. Eu não. Mas um dos meus amigos — um figurão da Goldman — certa ocasião me disse para pensar nesse tipo de gentileza como se fossem os poucos minutos de aquecimento antes de uma corrida. Provavelmente era por isso que ele tinha um loft de três milhões de dólares na Gold Street, e eu estava alugando um apartamento, num prédio sem elevador, em Chelsea.

— Tudo bem, tudo bem — respondi. — No trabalho, preparando uma coisinha. Como você está? — Fiz o possível para que essa última parte soasse sincera, mas talvez tenha soado um pouco forçada.

Felizmente, meu irmão me conhecia, então disse:

— Estou bem… e aí? Por que você está ligando?

— Você já ouviu falar de Cate Kay? — Eu estava olhando para o jornal, para o grande ponto de interrogação.

— Se já ouvi falar dela? — disse ele em resposta, rindo. — Por estas bandas, só se fala disso.

— Obviamente é um pseudônimo, essa Cate Kay, mas imagino que todos vocês do meio editorial devem saber quem é… algum cara que só queria um recomeço? Stephen King pregando uma peça ou algo assim?

Aí meu irmão pergunta:

— Então você acha que foi um cara que escreveu *O derradeiro fim*?

O que é exatamente o que meu irmão diria, se apegando ao detalhe mais insignificante da conversa e tornando-o o ponto central.

— Não fode, cara — rebati. Agora vejo que eu exagerava um pouco demais no estereótipo do cara hétero: ex-atleta, fraternidade na Cornell, bife malpassado etc. Mas não queria que ninguém descobrisse meu segredo. Acrescentei: — Estou usando "cara" de um jeito genérico.

— Certo. Bem, no que diz respeito a Cate Kay, aparentemente é um mistério total. Ninguém no mercado editorial viu nada parecido. O mais louco é que ninguém na Atria, nem mesmo a *editora* do livro, tem ideia de quem o escreveu. Isso é bem raro.

— É, foi o que a resenha do *Times* disse.

E aqui eu esperava que ele lesse nas entrelinhas: você tem alguma informação que ainda não tenha sido publicada em um jornal de referência? E quando a linha ficou em silêncio, resisti à vontade de preenchê-lo.

Finalmente, ele falou:

— Mas *ouvi dizer* que o mistério é mais profundo. Ao que parece até a agente, uma tal mulher demitida pela Eloquence que descobriu o original, também está no escuro.

Anotei "Eloquence".

— Ok — comentei. — Mas alguém deve estar recebendo a grana... deve ter uma conta bancária descontando esses cheques.

— Parece uma pergunta para gente da sua laia responder, Jakey — argumentou meu irmão, e essa foi minha deixa para encerrar a conversa.

---

Dois telefonemas rápidos e eu já sabia quem é que não estava se escondendo: uma mulher chamada Sidney Collins. Primeiro, falei com Dempsey Carroll, da Eloquence, que parecia muito mais preocupado com os direitos que sua agência tinha ou não sobre O *derradeiro fim*, que alegou ter sido submetido a ele sem ser solicitado e fisicamente carregado para fora do escritório por uma agente chamada Melody Huber, na manhã em que a demitiu.

Quando falei com Melody, ela estava no processo de abrir a própria agência, a Slush, que, como muitos de nós já sabemos, tornou-se uma das agências literárias mais bem-sucedidas do setor. Ao telefone, ela parecia tranquila e mais jovem que seus 31 anos, mas havia algo persistente e preciso em sua comunicação, e pude constatar por que ela era uma boa agente. Imaginei uma mulher com aparência de pássaro, ossos finos e feições pontiagudas, uma imagem que parecia combinar com sua linguagem cirúrgica. E, quando finalmente vi uma foto de Melody alguns meses depois, não estava muito enganado.

O éthos na Slush, como ela explicou, era priorizar a descoberta de talentos, em vez de depender de tendências editoriais e explorar estrelas já existentes até o último centavo. Ela e seus agentes se concentrariam em ler, não em socializar. Eu era calejado demais para levar a sério aquela bobajada, embora pudesse perceber, pela voz de Melody, que ela genuinamente acreditava no que dizia.

No fim das contas, eu estava ao mesmo tempo certo e errado sobre a Slush. Melody descobriu muitas preciosidades literárias escondidas... e aí passou a explorá-las até o último centavo. Como O *derradeiro fim*, que se tornou uma trilogia de filmes, depois uma minissérie de TV, depois uma linha de bonecos de ação, depois um parque temático e mil outros produtos, sem dúvida. Certa vez vi uma linha de canoas pintadas no estilo das do Núcleo, o que me fez imaginar se o livro também havia sido licenciado para bombas nucleares.*

— Você tem alguma ideia de quem é Cate Kay? — enfim perguntei perto do final da nossa conversa, que eu já havia preenchido com perguntas sobre a Slush, para que talvez Melody pensasse que todo o artigo seria estruturado em torno de sua agência emergente.

Ela riu da pergunta e então disse:

— A única coisa que sei com certeza é que a autora é mulher.

— Por quê?

---

* **Nota da Cate:** Não licenciamos bombas nucleares. Mas... entendo. Admito que dei sinal verde — ou Sidney deu, sem me consultar — para uma quantidade absurda de bens de consumo. Lamento muito. Explorar os livros comercialmente foi um subproduto de nunca ter recebido crédito público por eles. O dinheiro era um substituto — um substituto inferior, diga-se de passagem. Prefiro o crédito sempre, em qualquer situação.

— A escrita — respondeu ela simplesmente. — Um homem teria priorizado a experiência de Jeremiah, em vez da de Samantha. Isso naquele momento era uma observação sem sentido para mim, porque eu ainda não tinha lido o livro.

— Estou ansioso para ler — comentei, com um lembrete mental para descolar um exemplar naquele mesmo dia. Talvez, como Melody estava aludindo, houvesse pistas no texto. — Mais uma pergunta, se me permite — recomecei.

— Sim?

— Com quem você trabalha, se não com Cate Kay? Deve ter alguém do outro lado da linha, certo?

— Claro — concordou ela, e nada em seu tom de voz sugeria que fosse um grande segredo quando ela acrescentou: — Sidney Collins.

Rabisquei o nome no caderno, grafando-o como a cidade, *Sydney*.

— E você tem certeza de que essa Sidney Collins... você tem certeza de que essa pessoa não é a autora?

— Quando se trata de Cate Kay, só tenho certeza de duas coisas: ela é mulher e não é Sidney Collins.

— Você tem certeza absoluta?

— Imagino que você ainda não tenha falado com a Collins, né?

— Não falei.

— Bom, então vai ver por si mesmo.

Essa conversa com Melody Huber foi uma das únicas do gênero. Na vez seguinte, quando consegui falar com ela, a agente foi muito menos acessível. A maioria de suas respostas era do tipo "Não posso responder, sr. Fischer" ou "Não tenho liberdade para falar", e rapidamente concluí que Sidney Collins havia ligado para todos os envolvidos em O *derradeiro fim* e pedido que não cooperassem com nenhuma mídia que tentasse descobrir a identidade de Cate Kay.

---

Depois de três semanas ligando todos os dias, finalmente convenci Sidney Collins a me encontrar no Blue Star Café, no Harlem. Cheguei na hora marcada, fiz uma varredura pelo espaço uma vez, duas vezes. Então ouvi uma voz suave e segura atrás de mim.

— Sr. Fischer, certo?

Virei-me e lá estava Sidney Collins, vestida como se planejasse uma corrida depois de nossa reunião. Sob o boné, eu não conseguia ver seus olhos, mas ela era alta e esguia. Não tinha uma aparência desagradável, mas tampouco era memorável.

— Então — comecei, acomodando-me no assento à sua frente. — A famosa Sidney Collins.*

— Eu prefiro "famigerada". — Ela abriu um sorriso irônico e levantou um pouco o boné para coçar a linha do cabelo. E aí eu vi seus olhos, e eram excepcionais, de um azul aveludado. Em seguida, baixou o boné de novo, e o gesto pareceu sugerir negócios, como um técnico de beisebol com um pé nos degraus que levavam ao banco de reservas. Ela se inclinou para a frente e disse: — Escuta, Jake, vamos direto ao ponto. Primeiro, como eu disse na nossa breve conversa por telefone, tudo é confidencial, inclusive esse comentário que acabei de fazer sobre preferir "famigerada"... — E então ela piscou para mim como se dissesse: *Conheço todos os seus truques*, e eu me senti exposto porque, de fato, havia arquivado aquele detalhe como material de interesse. Ela continuou: — Se eu quiser algo registrado, vou especificar. Se você quiser algo registrado, pode pedir. Entendido?

— Não é a primeira vez que faz isso — comentei, porque reconhecer a dinâmica parecia a melhor opção.

— Na verdade, é — admitiu ela. — Se, por primeira vez, você quer dizer primeiro contato com o circo da mídia.

---

* **Nota da Cate:** Essa foi a única entrevista importante que Sidney deu. Ela gostou demais da atenção, para começar. E, além disso, viu como o artigo foi citado e agregado e divulgado. Ela havia fincado sua bandeira como guardiã pública do império Cate Kay. Não precisava de mais mídia.

Uma expressão inteligente. Decidi ganhar algum tempo, então perguntei a Sidney se gostaria de alguma coisa — um scone ou um muffin? — e, então, pedi licença para ir ao balcão pegar um café e me recompor. A jovem que me atendeu era deslumbrante, os brilhantes olhos castanhos sob um boné vermelho com o logotipo do lugar. Ela* me cumprimentou calorosamente, o que era incomum para Nova York, mas eu simplesmente não tinha espaço mental para me envolver.

O que eu precisava era estabelecer alguns fatos simples que pudesse publicar, coisas básicas que seria paranoia de Sidney rejeitar e seguir a partir daí. Conseguir alguns pontos no placar, disse a mim mesmo enquanto colocava creme até deixar o café esbranquiçado. Café preto é coisa de gente doida.

— Posso publicar que tomamos café? — perguntei, enquanto voltava para meu lugar.

A pergunta pareceu surpreendê-la, o que me fez sentir melhor. Ela não era invencível.

— Sim — respondeu ela, como se ainda estivesse analisando minhas intenções, para frustrar meus planos.

— Ok. — Fingi anotar algo no caderno. — E posso revelar como você toma seu café?

Ela me olhava de soslaio nesse momento, a cabeça ligeiramente virada enquanto mantinha os olhos fixos nos meus.

— Por que isso importaria a alguém?

— É um detalhe — argumentei. — Se não posso contar nada de novo sobre Cate Kay, posso pelo menos contar como a advogada dela... dele... toma café. Todo mundo gosta de saber como as pessoas tomam café.

Ao dizer isso, percebi o quanto esse último detalhe era verdadeiro e fiz uma anotação mental para propor um artigo de capa

---

* **Nota da Cate:** Sim, era eu. Acho que Sidney estava fazendo um joguinho bizarro com Jake. Eu não tinha ideia.

que seria apenas uma lista de uma dúzia de celebridades e como elas tomavam seu café.

— Sim. — Ela inclinou o copo e espiou ali dentro. — Pode publicar que tomo café preto, puro.

---

Não descobri quase nada naquele encontro com Sidney. Cate Kay talvez fosse uma única pessoa, mas também podia ser um casal ou até mesmo um grupo de pessoas. Sidney parecia gostar do duelo intelectual que estávamos travando: eu dissecando cada uma de suas palavras em busca de informações, ela despojando-as de sua especificidade. No entanto, acabei entendendo por que Melody estava convencida de que Sidney não era Cate Kay. Havia muitos motivos, na verdade, e provavelmente o de Melody tinha algo a ver com a mentalidade de advogada de Sidney, enquanto o meu era algo mais sutil. Sidney exalava um ar de virtude que só poderia existir se estivesse fazendo tudo aquilo por outra pessoa.

O artigo que acabei publicando na *Vanity Fair* foi meio blé. Nenhuma novidade sobre Cate Kay, apenas alguns becos sem saída. Por causa desse artigo, o mundo conheceu alguns lugares de onde Cate Kay quase certamente não viera (por exemplo, não encontrei nenhum vestígio seu nas *almae matres* de Sidney, SUNY Plattsburgh e NYU), mas ainda estava devidamente confuso quanto à universidade em que ela havia estudado. Mais que tudo, a matéria parecia um perfil de Sidney Collins, e talvez por isso ela tenha guardado minhas informações de contato.

E não, não foi capa.

# CAPÍTULO 28
# AMANDA

*2006*
*Bolton Landing*

Eu poderia ter levado a fisioterapia mais a sério se o local não fosse tão deprimente. Imagine cada centro de convivência para idosos, de um andar só, pelo qual um dia você passou, pensando: *Meu Deus, espero não acabar aí* e, bingo, você sabe como é o prédio. Fisioterapia já é uma experiência desagradável: alguma parte de seu corpo não está funcionando direito. (No meu caso, muitas partes.) O mínimo que poderiam fazer é ter enormes janelas voltadas para as montanhas Adirondacks — uma vista inspiradora para a escalada assustadora à frente. Mas não, o prédio ficava do outro lado de um estacionamento congelante, atrás de um shopping na cidade. Pelo menos, se alguém escorregasse e caísse enquanto entrava, já estaria no lugar certo.

Janet, porém, eu a amava. Exímia fisioterapeuta. Cabelo loiro curto, constituição robusta. Descobri que ela treinava para triatlo nos fins de semana, o que fazia todo o sentido para mim. Eu conseguia imaginá-la chupando um daqueles géis de carboidrato enquanto tirava a roupa de mergulho. Nos primeiros meses em que trabalhamos juntas, eu estava cética em relação a ela. Janet parecia tão enérgica, tão positiva, tão esperançosa — características suas que eu viria a amar, nas quais confiaria, mas não era o que eu mesma sentia depois de três meses brutais no hospital de reabilitação. Estávamos em conflito.

Depois de cerca de um ano juntas, ela estava sentada em sua cadeira de rodinhas de couro macio e se arrastou até mim, com o prontuário no colo.

Eu odiava aqueles prontuários. Eram cheios de taquigrafia, combinações aparentemente inócuas de letras que tinham um impacto devastador, como LME (Lesão da Medula Espinhal) ou AVD (Atividades da Vida Diária). Agora, desconfio de todas as siglas. Meu diagnóstico foi tetraplegia incompleta, o que significa que todos os meus membros foram afetados, embora as pernas muito mais que os braços.

— Vamos falar sobre objetivos — dizia ela, os olhos baixos.

Evidentemente, aquele seria nosso momento de epifania.

Toda a minha vida até aquele momento tinha sido um jogo de palavras com Annie, em geral impregnado de atrevimento e sarcasmo, então eu disse:

— Meu objetivo é inventar a viagem no tempo. Sim, eu voltaria ao acidente, mas esse não é o motivo por trás do meu desejo de inventar a viagem no tempo. Acho que os Estados Unidos tiveram um verdadeiro momento de antes e depois com o assassinato de JFK, então eu voltaria para 1963.

Aquilo fez com que ela erguesse o rosto, e eu notei um pequeno brilho em seus olhos. Acabei me lembrando de Annie — óbvio.

— JFK? — disse Janet. — Meio clichê, não acha?

Foi aí que eu soube que nos daríamos bem. E alguns minutos depois, quando ela voltou ao assunto e me perguntou:

— Mas, falando sério, Amanda, o que você quer desta jornada?

Respondi, não tão grossa quanto poderia ter sido, que o que eu queria era que ela nunca mais usasse a palavra *jornada*, exceto em alusão a *Jornada nas estrelas*. Aquilo me trazia à mente passeios voluntários, viagens longas. Justaposta às minhas circunstâncias atuais, só servia para me lembrar de como eu havia me tornado terrivelmente inerte.

Ela assentiu, pensativa. Estaria eu sendo apenas sarcástica ou será que tinha razão? Sua mente estava fervilhando.

— E não é que eu não entenda que estou em uma espécie de... jornada, para usar sua palavrinha de merda — acrescentei. — É que, se eu encarar esse lance como uma coisa de anos, com todo o trabalho pela frente, acho que minha cabeça vai explodir. O único modo de eu não me derreter em uma poça de tristeza é pensar só nesta sessão e no que vamos trabalhar *hoje*.

Ela me olhou bem nos olhos, disse "entendi" e nunca mais a ouvi usar a palavra *jornada*.

— No que você quer trabalhar *hoje*? — perguntou ela em seguida, e algo imediatamente me veio à mente.

Levantei o braço direito da cadeira e estendi a palma da mão aberta para ela, tentei tocar cada dedo com meu polegar, mas foi desajeitado. Então imitei o gesto de virar uma página de livro... o tipo necessário de destreza complexa, era isso que eu queria de volta.

— Podemos treinar para virar uma página? — perguntei.

Ler nunca foi tanto minha praia quanto a de Annie, mas isso podia mudar. Além do mais, se eu conseguisse virar uma página, também conseguiria abotoar uma camisa, era dois por um.

Ela se sentou mais ereta, seu rosto se iluminou. Uma meta simples e alcançável, com uma poderosa metáfora escondida no interior: eu estava falando sua língua. Além disso, quase toda vez que eu chegava para a fisioterapia, ela estava com as pernas em cima da mesa e o nariz enfiado num livro.

Devagar, muito devagar, Janet me fez melhorar. Mas acho que eu a fiz melhorar também. (Pelo menos, ela não anda por aí destruindo a alma das pessoas ao perguntar sobre suas "jornadas".) A fisioterapia se tornou o único lugar onde eu me permitia um mínimo de normalidade, talvez até de otimismo. Irônico que tenha encontrado meu primeiro raio de sol naquele pequeno prédio cinzento. Eu saía das sessões com um vislumbre de algo diferente, no entanto, mais tarde, Kerri chegava da escola, atormentada e estressada por ter me abandonado por tanto tempo. Como se eu fosse um cachorrinho que podia fazer xixi no tapete. Ela largava a mochila com pressa e, não importava o que lhe dissesse, eu era forçada a lembrar que estava sugando sua força vital. De volta à escuridão, eu entrava em espiral.

O que muitas pessoas não entendem sobre lesões ou doenças graves é que o que se está enfrentando de verdade não são as limitações físicas (embora elas existam), mas sim o jeito como as limitações físicas alteram suas interações com o mundo. No início, você só consegue receber. Recebe o tempo das pessoas, a energia física, as reservas emocionais. Está em um estado de necessidade e *toma, toma, toma* sem oferecer nada em troca. E tomar sem oferecer é algo que mexe com a sua cabeça. Você começa a se perguntar qual é o sentido de sua existência. Um dreno nos recursos do mundo, nos recursos daqueles que você ama, nada mais.

Mas, em algum momento — e pode levar anos, como aconteceu comigo —, você descobre maneiras de começar a oferecer algo em troca de novo. Sinceramente, você ficaria chocado com quantas maneiras existem de *oferecer* neste mundo, se é tudo que você procura.

Mas chega disso. De volta à minha garota Janet.

Mais de cinco anos depois do acidente, estávamos obviamente no fim de nossa *jornada* juntas. Tínhamos chegado a um beco sem saída: eu não estava agregando movimentos adicionais nem destreza, e Janet queria que eu reconhecesse isso. Mas eu não estava pronta. Em uma das nossas últimas sessões, cheguei de mau humor. Ela ainda não tinha me visto porque estava lendo as últimas páginas de um livro. Parei minha cadeira bem na sua frente e ainda assim ela não levantou os olhos. Depois de um momento, ela levantou um dedo, reconhecendo minha presença. Devia estar na última página, porque um minuto depois soltou um suspiro satisfeito e fechou o livro com ternura.

— Foi *tão* bom assim? — perguntei, pronunciando a frase com ironia, mas ela não se deixou abalar, interpretou minhas palavras como verdadeiras.

— Amei, amei, amei — respondeu ela, cantarolando.

Abaixei a cabeça para tentar ver o título e Janet levantou o livro e me mostrou a capa: O *derradeiro fim*. De alguém chamado Cate Kay. O título me soou familiar, e me lembrei de Kerri mencioná-lo na semana anterior. Ela estava na lista de espera por ele da biblioteca local.

— Esse exemplar é seu? — perguntei, pensando em Kerri, como ela ia sorrir se eu levasse um presente para casa. Um mimo, um modo de doar, de afastar os demônios.

— Quer pegar emprestado? — Janet estava empurrando o livro na minha direção, desesperada para encorajar um impulso saudável.

Eu o peguei de sua mão, estudei a capa preta e bege, a placa em ruínas da estação de metrô CITY HALL. *Cate Kay.*

— Devolvo logo — assegurei.

Ela me dispensou com um gesto.

— Livros são feitos para ser compartilhados — argumentou ela, depois bateu nos joelhos, pronta para começar o trabalho, e fez a pergunta que fazia no início de cada consulta nos últimos anos: — No que vamos trabalhar hoje?

— Andar — respondi, sem hesitar.

Ela se inclinou para a frente e disse:

— É que... eu não acho que esse seja o melhor uso de nosso tempo.

— *Nosso* tempo? — ecoei, de modo cruel, muito embora uma de minhas coisas prediletas no trabalho com Janet fosse o fato de sermos uma equipe.

Ela se encolheu. Um muro se ergueu.

— Se é o que você quer — disse ela, levantando-se.

---

Naquela tarde, antes de Kerri voltar para casa, abri o livro e a primeira coisa que notei foi a dedicatória, que dizia "Para a...", o que me deixou perplexa porque parecia inacabada. *Para a... o quê? Para a... quem?* A TV estava no mudo e eu, na sala. Papai tinha voltado para a oficina, então, não havia mais ninguém em casa e comecei a ler — *Capítulo 1: A Grande Maçã*. Samantha e Jeremiah estão em Nova York, conversando intimamente como só melhores amigos fazem, e então... *Bum!* Lá estava. Logo na primeira página. A conversa dos dois — sobre o pôr do sol de Nova York — me fez catapultar no tempo. Eu e Annie em um barco no meio do lago George. Mas então, com a mesma rapidez, retornei, ligeiramente atônita. Li a cena outra vez, e tive a mesma experiência. A sensação não era bem de ler. Era mais como relembrar.

O livro inteiro foi assim, lembranças de vários momentos com Annie, e então a cena do clímax com Jeremiah calçando aqueles All Star pretos!* Quando terminei, não foi um suspiro de satisfação que soltei. Deixei o livro cair das mãos. Ele quicou em uma das rodas e caiu desajeitado no carpete — a lombada para o alto, as páginas dobradas de forma profana.

Guardávamos envelopes na gaveta da cozinha, e eu me virei e puxei um. Aquilo era novidade para mim, essa necessidade desesperada de tirar algo de dentro de mim, e cuidadosamente rasguei um pedaço de papel pautado de um bloco de rascunho e escrevi um "bilhete" rápido para Annie — não, para *Cate Kay* —, depois o dobrei com precisão e o coloquei dentro de um envelope.

Quando Kerri chegou em casa naquele dia, ficou confusa de encontrar *O derradeiro fim* esmagado como um animal atropelado em nossa sala. (É possível que eu tenha passado por cima do

---

* **Nota da Cate:** Uma vez perguntei a Amanda por que ela quase sempre usava os All Star pretos, e ela disse que era porque transmitiam um ar de confiança clássica e discreta. "Eles acertaram em cheio com este aqui", dizia, levantando o pé e admirando a simplicidade do tênis.

exemplar no caminho para a cozinha, e depois de novo na volta.) Ela pegou o livro e tentou alisar as páginas.

Nunca o devolvi a Janet. Kerri leu, aparentemente inocente quanto à autoria, e então O *derradeiro fim* ficou na minha mesa de cabeceira para manter minha fúria acesa.

Todas as noites eu olhava para aquele livro e gritava silenciosamente. Isso não é uma metáfora ou um exagero. Eu fazia uma pausa antes de me transferir para a cama (ok, a quem estou enganando? Era mais como um tombo) e encarava o livro que Annie tinha escrito em vez de ficar comigo, pensava em cada pedaço de nós que ela havia compartilhado com o mundo em vez de compartilhar a si mesma comigo. Deixava a dor e a raiva se avolumarem, depois me enfurecia com os deuses — tudo sem dar um pio.

Eu a imaginava sentada em sua casa chique, transbordando de realização criativa ou talvez saindo para beber com seus novos amigos sofisticados — todos tomando licor marrom servido sobre um único e grande cubo de gelo. Como o pessoal da cidade.

CATE KAY

O derradeiro fim

Jeremiah desmaiou na frente da prefeitura. A câmera caiu no chão, deixando os espectadores com uma imagem do meio-fio. Samantha se ajoelhou ao seu lado, sacudindo seus ombros, tentando acordá-lo. Mas, aí, ela ouviu o estalo do áudio e ergueu o olhar: dois bombeiros, em trajes completos de proteção e máscaras de gás, correndo em direção a eles. Pareciam astronautas. Samantha apertou a mão de Jeremiah, segurou-a por um momento, esperando que seus olhos se abrissem. Mas, um segundo depois, os homens estavam invadindo seu espaço, cobrindo a boca do amigo com uma máscara de oxigênio. Ela se levantou e recuou sem dizer uma palavra.

Olhou para a câmera, ainda aos pés dele, e depois para a prefeitura. Odiou a si mesma por pensar nisso, mas sabia que precisava continuar — terminar a reportagem que haviam começado. Afinal, eles tinham chegado tão longe, não é? O mundo precisava ver o que aconteceria em seguida, e só Samantha poderia lhes mostrar. Ela se inclinou e agarrou a alça superior da câmera, levantando e virando o equipamento com cuidado para manter a lente apontada para longe de Jeremiah. Deu um passo para trás, depois outro, não querendo se comprometer totalmente com aquela conduta terrível, mas, enquanto enquadrava uma tomada da prefeitura, disse a si mesma que sua decisão era essencial, talvez até corajosa.

Amar nem sempre significava ficar. Ela caminhou em direção à prefeitura, conversando com o espectador sobre o que esperava encontrar lá dentro — uma estação de metrô em funcionamento, sobreviventes, informações. O que aquelas centenas de milhões de espectadores não viram foi Samantha olhando por cima do ombro, vislumbrando as solas do All Star preto de Jeremiah, as lágrimas se misturando à sujeira, à poeira e sabe-se lá o que mais.

# CAPÍTULO 29

# CASS

*Janeiro de 2007*
*Nova York*

Quando *O derradeiro fim* decolou, eu não sabia exatamente como me sentir. Tentei me convencer de que significava que Amanda não estava brava comigo. Como poderia, se estava me ajudando de outra dimensão? Mas eu nem sempre conseguia sustentar essa lógica.

Meu primeiro cheque de royalties foi como ganhar na loteria. Um dia, minha conta tinha dois mil e cem dólares — do pequeno adiantamento para o livro e do emprego como barista no bairro do Harlem —; no dia seguinte, parecia o número em uma calculadora que alguém se esqueceu de zerar. Muitos, muitos números. E tudo era meu. As contas estavam em meu novo nome legal (Cass Ford), assim como meus cartões de crédito. Eu tinha acesso total. Mas era o escritório de advocacia de Sidney que cuidava de tudo, monitorando a porcentagem dos lucros. Ela deixara isso bem claro.

Eu odiava o quanto ela era brilhante no trabalho, o quanto o sexo era bom. Porque o relacionamento tinha uma energia negativa. Morávamos em um apartamento de um quarto a três quarteirões do Blue Star Café, onde eu ainda trabalhava, mesmo enquanto *O derradeiro fim* disparava para o topo das listas de mais vendidos. Ela supervisionava minha vida minuciosamente, mas eu ainda não havia me rebelado contra a coleira. Então não era surpresa que Sidney não planejasse me contar sobre o convite de Ry Channing.

E, se não fosse por uma nevasca castigando Nova York, eu provavelmente jamais teria descoberto.

O dia amanheceu frio e cinzento. Eu estava trabalhando no Blue Star, mas, no meio da tarde, o lugar esvaziou. Vinte centímetros de neve já haviam caído, e estavam prevendo meio metro. Não havia ninguém nas ruas. Fechar mais cedo parecia uma decisão óbvia.

Arrumei tudo, empilhei as cadeiras e tranquei a porta atrás de mim, saindo em direção a um globo de neve. Caminhei pelo meio da avenida — nenhum carro vinha de nenhuma direção. Nada se comparava à emoção assustadora de uma tempestade de neve, e me lembrei de Amanda me puxando em um trenó de plástico laranja até o centro da cidade, nós duas fingindo estar em uma expedição no Alasca. Sobrevivência não garantida. Imaginei-a ao meu lado nesse momento, usando um gorro vermelho de tricô, flocos de neve nos cílios, amando cada minuto de uma grande tempestade. Nunca desperdiçávamos um dia de neve, extraíamos aventura de cada um deles.

Minhas lágrimas escorriam quentes no rosto. Parei e inclinei a cabeça para trás, piscando sem parar. A AMANDA ESTÁ MORTA, ainda escrito nas nuvens.

Poucos minutos depois, quando cheguei ao apartamento, encontrei Sidney à mesa em que tomávamos o café da manhã, o celular aberto na frente dela, a ligação no viva-voz. Ela ficou obviamente surpresa ao me ver e se apressou em levá-lo ao ouvido, mas não antes de eu ouvir o cara na linha dizer:

— Você viu a carta da Ryan para a Cate, ela acha que um encontro presencial vai fazer o filme imbatí...

Quando a ligação encerrou, pedi:

— Me dá a carta.

Sidney pegou sua bolsa de trabalho e tirou de lá um pedaço de papel. Eu me apoiei no balcão e comecei a ler: *Querida Cate, eu me pego pensando em você com frequência. O que é estranho, claro, eu sei. Mas há alguns motivos para isso, que eu gostaria de explicar se você vier a Los Angeles.*

Fiz uma pausa, olhei para Sidney. Ela revirou os olhos e disse:

— É ridículo, eu sei.

Mas essa estava longe de ser a minha opinião. Continuei a ler: *O principal motivo pelo qual acho que você deveria vir é que todo mundo acha que é uma péssima ideia. Mas tenho a sensação de que você não dá ouvidos ao que os outros dizem...*

— Eu vou — decidi, e devolvi a carta para Sidney.

— Deixa de ser louca — rebateu ela. — Sigilo não é exatamente o forte de Hollywood.

— Eu vou tomar cuidado — assegurei.

(Além do mais... o que Sidney sabia sobre Hollywood?)

— Não se trata de ser cuidadosa — argumentou ela. — Eles mastigam as pessoas e cospem fora... eu não quero que isso aconteça com você.

— Não é *Hollywood*, é uma pessoa. Eu vou — insisti. Sidney não me entendia mesmo. — E... uma pergunta: quando, exatamente, você planejava me contar que a *estrela da adaptação cinematográfica* queria se encontrar comigo?

Ela ignorou a pergunta, engajamento seletivo era sua especialidade.

— E tudo o que construímos cuidadosamente para chegar até aqui? — perguntou ela. — Tudo foi feito como você queria. Vai se arriscar desse jeito só porque uma diva não suporta não ter exatamente o que quer?

— Não foi isso que eu li — aleguei, embora a ideia de Ry Channing querer um tempo comigo não fosse um fator insignificante em minha decisão.

Ela se portava com uma espécie de altivez, e seus gestos com as mãos me davam esperança de que não fosse totalmente hétero. (Quem sabe, sabe.) Eu tinha assistido ao *Lua* e depois a tudo o mais de que ela havia participado.

— Ela escreveu que se encontrar comigo ajudaria o filme — argumentei. — E você não estava dizendo ontem mesmo que a qualidade do filme é "crucial" para o sucesso dos próximos livros?

Ela me encarou. Sustentei seu olhar. Finalmente, Sidney se levantou.

— Você só quer se livrar de mim, né? — argumentou ela, tirando o casaco do encosto da cadeira e o vestindo. — É disso que se trata, né? É disso que se trata *tudo* isso. — Ela martelou as últimas palavras e fez um círculo com o dedo. — Beleza, vai lá foder com a sua vida de novo — acrescentou. — Estou pouco me lixando.

Então ela saiu, batendo a porta atrás de si.

---

Quando o avião aterrissou, meu rosto estava pressionado contra o plástico oval. Los Angeles, enfim. Mais voltas e reviravoltas que o esperado, mas eu finalmente estava ali. Sentia saudade de Amanda. Liguei o celular enquanto taxiávamos até o portão. Tinha sete chamadas perdidas de Sidney. Mais cedo naquela manhã, eu havia saído da cama, e depois do apartamento, sem me despedir, e ela parecia triste e decepcionada na primeira mensagem, depois irritada nas seguintes. Desliguei meu telefone e o guardei no fundo da bolsa.

O sol, a luz... fiquei com a mão para fora da janela durante todo o trajeto de táxi, sentindo a brisa, pensando em Amanda. Será que toda a estranheza entre nós teria desaparecido conforme dirigíssemos até Los Angeles? Será que estaríamos estrelando comédias românticas agora, reclamando alegremente do absurdo da indústria cinematográfica, ou teríamos torrado todo o nosso dinheiro, conseguido empregos como garçonetes e ficado amarguradas com os nossos sonhos fracassados?

Pensei em como Amanda teria amado sushi, mas não tanto quanto o que amar sushi revelava sobre ela, assim como festas em Hollywood Hills, sobre as quais eu só havia lido, e champanhe ilimitado, que a teria deixado encantada, mas principalmente ela teria adorado saber que Champanhe era um lugar, não uma uva. Eu conseguia imaginá-la contando esse fato a todo mundo, como se fosse uma curiosidade, até perceber que a maioria das pessoas já sabia, e, então, ela teria rido da própria ingenuidade e incluído essa parte na história também.

A Amanda de Los Angeles se tornou real para mim. Ainda era divertida, como sempre — quer dizer, *como tinha sido* —, mas em Los Angeles ela ficaria afiada. E eu queria tanto conhecer essa versão dela, para juntas nos maravilharmos com a idiotice de nossos "eus" passados. Eu havia aceitado a morte de Amanda como um fato, mas apenas racionalmente — um truque que me poupava do tipo de luto que te força a se esconder debaixo das cobertas.

No banco de trás daquele táxi, abri um caderno espiralado barato — àquela altura eu já tinha usado dezenas deles — e escrevi minha melhor amiga de volta à vida.

## CAPÍTULO 30

# RYAN*

*Janeiro de 2007*
*Los Angeles*

Lá estava eu, a apenas poucos metros de Cate Kay. Ela havia se materializado de forma tão inesperada que só consegui encará-la, impassível. Muito embora ela já conhecesse minha aparência, eu ainda me perguntava o que via à sua frente e se meu verdadeiro eu era satisfatório. Escovar os dentes, lavar o rosto, nenhuma dessas coisas tinha acontecido ainda. Eu ainda estava com a mesma roupa com que dormira. Eram fatos dos quais me dei conta subitamente, enquanto absorvia a mulher em meu quintal.

— Oi. — Ela acenou como se traçasse um arco-íris.

Sorri porque o gesto foi propositalmente constrangedor, irônico até, e eu já gostava dela por chamar a atenção para a estranheza do momento. Discretamente (acho), olhei-a de cima a baixo. Minha visão dos pés à cabeça: tênis Puma de camurça, calça jeans azul, camiseta branca, jaqueta de couro desbotada, cabelo castanho--claro em um coque displicente, olhos melancólicos.

---

* **Nota da Cate:** Ryan não vai gostar de ter ficado fora da tela (fora das páginas?) por tanto tempo nesta história, mas agora ela está de volta. Vamos lhe dar toda a nossa atenção.

O que estou dizendo é que ela parecia descolada sem esforço algum, e tive dificuldade de acreditar que se tratava de Cate Kay. Impossível, eu dizia a mim mesma. Que a autora do livro mais popular do mundo também tivesse bochechas queimadas de sol e um queixo de manequim, e estivesse parada em meu quintal, com uma expressão que só poderia ser descrita como um sorriso irônico. Como se estivesse esperando que eu processasse tudo. Ou talvez fosse um mecanismo de defesa. De um jeito ou de outro, eu precisava responder alguma coisa.

— Oi também. — Foi o que consegui dizer. Então, um instante depois: — Você chegou muito, muito cedo. Tipo, tão cedo que eu ainda nem escovei os dentes.

— Eu estava pilhada, não conseguia dormir, então peguei um voo mais cedo... Bom, na verdade, *o* voo mais cedo de todos... primeiro do dia, às 05h20.

Ela largou a mala e percebi que havia coisas que os anfitriões deveriam fazer pelos hóspedes, e eu estava falhando em todas elas. Entrei em ação, pegando a mala do chão, tocando suavemente em seu braço ao passar.

— Vou te levar ao quarto — disse eu.

Mas meu cérebro estava recapitulando o toque, perguntando-se por que eu tinha feito aquilo. Pelo que pude entender, era para apresentar a ideia de... *Estou feliz que você tenha aparecido mais cedo no meu portão dos fundos.*

O quarto de hóspedes ficava em frente ao meu. Um tapete turco roxo-escuro era o astro da decoração, disposto na frente de uma cama baixa de madeira. Em cima, havia um edredom branco e seis travesseiros coloridos. Travesseiros nunca são demais, minha mãe argumentara dois anos antes, e não dá para dizer que, naquela época, eu tivesse uma opinião sobre o assunto.

— Este é o seu — declarei, colocando cuidadosamente sua mala na cama. — O meu é o da frente — acrescentei.

Nesse momento que minhas funções de mensageiro haviam terminado, e rápido demais, eu estava tentando encontrar o que oferecer em seguida. Espaço... sim, talvez ela precisasse de espaço.

— Vou te deixar à vontade — avisei. — O banheiro é logo ali, no corredor, se você for do time que precisa tomar um banho depois de um voo. Vou estar lá nos fundos com meu café horrível.

— Você é?

Ela tinha ido para o outro lado da cama ao que eu estava. Abria a mala e parecia saber que eu ficara confusa com a pergunta. Então me deu um segundo a mais para recapitular o que eu tinha dito antes do lance do café. Ah!

Eu:

— Não sou, mas quero muito ser.*

— Ainda dá tempo.

Ela estava remexendo na mala, mas ergueu os olhos até os meus e eram de um castanho brilhante... reluzentes como se diamantes fossem castanhos. Ser a primeira a desviar os olhos parecia uma espécie de fracasso. Eu me forcei a sustentar seu olhar. Mantivemos contato visual por vários segundos, e juro que parecia que nós duas estávamos nos recusando a ser a primeira a quebrá-lo. Ou talvez não fosse assim para ela. Mas, quando baixou o olhar de volta para a mala, senti como se tivesse provado algo.**

— Vou estar lá fora — repeti, enquanto saía do quarto. Minha mão se enganchou na lateral da porta, fechando-a atrás de mim.

— Ryan — chamou ela, e me virei.

---

* **Nota da Cate:** Se você não é uma pessoa que toma banho depois de um voo e nunca pensou em querer ser essa pessoa, então você é mais parecida com a Amanda.

** **Nota da Cate:** Quando li esta parte de Ryan pela primeira vez, fiquei chocada por ela se lembrar desse momento. Também senti que desviar o olhar seria um fracasso e me lembro de pensar que fui eu quem falhou. Mas ela está errada sobre o motivo de tudo ter começado. Eu não a estava testando, simplesmente ela era tão linda que eu devo ter ficado a encarando.

A minha mão ainda estava na porta. Arqueei as sobrancelhas: *hmmm*? Ela segurava o nécessaire, e resisti à vontade de dizer que gostava de como meu nome soava em sua boca. Era algo que uma personagem diria em um drama mal escrito. Não na vida real.

— A propósito, eu me chamo Cass — disse ela.

Cass. Lá estava. O nome verdadeiro de Cate Kay era Cass.

— Oi, Cass — cumprimentei, com um sorriso.

## CAPÍTULO 31

# CASS

*Janeiro de 2007*
*Los Angeles*

A estrela de cinema mais gata do mundo estava descalça em seu quintal, com short de basquete e o cabelo ruivo preso. Olhos afastados, o rosto salpicado de sardas, apenas ligeiramente assimétrica, o que a tornava ainda mais deslumbrante. Ao vê-la ali, parada daquele jeito — aparentemente sem vaidade —, eu me perguntei como eu seria se tivesse me tornado atriz de cinema, o quanto teria ficado preciosista em relação ao modo como as pessoas me viam. Esperava que nesse universo alternativo eu fosse tão descontraída quanto Ryan parecia.

O ar era diferente em Los Angeles. Dava para sentir o oceano, o que me lembrava do lago e da Amanda. Tirei a bolsa do ombro e a deixei no quintal, a meus pés. Eu me sentia leve pela primeira vez em seis anos. Vislumbrei por um segundo a sensação que eu estava perseguindo, pela qual ansiava, quando fugi da minha melhor amiga. Espaço aberto. Um sorriso curvou o canto da minha boca. Tentei reprimi-lo. Não queria ser a louca sorrindo no quintal de uma atriz. Uma atriz que parecia alguém de quem eu seria amiga em outra vida. (Ou talvez nesta?)

Quando Ryan pegou minha bolsa, senti seus dedos roçarem meu cotovelo e meu corpo se excitou, mas meu cérebro elaborou uma explicação: um erro, possivelmente, ou apenas um gesto gentil.

Observei os movimentos de Ryan, analisei suas pernas enquanto ela andava, seus dedos segurando a porta de correr, o modo como suas mãos encontraram os bolsos, depois de me mostrar o quarto de hóspedes. Seu corpo estava fornecendo pistas sobre quem ela era, o que queria — eu só torcia para as estar interpretando corretamente. A sutileza daquilo, ao mesmo tempo eletrizante e exaustiva.

— Vou estar lá fora — avisou ela, abaixando a cabeça de leve, virando-se para sair.

— Ei, Ryan? — chamei, pouco antes de a porta se fechar atrás dela.

Ela parou, inclinando-se em minha direção, apoiada sobre um dos pés.

*Uau*. Eu tinha me jogado de cabeça. Estava me sentindo tão parecida com o meu antigo eu que quase me apresentei como Annie.

## CAPÍTULO 32

# RYAN

*Janeiro de 2007*
*Los Angeles*

Quanto tempo Cass ia ficar? Ela dissera uma semana, só que uma semana não parecia tempo suficiente. Avisei que poderia ficar o tempo que desejasse. Que minha agenda estava aberta até o mês seguinte, quando começariam as filmagens de *O derradeiro fim* em Charleston.

Eu queria que ela ficasse o máximo possível. Passamos aqueles primeiros dias pedindo comida, deitadas à beira da piscina lendo, acordadas até tarde conversando. Tantas conversas, e tão profundas, que senti que ela andava desesperada para falar, para se abrir. Percebi que eu também estava desesperada por isso.

Conversar com um repórter que faz perfis de celebridades sobre "meu verdadeiro eu" era a coisa mais distante possível de intimidade. Minhas histórias favoritas e mais assustadoras da infância eram sagradas demais para serem publicadas em uma revista. Seriam roubadas e "criticadas" por algum site novo, depois inseridas na minha página da Wikipédia. No fim, aquela tarde transformadora em que fui pega tentando furtar a nova fita cassete da Mariah Carey, escondendo-a no bolso do meu short Umbro (história real), se tornaria a curiosidade casual de algum estranho. Não mais minha, afinal.

A história da Umbro era do tipo que Cass e eu compartilhamos enquanto estávamos sentadas na sala de estar uma noite, bebendo vinho tinto. Desenrolando nossa vida. E foi assim que nos encontramos no mesmo sofá de veludo verde, com as pernas dobradas sob o corpo (Cass) ou estendidas na mesa de centro (eu).

Eu sabia que ela tinha segredos — sabia que ela *era* um segredo —, mas também sabia que tudo que estava me contando era verdade. Detalhes demais, dor demais. Já li roteiros suficientes para sentir o cheiro de uma vida inventada quando ouço. A dela era chata na medida para ser real, dramática na medida para ser envolvente. Uma infância pobre, em uma cidadezinha à beira de um lago, no estado de Nova York. Um pai ausente, uma mãe absorta (a maneira gentil de colocar), uma obsessão por sair de lá. E então algumas coisas horríveis e infelizes das quais eu ainda não havia ficado sabendo.

Nenhuma de nós entendia muito de vinho, exceto que parecia a bebida mais sofisticada a se tomar. Acabamos escolhendo um cabernet sauvignon em vez de um pinot noir, porque a descrição do pinot sugeria que, às vezes, podia ser "delicado" e, na hora, nos entreolhamos e dissemos "nunca", antes de começarmos a rir. Intenso e ousado eram as descrições para o cabernet. Gostávamos mais disso.

A garrafa estava na mesa de centro. Eu me inclinei para a frente, e me servi de mais um pouco, oferecendo à Cass. Ela estendeu a taça, e eu canalizei todas as cenas de vinho sendo servido a que já havia assistido. Até girei a garrafa no final para evitar que pingasse no sofá. Bem executado, pensei.

Cass tinha levado pouca roupa, sem saber o quanto as noites de Los Angeles podiam ser frias. Por mim, tudo bem, porque nesse momento ela estava sentada a poucos centímetros de distância, com meu moletom cinza mescla com capuz, do Kansas Jayhawks. Ela segurava a taça com uma das mãos, e com a outra girava um dos cordões do agasalho.

Quanto mais casualmente ela se vestia, mais bonita ficava. Seu riso era rico e solto. Minha parte favorita era como ela semicerrava os olhos quando ria.

Eu me perguntava o que ela estava reparando em mim. Se me achava tão cheia de nuances e dinâmica quanto eu a achava.

Ainda não havíamos conversado sobre o livro. Eu queria, mas não tinha certeza se ela também. Ele parecia ligado à parte misteriosa de sua vida. Por alguns segundos, não dissemos nada, cada uma tomou um gole do vinho, fingindo entender e saboreá-lo.

— Então… — disse Cass em seguida, injetando esteroides nessa palavrinha, para que soasse robusta. Esperei. Ela acomodou a cabeça no encosto do sofá e olhou para o teto. — Sabe, eu queria ser você — confessou ela. — Ainda quero ser você, na verdade.

— Eu?

Não tinha certeza do que ela queria dizer. Queria ser eu tipo em *Mulher solteira procura*? Mesmo tendo descartado a possibilidade instantaneamente, uma pontada de medo tomou conta do meu corpo. (Muito obrigada, fama.)

— Quero dizer, atriz — explicou ela depressa, pressentindo minha estranheza. — Foi por isso que concordei imediatamente em vir até aqui. Mesmo que a Sidney tenha dito que era, e isso é uma citação direta, a porra da ideia mais idiota do mundo, eu queria vir te conhecer e ver como minha vida poderia ter sido se não tivesse saído completamente dos trilhos como saiu. Claro, a Sidney está com medo de que agora, depois de todo o cuidado que tomamos, eu vá foder com tudo.

Nessa última parte, ela olhou para mim com a cabeça ainda para trás, o cabelo espalhado pelo encosto do sofá.

— Estou falando demais — continuou ela, levantando a taça e dando um sorriso suave.

Será que ela estava flertando? Eu queria tocar seu cabelo, passar os dedos pelos fios.

*Como responder, como responder, como responder*… eu queria algo que nos mantivesse naquele caminho, mas que não a assustasse.

— Você quer… "foder com tudo"?

Ela sustentou meu olhar enquanto respondia:

— Eu quero — disse, mas aí parou.

Aquilo era o começo de uma frase ou a frase inteira? Provavelmente as duas coisas. Continuamos nos encarando por um segundo, dois. Então seus olhos se voltaram rapidamente para cima e para a esquerda. Ela começou a balançar a cabeça, sutilmente.

— Eu quero tantas coisas que acho que não posso mais ter, e estou tentando… superar todo esse desejo.

Querer coisas, eu me identificava com a ideia. Muitas vezes desejei que uma vida em Lawrence pudesse me satisfazer. Mas eu precisava de mais. Não tinha a ver só com dinheiro ou fama, era outra coisa.

— Grandeza cósmica — sussurrou Cass.

Eu a encarei, nervosa. Será que tinha ouvido direito?

— Espera — falei. — Fala isso de novo.

— Eu não sei, é que… — começou ela, mas eu interrompi.

— Não, quer dizer, o que você acabou de falar?

— Grandeza cósmica?

— Ah, meu Deus — sussurrei em resposta, encontrando seus olhos. A frase definia algo sem nome dentro de mim. — É exatamente isso.

— Eu sei — concordou ela. — *Eu sei.*

— Existe uma cura? — perguntei.

Ela negou com a cabeça.

— Sem cura conhecida.

— Então estamos condenadas?

— Infelizmente, sim. — Ela tomou um grande gole de vinho.

Nós nos entreolhamos por cima da borda das taças, daí perguntei:

— Então, por que a Sidney acha que nos encontrarmos estragaria tudo… e o que é "tudo"?

(Eu queria mais informações sobre a tal Sidney Collins.)

Ninguém, exceto Janie e minha irmã, sabia que eu era lésbica. Matt, se eu tivesse lhe contado, teria dado risada, e me dito que meu senso de humor era mórbido. Minha mãe, meu pai e meu irmão, nem pensar. Estavam imersos demais na cultura de classe média do Meio-Oeste para entender. Eles pensariam que era algum efeito de Hollywood, em vez de como eu me sentia desde que vira Julia Roberts em *Um lugar chamado Notting Hill* quando era criança. Assistindo a ela ali, apenas uma garota, pedindo a um garoto para amá-la, percebi que gostaria que Julia estivesse pedindo a uma garota para amá-la. E que queria que a garota fosse eu.

Mas estávamos nos anos 2000, e cabelo curto e ternos não iam me tornar a queridinha da América. Eu fazia o que era preciso, usava vestidos de alta-costura e sombra esfumada nos olhos. No entanto, sempre que desfilava no tapete vermelho, eu imaginava — e isso é vergonhosamente verdade — que as câmeras eram Julia Roberts e meu objetivo era fazer com que ela me desejasse.

Agora eu queria que Cass me desejasse. Lá se iam meus pensamentos de aliança platônica. Será que ela sabia que eu a queria? E como eu poderia ter certeza de que ela sabia? Esses eram os pensamentos que passavam pela minha cabeça enquanto íamos nos aproximando do fundo da garrafa de vinho.

— A Sid, bom, as coisas com ela são impossíveis de descrever. — Cass sentou-se ereta novamente.

Ela trocou a perna em que estava apoiada e colocou o braço sobre o encosto do sofá. Não pude deixar de notar que sua mão estava muito mais perto de mim. A apenas alguns centímetros de meu ombro esquerdo. Obviamente tinha sido o propósito de se reposicionar, não?

Eu me remexi para poder aproximar um pouco mais meu corpo das pontas daqueles dedos. Suas unhas estavam sem esmalte, as mãos bronzeadas* e esbeltas. Ela continuou:

— O que é tudo? Hmm, acho que "tudo" é esse muro que construímos entre mim, quem eu sou, minha identidade, o livro

---

* **Nota da Cate:** Minha mãe certa vez explicou que apesar da ascendência irlandesa, nosso tom de pele era cortesia de alguns antigos mercadores espanhóis que se estabeleceram no país. Fico bronzeada com facilidade.

e tudo o mais. Tem um monte de camadas, então seria impossível me identificar como a autora... A Sid é a única que sabe, acho, até agora. Ela disse que a única maneira de as pessoas descobrirem quem eu sou é por erro humano.

— E imagino que Sidney esteja preocupada que você — apontei para ela — seja o humano que pode cometer esse erro?

O gesto era polivalente. Atingiu seu potencial máximo quando minha mão erguida tocou o antebraço dela. Demorar-me no toque parecia ousado demais. Deixei a mão deslizar para o encosto do sofá. Nesse momento nossos antebraços estavam paralelos, separados por apenas alguns centímetros. Ela estava falando novamente, mas meu foco e meus olhos estavam no espaço entre nós. Imaginei uma régua medindo a distância, imaginei um lápis minúsculo atrás de minha orelha para registrar o número. Eram exatos cinco centímetros? Talvez até menos.

Voltei a prestar atenção no meio da frase.

— ... ela diz que é pelos negócios, mas acho que na verdade é por sua causa.

*Merda*. Essa é uma frase que eu gostaria de ter ouvido toda.

— Espera. — Balancei a cabeça... talvez fosse melhor ser sincera? — Eu estava, bom, minha mente divagou por um momento. Pode repetir?

Ela ergueu as sobrancelhas. Sedutora, sim, quase definitivamente sedutora. Mordi o lábio inferior de um modo que esperava ser sutil e sexy, não piegas. As pessoas faziam esse gesto pelos mais variados motivos.

— Eu só estava dizendo que me pareceu que a preocupação dela em acabar com o meu anonimato era só fingimento e que, na verdade, a Sid era contra esta viagem porque estava com ciúmes.

— De... mim?

*Nós duas sabemos a resposta para isso*, era a expressão no rosto de Cass. Justo, eu estava querendo um elogio. As peças do quebra-cabeça estavam começando a formar uma imagem. Talvez Cass e a tal Sid tivessem tido alguma coisa. Talvez ainda tivessem. E era possível que me conhecer e ver a vida em Hollywood não tivesse apenas a ver com o livro e o filme. Talvez Sidney fosse linda e brilhante e tudo o que Cass queria, mas eu tinha a sensação de que não.

Entra: Ry Channing.

Um relacionamento público não era possível. O fascínio de Cass, além de sua sensualidade, era seu compromisso com o anonimato. Vindo logo depois de Sarah, ela era a antiSarah. E minha linha de raciocínio se desenrolava tão depressa que eu não conseguia avaliar cada passo, então, a próxima coisa que eu disse foi:

— Quer dizer, o quão ruim essa coisa da qual você está se escondendo pode ter sido?

Um frio congelante tomou conta da minha aconchegante sala de estar. Foi uma coisa idiota de dizer. Mas, naqueles breves segundos, eu estava vivenciando a totalidade de nosso relacionamento. Em algum momento, o passado misterioso de Cass e sua necessidade de anonimato se tornariam um problema. Talvez eu quisesse garantias de que tudo estava sendo encarado com alarmismo. Nós duas éramos jovens. Era uma questão de experiência. Será que aquilo parecia um grande problema agora, mas ela chegaria depois à conclusão de que não era? Se não, namorar comigo estava fora de questão.

Quando a última palavra saiu da minha boca, Cass recuou, tirando o braço do encosto do sofá e o cruzando com o outro ao peito. Para uma pessoa paga para encantar milhões com um olhar, eu havia conseguido afastar Cass com apenas algumas palavras equivocadas.

— Acho que vou para a cama — disse ela.

Em vez de *Por que você estragou a noite?*

— Espera, Cass, não. — Eu estava voltando atrás. — Desculpa, foi uma pergunta idiota, e você não me deve uma explicação.

— Não é isso — mentiu ela. — Eu só estou... exausta... já passou da minha hora. — Ela se levantou, espreguiçou os braços acima da cabeça. Deu um grande bocejo. Pareceu autêntico e me fez bocejar também. — Viu? — Ela parecia satisfeita por meu corpo ter inadvertidamente confirmado sua falsa justificativa.

Quando chegamos ao corredor — eu na minha porta, ela na dela —, Cass havia amolecido novamente. Tentei me livrar da energia estranha, mas não consegui. Arrastei-a para meu turbilhão interior e disse:

— Desculpa por ter perguntado aquilo. — Fiz um gesto com o polegar em direção à sala de estar, onde as duas taças de vinho pela metade passariam a noite. — Eu sei como é irritante quando as pessoas se intrometem na nossa vida.

Essa última parte era verdade. Ela já estava balançando a cabeça, dispensando minhas palavras. Cass baixou um pouco o rosto e olhou diretamente para mim. Então colocou uma mecha de cabelo atrás da orelha. Talvez estivesse esperando que eu me aproximasse, mas não podia ser eu a tomar a iniciativa. Não depois do enorme tropeço um minuto antes.

Um segundo, outro segundo, seus olhos buscando os meus.

— Boa noite então, Ryan — disse ela, quando nada aconteceu, e entrou no quarto.

A porta se fechou sem fazer barulho algum atrás dela. Então me imagine ali parada por provavelmente um minuto inteiro, me perguntando se ela estava do outro lado da porta.* Pensando se ela também estava à espera, torcendo para que eu batesse.

---

* **Nota da Cate:** Eu estava.

# CAPÍTULO 33

# CASS

*Janeiro de 2007*
*Los Angeles*

Nunca conversamos sobre o livro, nem o filme, nem mesmo qualquer coisa sobre nosso trabalho,* exceto quando eu fazia perguntas sobre como era ser estrela de cinema.

— É tipo ser uma pessoa, só que delirante — respondeu ela.

— Delirante, como? — rebati.

E ela explicou, juntando os dedos e os tamborilando:

— Você está sempre em um estado de acreditar em algo que não é realmente verdade?

Então ela pulou na piscina, e interpretei aquilo como um sinal de que não ia entrar em detalhes.

Eu a queria. Mas estava com medo. E meus medos mudavam constantemente de forma: será que ela sentia o mesmo que eu? Agia como se gostasse de mim? Eu merecia aquilo, essa sensação de encantamento, ou era horrível por me sentir leve de novo? A verdade? Eu pensava menos na Amanda naquelas últimas semanas em Los Angeles, e em Sidney só se fosse forçada.

Ryan disse que queria que eu ficasse. O *tempo que você quiser*, tinha insistido. Mandei uma mensagem para Sidney dizendo que o estúdio havia me pedido para estender a viagem porque estava

---

* **Nota da Cate:** Eu não estava pensando em trabalho.

sendo muito útil para Ryan. Tinham dito que minha contribuição era inestimável. Mandei uma mensagem para ela sobre o quanto estávamos fazendo, como tudo estava indo bem. Ela sabia que era mentira, e eu sabia que ela sabia que era mentira. Simplesmente não me importava — eu queria algumas semanas com Ryan mais do que queria uma vida com Sidney.

Suas respostas eram superficiais. Eu me sentia grata pelo meio emocionalmente distante das mensagens de texto, uma desculpa intrínseca para a brevidade. E continuava lembrando a mim mesma de que ela não era minha dona.

Não exatamente.

# CAPÍTULO 34
# RYAN

*Janeiro de 2007*
*Los Angeles*

Na primeira noite depois que Cass estendeu sua viagem, eu estava deitada na cama, totalmente desperta. Uma hora se passou, depois outra. O tempo todo, eu estava preparada, sempre a apenas um instante de sair da cama e bater à porta de Cass. Meus sentidos estavam aguçados. Eu prestava atenção em cada rangido da casa, cada galho batendo na janela me fazia imaginar que talvez fosse ela indo até mim.

Eu vestia apenas uma camiseta velha e uma calcinha fio dental, e minha pele parecia acesa contra os lençóis. Imaginei o que aconteceria se ela se deitasse ao meu lado. A energia daquilo parecia um tornado, e eu estava no centro. Pensei imediatamente que era minha imaginação e também que era a coisa mais real que eu já havia sentido. Do outro lado do corredor, ela devia estar atenta para ouvir a mim, a meus passos. Nada mais fazia sentido.

Então, finalmente, como um sonho, saí da cama. O relógio marcava 1h57. A madeira estava fria sob meus pés e eu tremia, nervosa. A cada passo em sua direção, eu não acreditava que estava de pé. O manto da noite me deixava curiosa. Eu era real? Aquilo era real? Eu repetia para mim que sim.

Bati muito suavemente à porta. Tão suave que, se ela estivesse dormindo — mas não podia estar dormindo —, não me ouviria. Pressionei o ouvido contra a madeira. Um longo segundo se passou.

— Pode entrar — soou a voz de Cass, um sussurro fraco.

Girei a maçaneta com delicadeza, entrando no quarto, soltando-a apenas depois de fechar a porta. Meus olhos estavam só começando a se ajustar. Eu via Cass do lado esquerdo da cama, a perna direita estendida sobre as cobertas. Fui na ponta dos pés para o outro lado e, ao me aproximar, ela levantou as cobertas para mim e eu me deitei, de frente para ela. Seu cabelo cobria-lhe os olhos. Estendi a mão e o coloquei atrás da orelha dela, o que já a tinha visto fazer uma dezena de vezes e fantasiava em fazer eu mesma. Deixei a mão descansar em seu pescoço, a pele quente sob meu toque, e suavizei ao máximo meu olhar para que talvez ela pudesse ver o quanto eu queria aquilo... ela.

Meu corpo era um fio desencapado. Resisti à vontade de me enroscar ao seu redor. *Espere, espere, espere,* disse a mim mesma muitas vezes. Querendo que tudo fosse perfeito. Ficamos deitadas nos encarando por muitos segundos, e o som do batimento cardíaco parecia preencher o quarto. Então ela começou a mover o corpo em direção ao meu. Estávamos a apenas centímetros de distância e o único ponto de conexão era minha mão em seu pescoço. Ela se inclinou em direção ao meu ouvido e sussurrou:

— Por que você demorou tanto?

Aí ela aproximou mais os lábios, de modo que pairassem sobre os meus, a uma molécula de distância, se tanto. E ainda assim esperei por Cass, esperei mais um pouco. Mas então não consegui me conter e me pressionei contra ela, que expirou de um jeito que me fez ter certeza de que me queria tanto quanto eu a queria.

O que me lembro daquela noite é que não havia placas de PARE. Nem mesmo um sinal de preferência. No momento em que nossos corpos se uniram — seus mamilos intumescidos contra minha pele —, cada uma se inflamou em resposta. Ela levou a mão esquerda até meu seio. Eu busquei seu quadril. Ela deslizou lentamente a mão direita, que havia repousado por um momento em meu pescoço, por todo o meu corpo, parando a mão espalmada sobre minha barriga e pressionando de leve seus quadris contra os meus, depois viajou mais longe até estar quase lá. Arqueei as costas — queria que ela sentisse o quanto eu estava molhada — até a sentir em mim. Então exalei devagar em seu ouvido e sussurrei:

— *Caraaaaalho*.

Ela virou meu queixo com a mão livre, olhou bem nos meus olhos e começou a se mover ritmicamente dentro de mim.

# CAPÍTULO 35

# CASS

*Janeiro de 2007*
*Los Angeles*

Na maioria das noites daquela primeira semana, depois que nos recolhíamos, eu ficava acordada, sussurrando baixinho, repetidamente: *Vem, vem, vem*, acreditando com todo o meu corpo que, se desejasse o bastante, ela o sentiria do outro lado do corredor. Enfim, ela apareceu. E aquele tipo de anseio ardente, oscilando à beira da opressão, eu nunca havia sentido antes. Foi ousado, mas, quando guiei sua mão para baixo para me tocar, minha boca estava aberta perto de sua orelha e pensei por um instante que não seria capaz de formar palavras, que toda a minha força vital tinha se acumulado no centro, não permitindo que nada mais funcionasse, mas então finalmente me dominei e murmurei:

— Você é o que eu quero.

E deixei as palavras se misturarem à minha respiração, de modo que foi mais um sentimento transmitido que uma frase dita.

Foi a melhor noite da minha vida.*

---

* **Nota da Cate:** Nada se compara a essa primeira noite com Ryan. Não dormimos até o amanhecer, e, então, apenas por uma ou duas horas, a maciez de seu corpo nu envolvendo o meu e eu, acordada, maravilhada com como ela era boa, como eu tinha estado o mais perto dela possível — dentro dela, até — e, ainda assim, tudo o que queria era estar mais perto. *Como*, lembro-me de pensar naquela noite, *poderíamos ficar ainda mais perto?* (A segunda melhor noite de minha vida foi quando o jornal local fez uma resenha da nossa peça no segundo ano e escreveu que Amanda e eu tínhamos "potencial de estrelato". Ficamos sentadas no cais por horas, com os pés balançando sobre o lago, lendo a resenha em voz alta uma para a outra.)

## CAPÍTULO 36

# SIDNEY

*Janeiro de 2007*
*Nova York*

Eu construí o mundo de Cate Kay do zero. O labirinto de contratos, contas bancárias e acordos de confidencialidade — tudo não rastreável. Um dia, Cassandra Ford era apenas um nome inventado. No outro, uma cidadã americana com acesso discreto a recursos quase ilimitados. Pensei que proteger a privacidade de Cass destravaria seu amor. Pensamento imperfeito de advogada, vejo agora. Ela nunca apreciou a genialidade do que eu havia criado — como eu explorava cada brecha e lhe tecia um universo inteiramente novo. Mas minhas habilidades jamais tirariam o fôlego de Cass — um fato que me recusei a ver por tempo demais.

Ela gostava mais de mim na cama, no escuro — não em público. Mas, apenas uma semana antes de ela atravessar o país de jatinho para encontrar Ry Channing (sem nem olhar para trás, devo acrescentar), havíamos passado uma das noites mais ternas de nosso relacionamento. Sempre que ela me oferecia sua atenção incondicional, eu me sentia como um daqueles mágicos animais de esponja — basta adicionar água — que se expandem instantânea e rapidamente. A versão mais plena e poderosa de mim mesma.

Naquela noite, estávamos jantando em um restaurante de sushi no centro, que ficava no porão de um prédio de arenito marrom e era tão escuro que o arroz do sushi brilhava na mesa. Tínhamos de nos debruçar à frente só para ver o rosto uma da outra.

Depois do sushi, estávamos em uma bolha de aconchego enquanto subíamos os degraus até a rua. Eu, porém, estava me preparando para quando ela estourasse — meio metro de distância e Cass se afastando em algum trem de pensamentos em que ela raramente me convidava a embarcar. Mas, naquela noite, enquanto caminhávamos em direção ao metrô, ela se aninhou a mim, passando o braço pelo meu, apoiando-se contra meu ombro. Olhei para nossos braços entrelaçados — gravei aquele momento na mente. Uma onda de dopamina me iluminou.

Naquela noite, na cama, ela se inclinou e me beijou na bochecha espontaneamente, e disse:

— Obrigada pelo jantar e por tudo o que você fez por mim.

Tudo estava bem no meu mundo.

Então imagine minha... nem sei qual é a palavra certa — tristeza, raiva, decepção? — quando, uma semana depois, Cass largou tudo para aceitar o convite de Ry Channing. Eu sempre fui a mais madura — tentei superar. Deixei-a ir. Dei espaço a ela. Ela mantinha contato, mas suas atualizações eram dolorosamente compulsórias. Eu as estudava em meu BlackBerry e me perguntava como uma atriz tão boa — de acordo com seu professor de teatro, pelo menos — fingia tão mal.

Na minha profissão, a gente aprende que as pessoas estão sempre construindo uma teia de mentiras em torno de um núcleo de verdade e chamando isso de honestidade — é transparente. Então, quando Cass tentou me convencer de que a viagem a Hollywood tinha a ver com o filme — bem, não sou nenhuma idiota. Se fosse por causa de *O derradeiro fim*, ela teria ficado fora por alguns dias, enfiada em salas de reuniões de algum estúdio. Poderia até ter considerado me convidar para acompanhá-la. Eu sabia que ela havia embarcado naquela viagem a Los Angeles em busca de — paixão, obviamente, e de uma versão de sua vida que ela torcia para que ainda existisse.

Eu estava furiosa.

Um sócio do escritório percebeu meu descontentamento enquanto Cass estava fora. Ele passou na minha sala duas vezes e me encontrou olhando pela janela. Não necessariamente uma posição incomum para uma advogada, mas eu nem o ouvi bater. Ele precisou se postar na minha frente para quebrar meu transe. No segundo dia em que me encontrou assim, ele se jogou na cadeira diante de mim e disse:

— Amanhã, ao meio-dia, esteja pronta. Vou te levar num lugar para acabar com o que quer que seja *isso*.

*Isso* foi dito com desdém.

— Me levar aonde?

Eu não tinha o hábito de me juntar a homens em aventuras misteriosas, certamente não no meio de um dia de trabalho. O tal cara, Jonathan, não era meu chefe, mas também não era alguém que desse para rejeitar.

— Você jogou basquete no ensino médio, não é? — perguntou ele.

Fiquei intrigada.

— Sim, joguei...

— E eu já te vi correndo, então você vai adorar isso. — Ele já estava de pé novamente. — Bota o que você usaria para uma corrida. — Batendo na minha porta ao sair, acrescentou: — Meio-dia. Esteja pronta.

---

— Soul... Cycle? — perguntei, tentando entender o que aquelas duas palavras significavam em combinação.

Estávamos em uma esquina do Upper West Side, nos aproximando de uma vitrine branca e reluzente com enfeites dourados, e eu jamais vira Jonathan tão animado. Ele estava recuando para poder ver eu me aproximar. Uma novata, absorvendo tudo.

— Você vai *amar* essa porra — assegurou ele, abrindo a porta para mim.

Ele falava a mil por hora… apontando os armários e vestiários, e explicando a transformação que aconteceria dentro do espaço escuro no final do corredor.

Jonathan tinha me julgado mal. Eu não era uma pessoa de exercício coletivo. Gostava de supervisionar meu próprio castigo físico e nunca havia encontrado uma aula em grupo que não fosse basicamente perda de tempo. Além disso, eu não pedalava desde a época em que colocava cartões de beisebol nos raios da bicicleta quando criança e com certeza não tinha vontade de ser acoplada fisicamente a uma. Mas lá estava eu. Enfiei os pés nos sapatos estranhos e segui pelo corredor.

A sala já estava cheia, as pessoas vibravam de expectativa como se estivéssemos em um show. Jonathan estava na última fileira, já pedalando, e acenou com uma toalha para chamar minha atenção. Eu me virei de lado e pedi desculpas mais de uma dezena de vezes até parar ao lado daquele reluzente dispositivo de tortura. Jonathan começou a gesticular em direção à frente da sala, mas eu estava concentrada em decifrar como me pôr no selim e em movimento. Os pedais giravam descontroladamente — uma metáfora adequada para como eu estava me sentindo.

Senti a mão de alguém no ombro e ouvi uma voz rica e aveludada dizer:

— Aqui, deixa eu te ajudar.

Olhei para minha direita — e lá estava uma deusa. Ombros fortes, cabelo loiro-escuro preso em uma trança viking. Faltavam apenas o arco e flecha. Ela deu um sorriso irônico, dizendo:

— Prometo que não é tão assustador quanto parece.

Então, ela tocou meu quadril; uma medida para a bicicleta, logo percebi. Girou alguns botões e manipulou o guidão graciosamente.

— Experimenta isso — disse ela, segurando meu antebraço enquanto eu tentava engatar meus sapatos.

Minha relutância se dissipou e pressionei os dedos dos pés até ouvir um clique satisfatório, depois outro. Mesmo quando criança, minha mãe parava as pessoas e dizia: "Ah, a Sidney se vira sozinha." Ela vivia falando a todos que eu era tão competente que nunca teria de se preocupar comigo. Mas, às vezes, é bom ter alguém se preocupando. Mesmo que seja apenas entregando uma toalhinha para suor ou fazendo um ajuste de assento com um toque demorado.

— Está se sentindo bem? — perguntou ela.

Olhei para baixo. Sem nenhum motivo aparente, sua mão repousava de leve em minha coxa.

— Estou ótima — respondi.

E estava... ninguém jamais me ajudou a resolver *meus* problemas.

— Excelente — disse ela, e então se foi.

Eu me virei para Jonathan e, antes que pudesse dizer qualquer coisa, ele interrompeu:

— *Sabia* que você ia adorar este lugar.

Fui todos os dias pelo mês seguinte.

## CAPÍTULO 37

# RYAN

*Fevereiro de 2007*
*Los Angeles*

— E aí, Hollywood é tudo o que você sonhou? — perguntei a Cass em um dos últimos dias antes de precisar partir para Charleston.

Era início de tarde e o sol estava a pino. Cass estava na piscina e eu, deitada no piso de ladrilhos marroquinos, com o braço direito balançando na água. Ela pressionou os lábios contra a parte de dentro do meu cotovelo, e desejei que estivéssemos de volta na cama, mas o sol havia me colocado em uma espécie de coma, e eu me sentia imobilizada.

— Vamos ver. — Cass cruzou os braços no piso e apoiou o queixo nas mãos. — Estou ao lado, literalmente, da mulher mais linda do mundo, o sol está brilhando, podemos ter tudo o que quisermos e não penso em trabalho há semanas... sim, acho que é tudo que eu sonhei.

Havia muitas maneiras de responder a isso. Mas, claro, eu não conseguia ignorar o elogio. Aquilo me fez pensar em quais outras mulheres, se é que tinha alguma, Cass tinha amado, então perguntei quanto tempo fazia que ela descobrira gostar de mulheres. Ela virou a cabeça para o lado, a têmpora esquerda apoiada nas mãos, e olhou para mim.

— Há quanto tempo *você* sabe? — retrucou ela.

Seu tom era leve e sedutor, então, não me importei em responder à minha própria pergunta.

— Hmmm — murmurei, os olhos fechados contra o sol, mais relaxada do que estivera em anos. — Você quer dizer, fora *Um lugar chamado Notting Hill*? — Abri os olhos apenas por tempo suficiente para piscar para ela antes de continuar: — Acho que desde a quarta série. No Kansas. Íamos fazer uma excursão escolar e os meninos estavam pedindo para as meninas se sentarem com eles como se fosse uma versão do baile de formatura do primeiro grau ou sei lá o quê.

O sol tinha me deixado quase chapada. Enquanto contava a história, eu me flagrei voltando ao momento — aquela sala de aula da quarta série com mapas do mundo nas paredes, o alvorecer de minha consciência sexual.

— Um garoto chamado Mark perguntou se eu queria me sentar com ele, e eu tive uma reação física do tipo *claro que não*, porque a única pessoa com quem queria me sentar era uma garota da minha turma chamada Ashley. Nós éramos meio que amigas, mas eu queria ser, sabe, melhor amiga dela, então falei para o Mark que já ia me sentar com a Ashley, aí me virei para ela e disse: "Né?"

— Meu Deus, estou nervosa por você, Ryan. — Cass se inclinou e colou os lábios nos meus, uma armadura contra minha iminente devastação. — E o que seu único e verdadeiro amor respondeu?

— Ela disse… e, juro, vou me lembrar disso pelo restante da vida… ela disse: "Acho que eu vou me sentar com o Mark."

Balancei a cabeça lentamente, como se estivesse revivendo a dor.

Cass fingiu esfaquear o próprio peito e depois deixou o corpo deslizar lentamente para baixo da água — uma morte silenciosa e apaixonada. *Ela poderia muito bem ter sido atriz de cinema*, lembro-me de pensar naquele momento. Abri um olho, observando-a afundar, ressurgindo com o cabelo todo para trás e gotas de água grudadas na ponta dos cílios.

— Cacete — falei. — Você tem noção do quanto é sexy?

— Não e sim — respondeu ela, e então sorriu. — Embora provavelmente tenha sido uma pergunta retórica.

— Foi, mas eu gosto quando você responde a todas as minhas perguntas, retóricas ou não. — Eu não estava pensando *na única pergunta* que ela havia deixado sem resposta (para o mundo inteiro), mas, assim que disse isso, percebi seu corpo ficar levemente tenso. Tirei a mão da água e rocei seu lábio inferior com o polegar, deixando-o ali até que ela lentamente abrisse a boca e me deixasse entrar. Ela ficou me observando o tempo todo. Assim que a tensão se dissipou, eu disse: — Sua vez, por favor. Há quanto tempo *você* sabe?

Ela afundou o rosto na água, até que seu lábio inferior ficasse logo abaixo da superfície, a boca se enchendo de água da piscina. Esperei. Estava disposta a ser paciente por aquela resposta. Depois de alguns instantes, ela emergiu poucos centímetros e a água ficou na altura do queixo. Toda vez que ela decidia me contar algo sobre si mesma, eu me sentia aliviada. Estava um passinho mais perto de conhecê-la por completo. (Mas sempre pairava no ar a pergunta: *Por que, por que, por que* ela precisava se manter anônima? O que acontecera tantos anos antes?)

— Foi em um acampamento de teatro de verão, e eu devia ser um pouco mais nova que você na sua excursão. Tinha um pequeno teatro ao ar livre atrás da biblioteca local, perto do lago. A gente se dividia em grupos e, no final da semana, montava uma peça. O acampamento inteiro. Era incrível.

Ali ela fez uma pausa e submergiu o lábio inferior na água novamente, enchendo a boca, e de novo eu esperei, observando-a com atenção e desejando poder ler sua mente. Ela era tão cuidadosa. Com todas as suas palavras. Eu estava me perguntando se deveria ter mais cuidado com as minhas. Mas, observando Cass, ela parecia estar algemada de um modo indescritível.

— Amanda — disse ela depois de um tempo, e, ao ouvir aquele nome e o modo como o pronunciou... *reverência* é a palavra que me vem à mente. Tive certeza de que Cass estava me contando algo importante. Eu vinha deixando o sol me ofuscar, mas me apoiei em um dos cotovelos. Não queria parecer muito ansiosa para ouvi-la e acabar assustando-a de uma maneira que ela parasse de falar, então deixei o clima o mais casual possível. Cass continuou: — O nome dela era Amanda e, naquela semana, eu só conseguia pensar nela. Todo dia eu acordava cedo e pulava da cama, só porque sabia que a veria. A Amanda usava umas sandálias de plástico transparente, que ela mesma tinha pintado como um arco-íris *ombré* ou algo assim, e eram a coisa mais legal que eu já tinha visto.

O modo como Cass falava, com tanta precisão, era hipnótico e eu só conseguia encarar seus lábios formarem as palavras. O jeito como sua língua rosada — todas as línguas eram tão rosadas? — aparecia entre os dentes. Quando ela mencionou as sandálias de plástico, fechou os olhos, e eu soube que as estava evocando mentalmente.

— Depois daquele primeiro acampamento de verão, nós nos tornamos inseparáveis — contou ela. — Ela era a única amiga de que eu precisava... e na verdade a única que eu queria naquela cidadezinha. Fazíamos tudo juntas, mas jamais fomos... ela nunca... nós éramos amigas. Ela não sentia o mesmo que eu, acho.

— Tem certeza de que não?

Eu não conseguia imaginar estar perto de Cass e não querer tocá-la, torná-la minha. A tal Amanda, talvez ela só não soubesse ainda.

— Sim, tenho certeza — respondeu Cass, e então se deixou afundar para baixo da água novamente.

Eu me inclinei sobre a borda para observá-la, as ondulações distorcendo sua imagem, mas achei que podia ver as palmas das mãos pressionando os olhos. *Amanda* era algo grandioso, dava para ver. Senti vontade de saber mais, mas não queria que Cass se retraísse. Debati o que dizer em seguida. Deveria perguntar ou não?

Minha curiosidade foi mais forte do que minha cautela. Assim que ela voltou à tona para respirar, esperei um segundo e perguntei:

— O que aconteceu... com a Amanda?

Ela passou as mãos pelo cabelo. Inclinou a cabeça para a esquerda e para a direita, tirando a água dos ouvidos. Consegui sentir a energia, intensificada pela agitação de sua mente.

— Houve um acidente. — Ela ergueu os olhos e encontrou os meus brevemente, antes de baixá-los outra vez. Começou a segurar a água com as mãos em concha. — Ela sofreu um acidente.

— Ela está bem?

Ela respirou fundo.

— Não, ela...

Mas nesse momento ouviu-se uma batida nos fundos da casa. Janie apareceu na porta de correr, abrindo-a. Em suas mãos havia uma pasta grossa. Enquanto caminhava em nossa direção, ela a ergueu e a balançou para a frente e para trás como se dissesse: *Aqui está!*

Era o roteiro mais recente de *O derradeiro fim*. Janie não perguntou se era um bom momento. Nem se importaria. Sentou-se à mesa ao ar livre e começou a folhear as páginas. Cass saiu da piscina, enrolou uma toalha na cintura e se juntou a ela.

— Uau, então está mesmo acontecendo — dizia ela, e ouvi em sua voz o quanto estava feliz em mudar de assunto.

Cass e Janie já haviam interagido algumas vezes àquela altura. (Desculpa aí, acordo de confidencialidade.) Durante sua visita mais recente, Janie tinha me encurralado na cozinha e perguntado:

— O que está acontecendo entre vocês duas?

Em resposta, abocanhei o maior pedaço de torrada que coube em minha boca.* Mastiguei devagar e depois dei de ombros.

— Cara — dissera Janie, o que me fez rir.

Eu gostava de ser chamada de "cara". Ajudava a equilibrar a hiperfeminilidade que eu tinha de exibir por quase toda parte. Além disso, esse *cara* foi pronunciado como um suspiro — carregava tanto significado. Se Janie tivesse perguntado, eu poderia listar tudo o que ela quis dizer com aquilo. Em vez disso, enquanto ainda mastigava, falei:

— Você se preocupa demais. Vai ficar tudo bem.

Ela bufou.

— Você tem ideia do quanto é famosa agora? Sei que tem andado enfurnada aqui, mas lá fora está uma loucura. — Ela apontou para o mundo além da minha casa, e imaginei um frenesi de paparazzi e perseguições de carro. — Está me dizendo que decidiu namorar alguém cujo objetivo na vida pelo jeito é manter segredo absoluto sobre a própria identidade? E você acha que estou me preocupando *demais*?

Ok, colocando dessa forma! Eu disse algo como "Entendido", mas meu cérebro estava sob o efeito da droga do amor e, sem dúvida, o sentimento estava distorcendo tudo. Alguns obstáculos, só isso. Nós iríamos superá-los.

Janie se inclinou para mim e sussurrou:

— Para não deixar dúvidas, a única coisa com que estou preocupada é você e seu lindo coração. — Então ela arrancou a torrada com pasta de amendoim da minha mão e disse: — Prova de figurino na semana que vem, vê se colabora.

---

* **Nota da Cate:** Sou grata por Ryan ter incluído essas partes sobre emagrecer para O *derradeiro fim*. Nunca conversamos sobre isso, mas vê-la mal comendo por semanas a fio me fez questionar se eu teria gostado de ser atriz tanto quanto imaginava que gostaria quando criança. Jamais considerei o lado negativo — apenas as partes brilhantes.

# CAPÍTULO 38

# CASS

*Fevereiro de 2007*
*Los Angeles*

Naquela última semana, antes de Ryan precisar se juntar às filmagens em Charleston, fiquei esperando que ela me convidasse para acompanhá-la. Loucura, loucura, eu sei. Foram apenas algumas semanas. Mas eu queria demais aquilo... ela, a vida, a cidade. Cada pedacinho. Los Angeles era exatamente como nós — Amanda e eu — imaginávamos durante aqueles longos invernos nas Adirondack, e eu sabia que adoraria igualmente estar no set.

Na manhã do nosso último dia, com cuidado para não acordar Ryan, saí da cama. Atravessei o corredor na ponta dos pés, tranquei a porta do banheiro e me sentei no vaso sanitário, encarando o meu celular prateado. Abri, fechei — abri, fechei, abri, fechei.

— Ah, foda-se — xinguei baixinho, depois liguei para a companhia aérea e redirecionei meu voo com destino a Nova York para Charleston.

Carro, bois, com certeza, mas pensei: *Por que não dar uma mãozinha ao universo?*

Eu me preparei. Sabia o que estava por vir. Duas horas depois que a cobrança caísse na conta, Sidney perceberia. ("Hmm, porque não sou uma idiota imprudente", respondera ela quando uma vez perguntei por que acessava minha conta do American Express *duas vezes ao dia.*) Aí meu telefone ia tocar. E não pararia de tocar até eu atender. Era melhor ligar logo para ela, acabar logo com aquilo.

Caiu direto na caixa postal — uma bênção. Lá estava a voz autoritária de Sidney dizendo: *Você ligou para o celular de Sidney Collins, advogada, por favor, deixe uma mensagem após o bipe.* Como ela sabia ser sem graça, nenhuma insinuação em seu tom.

Respirei fundo e disse:

— Sidney, sou eu. Queria te avisar que não vou voltar para Nova York agora. Vou para Charleston com Ryan para as filmagens, e podemos conversar sobre tudo isso quando eu voltar. Certo? Certo. Espero que você esteja… Espero que esteja tudo bem por aí.

Eu me perguntava se algum dia voltaria para Nova York. Será que existiria um mundo no qual eu nunca mais veria Sidney? Meu joelho começou a tremer sem parar. Curvei- me, com a cabeça entre as pernas, e fechei os olhos com força. Por fora havia uma camada de medo, mas no fundo… empolgação.

Um minuto depois, atravessei o corredor na ponta dos pés, voltei para a cama e deitei de conchinha com Ryan, grata por seu calor depois dos azulejos frios do banheiro.

---

Passamos o dia na cama e ignorei o meu celular. Finalmente, no início da noite, dei uma escapulida para trocar de roupa para o jantar e peguei o aparelho na bolsa. Estava preparada para as mensagens perdidas de Sidney — ninguém nunca me ligava, exceto ela —, mas não havia nada. Só que ali, bem ali naquela telinha, havia um número que não reconheci. Tinha me ligado três vezes e deixado uma mensagem de voz.

Meu estômago embrulhou tão violentamente que minha visão ficou turva por um instante. Aquele número nunca havia recebido uma chamada desconhecida. Meu cérebro estava a todo vapor: lá estava enfim — a polícia. Escutei na mesma hora. Uma voz masculina:

— *Olá, sra. Ford... é extremamente urgente. Por favor, me ligue de volta no 212-555-3463.*

Eu não podia me dar tempo para surtar. Quanto mais rápido aquilo acabasse — *o que quer* que fosse —, melhor para meus órgãos internos. Disquei o número, apertei a tecla verde, torcendo para que ele atendesse...

— Alô.

— Aqui é Cass Ford — falei.

Eu ia enfrentar de uma vez aquele momento.

Mas então a linha ficou muda, o que quase me deixou com raiva, tipo, fala sério, cara, vamos direto ao ponto o mais rápido possível. Quanto mais margem meu cérebro tivesse — mesmo que apenas alguns segundos —, mais horrível o cenário que criaria. (Não era a polícia local, era o FBI... Não, não, provavelmente era a CIA...) Por fim, ele pigarreou e disse:

— Obrigado por retornar minha ligação. Sei que é hora do jantar em Los Angeles, então, vou direto ao ponto.

Espere aí, como ele sabia que eu estava em Los Angeles? A única janela do quarto dava para o quintal, mas mesmo assim me afastei. Fiz uma lista mental de quem sabia do meu paradeiro: Sidney, Janie, Ry...

Eu me lembrei do dia anterior, na piscina de Ryan, de revelar demais a ela sobre Amanda, o acidente, embriagada de sol e paixão.

E de repente ele estava falando:

— Temos uma fonte aqui no *New York Times* confirmando que você é a escritora por trás do pseudônimo Cate Kay e que esteve envolvida em uma morte na sua cidade natal.

Minha pele se transformou em uma chapa quente. Estudei o azulejo do banheiro de Ryan, hexagonal preto e branco. Sim, eu tinha contado a ela sobre Amanda, mas... não, de jeito nenhum.

Deixei meus olhos percorrerem o rejunte, procurando um padrão, uma saída. Mas não havia nenhuma.

Fechei o telefone. Não disse mais nada. Só desliguei na cara dele, acabando com as perguntas e o que aquilo tudo significava. Olhei para o celular de flip e imaginei toda a bagunça, a bagunça da minha vida presa dentro da capa brilhante.

Tudo o que acontecera nas últimas semanas com Ryan se dissipou. Naquela manhã mesmo, eu estivera considerando uma estratégia de fuga — fuga daquele pseudônimo e de volta à minha vida. Eu havia pensado que talvez pudesse lançar os livros seguintes com o *meu* nome. Eu me sentira empolgada, estava no controle. Mas isso parecia uma invasão. Imaginei as manchetes, as histórias subsequentes, os sussurros. E, pior de tudo, o nome de Amanda impresso — mas sem Amanda para lê-lo.

Liguei para Sidney. Eu precisava dela. Ela sempre havia corrigido meus erros. Atendeu no segundo toque e disse "Oi, Cass", com a secura que eu sabia merecer. Pulei as gentilezas e expliquei o telefonema, o que o repórter tinha dito, o que estava acontecendo.

— Sidney, por favor, me ajuda, o que eu faço? — sussurrei.

Ela me pediu para repetir tudo, devagar, e ouvir a calma em sua voz me tranquilizou. Fiz o que ela pediu e esperei.

— Eu sabia que essa viagem era má ideia — disse ela. — Não dá para confiar em ninguém em Hollywood.

— Você acha que a Janie teve algo a ver com isso? — Eu não queria dizer o nome de Ryan de novo, muito menos para Sidney.

— A Janie não. A Ryan. Não me surpreende nem um pouco. Atores *são* viciados em drama. Ela não estava saindo com aquele colega de elenco? A verdade é uma miragem por aí.

Estremeci com a insinuação de que eu era apenas mais uma na longa lista de conquistas de Ryan, mas desconstruir a psicologia da indústria cinematográfica não era o que eu precisava naquele momento.

— O que eu *faço*? — perguntei.

Felizmente, ela mudou de assunto:

— Ok, vou pessoalmente à redação do *New York Times* derrubar essa reportagem... custe o que custar. Você deveria pegar um voo essa madrugada para casa. Sair dessa loucura.

Apertei os olhos com força e pressionei a base da mão no olho direito até ver estrelas. Deixar Ryan, eu não queria isso — não estava pronta para me comprometer com o fim.

— Como, como... como isso aconteceu?

— Você sabe como — respondeu ela. — Mas volta para casa e vamos resolver.

— Tá... sim... ok — concordei, então ela disse que me amava, em seguida desliguei e não lembro se respondi.

Ryan tinha um computador no corredor, e me lancei naquela direção. Uma pilha de fitas cassete caiu no chão quando estendi a mão para a tecla de ligar e Ryan gritou da cozinha:

— Tudo bem aí?

Parecia que eu estava em alta altitude, como se não conseguisse inspirar ar o bastante. Tive de parar e respirar deliberadamente uma vez, antes de gritar de volta:

— Tudo bem, só checando meu e-mail rapidinho.

Mesmo que eu não fosse alguém que precisava checar o e-mail rapidinho... nem nunca.

O que aquele repórter tinha encontrado? Na caixa de pesquisa do Google, digitei *Amanda Kent e Anne Marie Callahan*, então hesitei. Meus dedos pairavam sobre o teclado. Um segundo depois, adicionei às pressas *morta, Bolton Landing* e cliquei no botão de pesquisa, apavorada com os resultados.

Desliguei metade do cérebro, que é como eu sempre lidei com a morte de Amanda, e examinei cada resultado. Apenas um item era relevante: o jornal local estava construindo um arquivo digital e havia recentemente publicado sua crítica de nossa peça do primeiro ano, *Rosencrantz & Gildenstern estão mortos*, na qual Amanda e eu interpretamos (com "potencial de estrelato") os personagens-título, dois papéis tradicionalmente masculinos. Nada mais. Apenas aquele único resultado oferecendo prova de nossa existência. Eu estava prestes a clicar no link, ler novamente, quando, do outro lado da casa, Ryan foi até o corredor e gritou:

— Sete horas está bom para o jantar hoje?

Em pânico, peguei o mouse e saí dos resultados da pesquisa.

## CAPÍTULO 39
# AMANDA

*Fevereiro de 2007*
*Bolton Landing*

Embora eu não saísse muito, de vez em quando encontrava alguns antigos amigos do ensino médio para um drinque — ou muitos, muitos drinques. Nós nos reuníamos na cidade, em um bar que era acarpetado, o que diz tudo sobre o lugar. Sim, havia um jukebox antigo. Não, os drinques não eram bons.

A última vez que saí com eles foi numa sexta-feira, no final do inverno. Kerri estava em casa no fim de semana, vinda da Siena College, perto de Albany, onde tinha uma bolsa de estudos, da qual vivia ameaçando abrir mão para voltar e cuidar de mim. Ela falava sério, era assustador. Eu sabia que precisava resolver minhas questões para que ela pudesse seguir em frente com a própria vida, mas não conseguia. Talvez minha vida social agitada acalmasse suas preocupações.

— Amanda! — gritaram meus amigos quase em uníssono quando apareci naquela noite, na porta do bar.

A saudação animada demais foi, pelo menos para meus ouvidos, uma tentativa de equilibrar o pensamento terrível que todos, sem dúvida, haviam acabado de ter: *Graças a Deus não sou eu.* Um deles já estava correndo para segurar a porta.

— Ei, pessoal! — exclamei de volta, sorrindo como se estivéssemos na cena de abertura de alguma sitcom divertida.

O grupo era formado por cinco pessoas, incluindo Tommy, que parecia a inspiração por trás de "Glory Days", de Bruce Springsteen. A gente por acaso sabia que ele havia sido nomeado o melhor jogador da segunda divisão em seu último ano? Era um fato que surgia em conversa com mais frequência do que você imaginaria ser possível.

Éramos os únicos alunos de nossa pequena turma de formandos que não saíram da cidade. Nunca admitiríamos, mas estávamos todos ressentidos. Cheios de inseguranças. Quando cheguei à mesa, pedi o primeiro copo, de sete, de vodca com suco de cranberry.

Duas horas depois, estávamos todos bêbados. Fechei um olho e tomei um gole longo e generoso pelo minúsculo canudinho preto. Tão estreito! Tão cruel! Será que era projetado para impedir que bêbados levassem álcool à boca tão depressa quanto desejavam? Possivelmente.

Notei que Tommy estava se inclinando para trás e me encarando com os lábios franzidos. Então ele disse:

— Ok, foda-se... vou perguntar.

Uma energia estranha tomou conta do grupo. Os outros o encararam, depois trocaram olhares, e senti que sabiam exatamente o que ele estava prestes a perguntar. Pareciam horrorizados, e *animados*, com a ousadia do amigo.

— Você e a Annie — começou ele, então fez uma pausa, erguendo a bebida até um pouco abaixo dos lábios. — Vocês duas já... sabe... — Ele arqueou a sobrancelha. — Treparam?

Depois, ele tomou um gole lento da bebida de um jeito que sem dúvida pretendia ser sedutor, mas era pura babaquice.

Ninguém tinha mencionado seu nome para mim. Nunca, nem uma vez em seis anos, havíamos falado dela. Acho que eles consideravam aquilo gentileza, mas era um roubo — do meu eu de antes, composto por aproximadamente noventa e dois por cento de memórias e histórias de Annie. Por seis anos, fingimos que ela jamais existiu. Seis anos de decoro subestimado foram por água abaixo porque Tommy ficou bêbado e sua vontade de perguntar sobre possíveis atos libidinosos entre garotas simplesmente não pôde ser contida.

Claro, isso não justifica de forma alguma o que fiz em seguida, que foi pegar uma das garrafas de cerveja vazias e arrebentá-la contra a lateral da mesa. O vidro se estilhaçou, voando para todos os lados. Meus amigos se jogaram para trás como se estivessem em perigo mortal, o que me pareceu um pouco exagerado, quase performático. Finalmente tinham encontrado um motivo real para me desconvidar.

Quando cheguei em casa, estava atropelando as coisas com a minha cadeira e Kerri apareceu, esfregando os olhos.

— Amanda? — chamou, e sua voz saiu exatamente igual à de Annie quando estava parada acima de mim na piscina vazia... meu nome como uma pergunta, embora não fosse, o tom de ambas gelado de terror.

Lembrei-me daquela tarde e me fiz a pergunta que sempre fazia: será possível que, enquanto estava deitada naquelas folhas molhadas esperando por Annie, eu soubesse que ela voltaria a qualquer segundo e também que se fora para sempre?

— Amanda? — repetiu Kerri, dessa vez com mais vigor.

Olhei para minha irmã mais nova, ela parecia cansada do mundo, os ombros caídos. Eu odiava ser a culpada. Como sempre, notei como aquele sentimento — como todos os meus sentimentos — foi instantaneamente canibalizado pelo monstro Culpar a Annie... uma fera insaciável. Tudo era culpa dela.

Eu precisava ir para a cama, desligar e dormir. (Como Annie funcionava com um cérebro que não parava?, eu me perguntava. O meu estava começando a ficar assim, turbulento e agitado. Era insustentável.) Desajeitada, eu me joguei para a frente, esmagando a mão entre a cadeira e a mesa de centro. A dor foi lancinante.

— Puta que pariu! — gritei, inclinando a cabeça para trás, alongando o *i* como o vocalista de uma banda de heavy metal.

Era primitivo. Mas também era bom, e de repente percebi que talvez gritar de raiva pudesse ser o primeiro passo na estrada para a liberdade. Na minha *jornada*, digamos assim.

Kerri, porém, não estava a par desse lado positivo com que eu havia me deparado. Ela também tinha chegado ao limite. Talvez gritar, como espirrar, seja contagiante, porque um segundo depois ela soltou um rugido violento. (Papai estava fora, jogando pôquer.)

Em algum momento, eu me acalmei e observei Kerri. Suas mãos estavam cerradas em punhos ao lado do corpo, os olhos, fechados. Ela parecia alguém na parte mais assustadora de uma montanha-russa... mais profundidade emanando de seu corpo esguio do que eu poderia ter imaginado. Alguns segundos depois, ela ficou sem ar, respirou fundo e gritou com o que pode ser descrito como amargura:

— PUTA QUE PARIU, EU ODEIO A ANNIE CALLAHAN!

Então ela insistiu:

— Eu odeio ela, eu odeio ela, EU ODEIO ELA!

Ela rapidamente se exauriu e caímos em um silêncio estranho. Com uma firmeza que me surpreendeu, falei:

— Kerri, nunca mais diga isso. Nunca, nunca mais. — Então, depois de um segundo, acrescentei suavemente: — Promete?

Kerri parecia em estado de choque.

— Quê? — disse finalmente, os punhos cerrados agora palmas abertas. — Por que você está defendendo ela?

— Não estou — neguei, porque não estava, não tecnicamente. Mas algo tinha se soltado dentro de mim.

— Hmm, sim — argumentou ela, cruzando os braços —, você meio que está.

O que eu estava sentindo? A presença repentina de um bolo na garganta. E a consciência de que, se Annie entrasse pela porta naquele momento, eu teria me jogado sobre ela, soluçando — *Desculpa, desculpa, desculpa.* Havia sido tão tola e imprudente naquele dia na ilha, tão insegura de quem era. Eu a colocara em uma posição horrível. Ela estava apaixonada por mim… havia anos. Mas, em vez de abrir mão dela, compartilhá-la com outra pessoa, eu tinha feito apenas o necessário para que continuasse: um carinho na bochecha, um beijo na testa, um abraço longo demais.

O que eu pude enfim reconhecer, naquela terrível noite de bebedeira, era simples: Annie também devia estar sofrendo.

Na manhã seguinte, liguei para a Biblioteca Pública de Bolton e perguntei quando e onde seria a próxima reunião do AA. Responderam que seria naquela noite, no centro religioso.

# CAPÍTULO 40
# KERRI

*Fevereiro de 2007*
*Bolton Landing*

Nunca odiei Annie. Tenho uma lembrança dela, de quando eu era criança — pequena a ponto de ainda arrastar uma boneca para todo canto. Foi depois da escola, tenho certeza, porque Annie estava em nossa cozinha, preparando o lanche habitual dela e da Amanda: um prato de chips de tortilha com queijo ralado derretido. O auge da sofisticação do primeiro grau. Seu rosto estava pressionado contra o micro-ondas, as mãos em concha ao redor dos olhos.

— Posso comer um pouco também? — perguntei.

Lembro que na verdade não queria chips nenhum, só queria participar do que quer que as duas estivessem fazendo. Amanda estava em outro cômodo, sem dúvida preparando algo divertido. Elas viviam fazendo coisas legais. Se o tempo estivesse bom, ficavam no quintal usando as peças velhas de carro do papai para montar alguma cena de ação; se não, elas faziam um desfile de moda no quarto da Amanda ou mapeavam as regras de um jogo que tinham inventado.

De tão profundamente concentrada no queijo derretido, Annie não respondeu. Nada incomum para ela. Annie podia ser assim: obstinada. Sempre que a via lendo sozinha, eu sabia que não devia incomodar. Ela era muito diferente da Amanda nesse aspecto.

Alguns segundos depois, ela abriu o micro-ondas e retirou o prato. Eu estava parada à porta, preocupada de ter de perguntar de novo. Era como se estivesse implorando. Observei enquanto ela passava por mim como se eu fosse invisível, com o prato de *nachos* na mão. Dei meia-volta, desanimada. Então ela agarrou o corrimão com a mão livre e parou, olhando para mim.

— Você vem, pequena? — perguntou ela, dando uma piscadela.

Sorrindo loucamente, larguei a boneca e a segui escada acima. Eu viria a reconhecer aquilo como típico de Annie: interpretar cada cena para obter o efeito máximo, aumentando a tensão, sem perceber os segundos extras de desconforto que causava à outra pessoa. Ou talvez ela achasse que a recompensa valia a pena.

Quando entramos no quarto de Amanda, Annie anunciou:

— Contratei uma assistente.

Amanda estava sentada no chão, mexendo no videocassete, que devia ter desconectado lá de baixo. Ela levantou o olhar, e eu examinei seu rosto em busca de irritação, mas não encontrei nada. Adorava aquele jeito descontraído dela — das duas.

— Vamos colocar a criança para trabalhar — disse minha irmã.

Eu estava pronta para qualquer trabalho braçal que fosse esperado de mim. Annie sentou-se em frente à Amanda, colocou o prato entre elas no carpete, as tortilhas cobertas por uma teia laranja.

— Pega o filme. — Annie me cutucou, apontando para a cômoda de Amanda. Em cima havia uma fita da locadora do bairro.

— O que é? — Eu a levei para elas e me sentei perto, mas não muito, não queria presumir igualdade.

— Vem aqui. — Annie estendeu a mão para o meu braço e eu me aproximei rapidamente delas.

— O plano é o seguinte — dizia Amanda, conectando o videocassete à pequena televisão que ela havia economizado durante o ano para comprar. — Cada uma de nós vai ter um papel, mas primeiro precisamos passar nossas falas.

— Chamam isso de *transcrição* — explicou Annie, ao me entregar um caderno.

Examinei o que ela havia me dado: um caderno espiralado barato com capa vermelha.

Amanda deu uma olhada e disse:

— Não, esse não... estou guardando ele.*

Então, ela apontou para um caderno diferente e Annie trocou para mim.

— Vamos cena por cena — disse Annie. — Primeiro, vamos transcrever, depois encenar. Não se preocupe, vamos te ajudar com isso. Aliás, é útil você estar aqui, Kerri, porque precisávamos de alguém para interpretar Helen.

— Quem é Helen? — perguntei.

— Helen Kimble — falou Amanda, estendendo a mão para pegar a fita de mim.

Eu abri a capa e vi o filme: *O fugitivo*.

— Eu vou ser Harrison Ford, obviamente — declarou ela, colocando a fita no videocassete.

Meu olhar encontrou o de Annie. Ela revirou os olhos, e eu quase ri, mas me contive. Aquilo era coisa séria de atuação.

Doze anos depois, quando acordei com Amanda bêbada, acertando as coisas na sala de estar, só conseguia pensar em como eu estava cansada, à espera de que Amanda se reencontrasse. E naquela noite, quando gritei que odiava Annie, não tinha nada a ver com ela nos deixar. Era como se eu estivesse furiosa por um dia a termos tido — furiosa por ela ter existido, para começo de conversa.

Sabe aquele ditado: é melhor ter amado e perdido do que nunca ter amado?

Naquela noite, eu sentia exatamente o oposto.

---

* **Nota da Cate:** Esse som que você ouve sou eu suspirando — este, *este* é o caderno no qual escrevi o primeiro rascunho de O *derradeiro fim*.

# CAPÍTULO 41
# JANIE JOHNSON

*Fevereiro de 2007*
*Los Angeles*

Depois da primeira vez que vi Ryan, na calçada em West Hollywood, ela me abraçou calorosamente e disse:

— Será que você pode ser minha família na Costa Oeste?

Na época, Ryan só tinha conseguido alguns papéis pequenos na TV, nada importante, e ninguém na minha empresa a achava grande o suficiente para trabalhar com ela, mas me senti atraída. Ryan era afetuosa e tinha uma rara mistura de confiança e vulnerabilidade, que projetava sem esforço na tela.

Nós nos tornamos família. Eu levava essa parte do trabalho a sério. Los Angeles não era um lugar fácil para construir uma comunidade, algo sobre o que Ryan e eu conversávamos com frequência, então decidi, logo no início, que a trataria como minha irmã mais nova. Mimar não era tarefa de irmã mais velha, mas demonstrar lealdade e proteção sim, e foi dessa forma que eu abordei as coisas com Ryan — lealdade e proteção, acima de tudo.

Quando perguntei, naquele primeiro encontro, o que queria da carreira, ela respondeu:

— Tudo.

Dei uma mordida grande no meu croissant, grande demais, e levei a mão à frente da boca enquanto mastigava.

— O que significa "tudo" para você? — perguntei.

Ela era mais jovem naquela época. Não tenho certeza se sabia o quanto *tudo* lhe custaria. Mas fiquei feliz em ver que ela estava levando a pergunta a sério. Estava pensando naquilo de verdade. Depois de alguns segundos, ela disse:

— Sei que atuar vai me abrir portas...

— *Algumas* portas — interrompi.

Não adiantava dourar a pílula.

— *Algumas* portas — concordou ela. — Mas é exatamente disso que estou falando. No fim, não quero só entrar pela porta, quero decidir quem mais vai estar no lugar.

— Direção? — Eu precisava saber quais montanhas iríamos escalar.

— Direção, produção... tudo.

Eles tinham servido meu *mocha* em uma grande caneca de porcelana, cada gole era precário. Levantei-a novamente, sem pressa, e Ryan me observava com atenção. Pedir um *mocha* com croissant foi uma jogada tática. Eu sabia que transmitia calor e confiança. Meu objetivo era fazer com que Ryan quisesse trabalhar comigo. O primeiro passo era fazê-la desejar as coisas ao meu redor. Tudo isso parece maquiavélico, mas era uma estratégia básica — como se vestir elegantemente para uma entrevista de emprego.

Engoli o chocolate cremoso, inclinei-me para a frente e pousei cuidadosamente a caneca de volta no pires.

— Quero te fazer uma pergunta — falei.

— Qualquer coisa.

Ela estava com os cotovelos apoiados nos joelhos, prestando muita atenção.

— Se trabalhássemos juntas, você entenderia que eu tomaria providências nos bastidores, em seu nome?

Ela pareceu surpresa, mas se adaptou rapidamente.

— Como assim, sem me avisar?

— Quem sabe? Talvez — admiti. — Se fizesse mais sentido para nosso plano de longo prazo.

Vi que ela se animou com a palavra "nosso".

— Eu entenderia, sim — respondeu sem hesitar.

Desde então, Ryan e eu somos família. E foi por isso que liguei para os paparazzi naquela última noite, a noite em que ela e Cass saíram para jantar. Ryan havia acabado de virar uma página na carreira, era uma das atrizes mais requisitadas de Hollywood — mais um passo em nossa escalada da montanha.

Apaixonar-se por Cass e ficar escondida em seu bangalô não a levaria aonde ela dissera que queria chegar. Eu sabia que mesmo uns poucos flashes mandariam Cass de volta para Nova York se ela estivesse determinada a continuar escondida, e ela parecia estar.

## CAPÍTULO 42

# RYAN

*Fevereiro de 2007*
*Los Angeles*

Meu plano para nossa última noite juntas em Los Angeles era chamar Cass para se juntar a mim nas filmagens em Charleston. Janie tinha alugado uma casa muito, muito antiga no coração do centro histórico. Do tipo com pátio interno, piso inclinado e vigas expostas dos anos 1800. Cass podia escrever durante o dia. Caminhar à margem da água. Ver a história. Convidá-la para ir a Charleston comigo não era um pedido de casamento, mas, ainda assim, eu queria para nós um cenário mais memorável do que delivery no meu quintal.

Finalmente tínhamos saído da cama para um lanche — era quase hora do almoço — quando mencionei a possibilidade de sair para jantar. Percebi que Cass queria gostar da ideia. Então, insisti.

— É um barzinho local, nada descolado — insisti, recordando a noite no Jack's, quando Sarah me deu um bolo. Eu estava animada para ter uma lembrança melhor do lugar. — Vou usar um boné e a gente vai ser superdiscreta.

Cass estava parada em frente à geladeira aberta, procurando algo para comer. Decidiu-se por um punhado de uvas. Fiz um gesto pedindo para ela dividir, e ela as segurou protetoramente contra o peito.

— Acho que a Janie não aprovaria — argumentou ela. — Uva tem açúcar.

— Falando em coisas que a Janie não aprovaria — falei, satisfeita com a deixa, voltando ao assunto do jantar. — Jack's, hoje à noite, por favor? Vamos pegar uma mesa no canto, lá tem planta por todo lado. Só duas amigas jantando. Ninguém vai ver, prometo.

— Você é inconsequente — disse Cass, soando descontraída.

Eu sabia que ela estava prestes a ceder. O que eu tinha ao meu favor era a compreensão de seu profundo desejo de conhecer a fama. E, como eu ainda não sabia o panorama completo do que tinha acontecido com ela, não era capaz de calcular o custo da exposição.

Agarrei sua mão livre e a girei até mim. Pressionei meu corpo contra o dela.

— Por favor, por mim, *preciso* sair desta casa — sussurrei, tocando seus lábios entreabertos com os meus.

— Você vai usar um boné? E vamos ser discretas? E você promete que absolutamente ninguém vai descobrir?

Eu não podia prometer uma coisa dessas. Mas concordei mesmo assim.

---

Passamos o restante da tarde na cama. Uma hora antes da nossa reserva, Cass foi trocar de roupa. Eu estava na sala de estar e a observei caminhar pelo corredor. Ela deve ter sentido meu olhar porque virou a cabeça para trás, e, ao me flagrar a observando, ergueu as sobrancelhas duas vezes, rapidamente. Meu Deus, que mulher. Eu a queria de novo. Olhei para o pulso, para um relógio imaginário, e falei:

— Não, definitivamente não dá tempo para o que estou pensando.

Ela me lançou um olhar como se dissesse: *Meu interesse foi despertado.*

Quando ela saiu do banheiro meia hora depois, eu a ouvi ligar o meu computador.

— Tudo certo para jantar às sete? — gritei do corredor.

Ela entrou na cozinha um minuto depois, e senti que algo havia mudado. Sua mente estava a mil quilômetros de distância. Ela estava parada junto ao balcão, checando o celular. Cheguei por trás, coloquei as mãos em seus bolsos e os lábios em seu pescoço.

— Então... olha só o que estou pensando — sussurrei, tentando nos reconectar ao assunto anterior, de que eu a queria antes do jantar.

— Está tudo bem. — Ela se virou para me encarar, minhas mãos saíram dos bolsos dela. — Melhor a gente ir.

---

Usei meu boné do Kansas Jayhawks com a aba dobrada sobre os olhos. Atores sempre saem com bonés dos Dodgers ou dos Yankees. Isso me faz rir. Assim que uma pessoa vê alguém com um desses bonés em Los Angeles, a primeira coisa que faz é olhar com mais atenção, tipo: *Espera aí, que famoso é esse?* Mas um boné dos Jayhawks? Ninguém olha duas vezes para um time do Meio-Oeste.

O Jack's tinha o melhor Chianti e a melhor berinjela à parmegiana, o que eu disse a Cass, mesmo pedindo uma água com gás e a salada da casa, com molho à parte. O cardápio era pequeno e impresso em letra cursiva, o que transmitia a vibe de lá. Mesas rústicas de madeira, fotos de família nas paredes, plantas por todo o lado, iluminação suave. Estávamos escondidas em um canto, e eu me sentia bem com tudo aquilo.

Cass ainda parecia distante, mas eu disse a mim mesma que fazia sentido. Estarmos juntas significava mais olhares sobre nós, o que significava que alguém poderia me reconhecer e em seguida se perguntar quem era a mulher à minha frente. Se perguntar se era alguém que deveria conhecer. Deixe-me lembrar: Los Angeles é uma cidade grande, mas Hollywood é um ovo. Estávamos correndo um risco calculado, mas, se Sidney Collins tivesse feito seu trabalho como dizia, não tinha como um jantar comigo derrubar todo o castelo de cartas de Cate Kay.

— Conseguimos — comentei, sorrindo.

Ela usava uma blusa verde com decote em V. Eu adorava a clavícula dela. Queria estender o braço sobre a mesa e passar os dedos pelo acabamento.

— Conseguimos — ecoou ela, mexendo no guardanapo.

Nosso garçom apareceu, nos dando as boas-vindas. Um rapaz jovem, cabelo loiro e liso. Eu estava tentando manter meus olhos escondidos sob o chapéu. Tive a sensação de que ele achou que eu era alguém. As pessoas não são tão discretas quanto imaginam. Primeiro, há uma troca de sussurros. Então, um pouco depois, quando essa pessoa acha que já passou tempo suficiente, ela olha para você por alguns segundos a mais. Em seguida, faz um sinal afirmativo para o amigo e depois há um burburinho que emana daquele canto do mundo. Resta torcer para que eles não te abordem perguntando se você é fulano de tal.

— Estou surpresa — disse Cass, quando ele se foi.

— Por que você está surpresa?

Eu tentava me concentrar totalmente em Cass, mas minha atenção estava dividida. Meus olhos seguiram o garçom de volta ao bar onde, sim, ele estava sussurrando no ouvido do barman. *Porra*, pensei, *ele vai ligar para a imprensa... ganhar um troco com a gente*. Sair de casa havia sido idiotice, afinal. Mas romance é risco.

— Ryan? — Cass me olhava com estranheza. — O que está acontecendo?

Desviei a atenção do bar. Precisava deixar para lá. Eu não podia controlar o que aquele cara fazia.

— Nada, está tudo bem — respondi. — Então... com o que você está surpresa?

— Com você — confessou ela, e então eu realmente me esqueci do garçom e do barman.

Cass estava falando sobre *nós* — meu assunto favorito.

— O que tem eu? — perguntei da forma mais sedutora possível. Será que estávamos flertando agora? Isso eu sabia fazer.

— É sério — insistiu ela. — Achei que você queria me encontrar pelo filme. Porque queria mais detalhes sobre o livro, os personagens e tudo mais...

Eu me recostei. Tive um momento de pânico porque íamos gravar o filme em breve e Cass estava certa, eu não tinha feito meu trabalho de preparação de sempre. Muito sexo, cabernets intensos e ousados, noites ouvindo música até tarde.

— Esse *é* o motivo por que eu pedi para te conhecer — admiti. — Pelo menos, foi o que falei para o meu agente e a Janie, para eles tentarem fazer acontecer. Mas tinha outra coisa também, uma coisa que notei no livro.

— Que coisa?

— Muita gente aqui, em Hollywood, está convencida de que quem escreveu O *derradeiro fim* é um homem. Acima de tudo, provavelmente, porque os homens pressupõem que todas as coisas bem-sucedidas são feitas por homens, mas também por causa da premissa do livro: Nova York, a destruição, a dureza da vida no Núcleo. É uma premissa explosiva. E os homens tendem a detonar mais coisas que as mulheres.

— Mas as duas personagens principais são mulheres e uma delas é lésbica — argumentou Cass.

— Uma jogada "inteligente" para "equilibrar" a história. — Fiz aspas no ar em torno de *inteligente* e *equilibrar*, e usei minha melhor voz de executiva de estúdio para mostrar a ela como a lógica dentro daquele negócio distorcido funcionava. — Só que — continuei, apoiando o cotovelo direito na mesa e levantando o dedo indicador — tem aquela pequena conversa entre a Samantha e o

Jeremiah, de quando estavam no ensino médio... o mal-entendido com a história da namorada? Quando li isso, eu soube.

Eu tinha certeza de que ela ficaria orgulhosa da minha percepção e emocionada por eu ter lido seu trabalho tão atentamente. Mas, em vez disso, ela disse:

— Você soube o quê? — Havia um tom áspero em sua voz, e ela estava recostada na cadeira. Inclinei a cabeça, confusa. Ainda mais ríspida, ela insistiu: — O que você achou que soubesse?

Repassei o que havia dito antes em busca de erros, de um motivo para aquela mudança abrupta de energia. Não consegui localizar meu equívoco, o que fez meu coração disparar. Minha resposta saiu lentamente, gaguejada. Basicamente só *eu, hmm, eu, eu*. Antes que eu pudesse articular uma frase completa, o que nem tenho certeza se aconteceria, Cass interrompeu com outra pergunta. Ela estava inclinada para a frente e baixou a voz ao dizer:

— Por que você me convidou para vir aqui?

O jantar tinha saído dos trilhos rápido demais. Fiquei sem palavras.

— O que está... acontecendo? — Eu esperava que minha perplexidade soasse sincera.

Ela olhou nervosa ao redor do restaurante e depois baixou o olhar para o próprio colo.

— Cass — chamei bruscamente, na esperança de recuperar sua atenção.

Pelo canto do olho, vi o garçom voltando com as nossas bebidas. Afastei um pouco a cabeça, para que ele não pudesse confirmar nem negar que era a estrela de cinema que suspeitava que eu fosse.

Um copo alto, úmido de condensação, agora se encontrava sobre a mesa. E as bolhas da minha água com gás subiam rapidamente à superfície, uma metáfora perfeita para sei lá que caralhos tinha acontecido com aquela conversa. Cenas do mês anterior passaram pela minha mente. Eu as reavaliei, me perguntando se Cass as havia vivenciado de modo diferente. Será que eu tinha ignorado seu desconforto? Ouvira histórias de terror sobre como a fama podia nos fazer achar que temos direito a tudo — às coisas, sim, mas também às pessoas. Será que eu tinha me comportado assim com Cass, minha autocrítica estaria se dissipando sob meus pés?

Ela estava tensa à minha frente. A cabeça reta, mas os olhos baixos. Estendi a mão sobre a mesa, com a palma para cima, e disse:

— Amor? — Abaixei a cabeça levemente para tentar atrair seu olhar.

Observei suas mãos, desejando que se unissem às minhas, mas elas permaneceram no colo. Ela ergueu o olhar. Estava marejado de lágrimas. Meu peito se inflou. Tudo aquilo não passava de um mal-entendido. Ela estava voltando para mim. Então engoliu em seco e disse:

— Não, por favor. — Ela afastou a cadeira e se levantou.

— Aonde você está in...?

— Comprei uma passagem para o voo de madrugada de volta a Nova York. Vou mandar buscar minhas coisas. — Ela deixou o guardanapo cair na mesa, um borrão branco que encarei por um segundo, atordoada.

Então Cass se afastou, e eu ainda estava processando o que ela dissera. Uma passagem para um voo, aquela noite? Seria algum plano de última hora, ou plano B, ou o plano desde o início? Levantei-me e a segui pelo restaurante. Estava acalmando minhas energias e mantendo a cabeça baixa. A única coisa que chama a atenção mais rápido que uma celebridade é drama público. Cass andava depressa, desviando das mesas. Inadvertidamente, fiz contato visual com o nosso garçom e estava prestes a lhe lançar um falso sorriso tranquilizador, mas ele desviou os olhos dos meus. *Ah, não.* Eu conhecia aquele olhar.

— Cass, espera — sussurrei e gritei ao mesmo tempo. — Espera, espera, espera.

Mas ela estava abrindo a porta de entrada. Agora que tive tempo — anos, na verdade — para refletir sobre a situação, é óbvio que eu não deveria tê-la seguido para fora do restaurante. Mas aquele dia foi uma bola de neve de más decisões.

— *É ela! Ei, Ry, aqui!*

Pelo olhar constrangido do garçom, eu esperava dezenas de câmeras. Mas eram só dois caras. Fiz uma anotação mental para ligar para Janie assim que chegasse em casa. Mas primeiro precisava encontrar Cass, falar com ela, trazê-la de volta para mim.

Um SUV preto entrou na rua e diminuiu a velocidade, parando a um quarteirão do restaurante. Cass acelerou o passo, indo em direção à porta traseira. Fiquei perplexa com a coordenação — de onde aquele carro tinha vindo? Como Cass sabia que estava chegando e quando? Ela alcançou a maçaneta da porta e a abriu, entrando no carro.

Por um momento, pensei que ela entraria sem nem se virar para me olhar. Mas no último segundo, com o braço agarrando a porta, ela se endireitou, o queixo apoiado na parte superior da lataria preta, e olhou para trás. E juro por Deus, sua boca formou as palavras: *Me desculpa*. Mas eu não sei, simplesmente não sei.

# CAPÍTULO 43

# CASS

*Fevereiro de 2007*
*Los Angeles*

Não tinha como aquelas semanas não terem significado nada para Ryan. Talvez ela conseguisse fazer seus olhos se encherem de amor, ou seu corpo irradiar desejo, ou suas palavras serem perfeitas diante das câmeras. Mas todos os três, sempre, todos os dias? Só o amor — não um fac-símile — poderia produzir aquilo.

Eu repetia isso para mim mesma enquanto íamos até o Jack's, parte de uma campanha maior para me convencer de que aquele jantar era uma boa ideia. Inverti a lógica: se eu quisesse confiar em Ryan — e eu queria —, precisava fazer isso de corpo e alma.

E me convenci de que, se algo parecesse errado, eu iria embora imediatamente. Sidney havia me enviado uma mensagem com as informações do voo e disse que, quando eu precisasse do carro, era só enviar o endereço que ela teria um de prontidão na vizinhança.

Plano A: Ryan.

Plano B: Ir embora.

Eu me remexi na cadeira. À minha frente, havia um jogo americano de linho e um porta-copos, e passei alguns segundos movendo-os até que ficassem centralizados na mesa. Quando olhei para Ryan, seus olhos estavam baixos. Ela estava inclinando a cabeça levemente, levando os dedos à têmpora direita. Se achou o movimento sutil, não foi.

Peguei o guardanapo e o coloquei no colo, ajeitando o celular nas dobras do tecido. Percebi de repente o ridículo de esconder o aparelho — o que eu estava fazendo? Por que estava sendo tão imprudente?

Então, sentada ali, tive um pensamento devastador: desde Amanda, não fui nada além de uma visitante no mundo de outras pessoas. Sidney em Nova York; Ryan em Los Angeles; Samantha e Persephone em *O derradeiro fim*. Eu havia abandonado minha melhor amiga, perdido Amanda para sempre, para quê? Para *não* descobrir quem eu era?

Mantive o olhar baixo e continuei ajeitando o guardanapo em volta do telefone. Felizmente, o garçom ainda estava explicando os pratos do dia.

— Estou surpresa — falei a Ryan, depois que ele saiu.

Talvez eu devesse ter sido direta, dito: *A Sidney acha que você me entregou para a imprensa*. Provavelmente era o que minha mãe, ou até mesmo Amanda, teria dito. Na lata. Mas eu, não. Vivia pisando em ovos, voltando atrás no que dissera nas conversas.

— Por que você está surpresa? — Ryan lutava para se manter presente, mas seus olhos continuavam inquietos.

*Por favor, não*, pensei, *chega de desconforto, chega de sinais de alerta*.

Na minha cabeça, eu estava sendo clara: conte-me suas verdadeiras motivações para entrar em contato comigo! Mas, em vez disso, de algum modo, chegamos ao assunto do livro, do filme, e Ryan estava me contando uma história sobre quando ela o leu pela primeira vez, olhando repetidamente para o bar enquanto falava. Segui seu olhar. Nosso garçom estava sussurrando para o barman.

Não, não, não.

Quando nossas bebidas chegaram, Ryan mal ergueu o olhar. Será que os dois estavam de conluio? Estariam armando para mim, exatamente como Sidney havia avisado? Então ela estendeu as mãos sobre a mesa, esperando as minhas. Mas eu já tinha partido.

Eu estava programada para escapar. Precisava de um pouco de espaço para respirar. Para pensar.

Debaixo da mesa, mandei uma mensagem para Sidney: *Jack's, 2030 Hillhurst Avenue.* Então me ouvi dizendo coisas com um tom cortante, levantando-me e saindo do restaurante, Ryan me seguindo. Os fotógrafos não me surpreenderam, mas a energia da interação, sim. Eu sempre havia imaginado paparazzi como algo sensual, excitante. Em vez disso, parecia aquele momento em que alguém empurra a porta do banheiro que você esqueceu de trancar — uma invasão.

Desci a rua apressada.

---

Se eu tivesse entrado naquele Escalade em qualquer outro momento da minha vida, provavelmente teria ficado impressionada. No porta-copos havia água engarrafada, os bancos eram de couro preto e uma telinha suspensa passava um videoclipe. Uma divisória de vidro me separava do motorista. Ele a abriu para falar comigo.

— Aeroporto LAX, certo?

Assenti.

Do banco de trás, olhei ao redor — o chão impecavelmente aspirado, nem uma partícula de poeira à vista. Meu carro dos sonhos, a quintessência de Hollywood. E, no entanto, estava tudo errado. Os carros mais luxuosos, o melhor vinho, todos os elogios do mundo não eram páreo para o que me magoava. Eu queria estar no meu Civic ferrado porque, pelo menos, o que me cercava combinaria com o que sentia.

E não era isso que Amanda sempre quis para mim?

Deixei a cabeça pender para trás e tentei me acalmar. Tomar decisões com o coração agitado como um animal enjaulado era um hábito terrível que, pelo jeito, eu não era capaz de abandonar. Entrelacei as mãos no colo, fechei os olhos e respirei fundo três vezes.

O que meu interior queria? O que estava me dizendo?

Repassei os momentos finais à mesa com Ryan. Ela segurava minhas mãos, mas o que estava dizendo... com as palavras e os olhos? Apertei as pálpebras com mais força e me concentrei.

*Amor?*

Imaginei Ryan naquele momento — profundamente confusa, parecendo magoada com o meu comportamento.

Repassei as últimas semanas, imaginei que Ryan tinha arquitetado algum plano sinistro para me levar até Los Angeles, para me seduzir e me expor. Não consegui encontrar um motivo. Por outro lado, como explicar a sequência de eventos? Menciono Amanda um dia, um repórter liga no dia seguinte.

Pensei em Sidney, em quando a matéria da *Vanity Fair* saiu, alguns meses antes, na época que o livro foi lançado, e todo mundo estava surtando. Sentadas à mesa da cozinha em nosso apartamento, no Harlem, ela fechou a revista e disse:

— Sabe, isso de ser a guardiã de um segredo cultural... é meio divertido.

Sidney raramente verbalizava seu monólogo interior, e havia tão poucas coisas de que ela parecia gostar, então, não — de modo algum Sidney abdicaria voluntariamente de seu trono.

Inspirei fundo mais algumas vezes. E se a verdade fosse esta: eu tinha sido imprudente, aberto espaço para erro humano; havia expandido o círculo de quem sabia a verdade sobre meu pseudônimo e estava pagando o preço. Talvez Ryan não tivesse nada a ver com a repórter ou os paparazzi. Poderia ter sido Janie, ou o agente da Ryan, ou algum publicitário seboso trabalhando na promoção do *Lua*.

Inclinei-me para a frente e tirei o som do videoclipe. O banco de trás ficou em silêncio.

Olhei para as palmeiras, os semáforos e as infinitas luzes de freio. Se a situação estava fora do meu controle, afinal, então talvez eu devesse deixar a escolha nas mãos do universo.

E um pensamento se esgueirou na minha mente: se o motorista conhecesse Ry Channing, eu ficaria; se não, pegaria aquele voo. Eu já estava batendo no vidro. A divisória se abriu.

— Você conhece a Ry Channing?

Ele olhou para mim pelo retrovisor, tentando me interpretar, e então respondeu:

— É, é, aquela daquele filme novo, hum, putz, nunca consigo lembrar o nome. É tipo *Uivando para a lua* ou algo assim.

Sorri e disse:

— *Sob a mesma lua*.

Ele estalou os dedos e apontou para mim pelo retrovisor.

— Esse mesmo.

— Mudança de planos — decidi.

Estávamos parados em um daqueles semáforos típicos de Los Angeles, que deixam um carro por vez entrar na rodovia. Por uma fração de segundo, fiquei preocupada de que Sidney pudesse ter dito a ele para me levar ao aeroporto e a nenhum outro lugar, mas sua reação foi tão indiferente que fiquei até decepcionada. Ele esticou o pescoço por cima do ombro, atento aos carros, depois se concentrou em entrar no fluxo do trânsito enquanto perguntava:

— Para onde vamos?

Nitidamente, ele não entendia as decisões cruciais sendo contempladas naquele banco traseiro. Dei a ele o endereço do bangalô da Ryan e relaxei no couro macio. O que eu deveria dizer a ela? Talvez começar do começo — *conheci a Amanda quando tinha* 9 *anos...* — e contar tudo? Ela poderia me ajudar a descobrir o que fazer: derrubar a reportagem ou sair do esconderijo. Afinal, se alguém entendia as variáveis de minha decisão, era ela.

Pelos minutos seguintes, cada sinal amarelo em que ele parava, cada faixa mais lenta que escolhia roubavam um pedaço de minha alma. Cada segundo parecia vital, como se meu tempo estivesse se esgotando. Finalmente, ele estava diminuindo a velocidade em frente à casa da Ryan, e minha porta já estava aberta antes que estacionasse.

— Precisa que eu espere? — perguntou ele.

— Só um minuto — gritei por cima do ombro.

Meu coração estava me impulsionando para a frente, o restante do meu corpo me alcançando. Corri em direção à porta dos fundos, certificando-me de que cada passo fosse dado no centro das pedras da passagem. (De novo, um bom sinal do universo.)

Mas então, ao ouvir algo, parei abruptamente. Prendi a respiração. Vozes vinham do quintal. Em silêncio, dei um passo à frente e espiei entre as ripas. Uma blusa amarela de seda foi a primeira coisa que vi. Inconfundivelmente Ryan. Ela estava de costas para mim, sentada à sua mesa ao ar livre, de frente para uma mulher impressionante que não reconheci. A mulher estava sorrindo, abria uma garrafa de vinho, com braços tão definidos que senti uma pontada de ciúme. Então ela estendeu a mão e tocou a de Ryan, o que me pareceu devastadoramente íntimo. Eu adorava as mãos de Ryan.

Dei um passo para trás. De repente, fiquei sem fôlego. Sem ar. Apenas *vuuuush*, sumiu. Meu foco agora era voltar para o carro sem que ninguém me notasse. Refiz o caminho, entrei e fechei a porta rápido.

Meu segundo pensamento foi: pelo jeito Ryan é mesmo uma atriz maravilhosa, ela me fez acreditar no nosso amor.

O primeiro foi: sozinha, de novo.

— Desculpa por isso — disse ao motorista, fingindo que estava tudo bem. — Vamos para o LAX.

## CAPÍTULO 44

# RYAN

*Fevereiro de 2007*
*Los Angeles*

Desconcertada, voltei do Jack's em meio a uma sensação de vazio. Ardor no fundo dos olhos, como se tivesse um punho fechado na garganta. Todos os sintomas de coração partido que eu só havia interpretado em cenas me acometeram como uma febre. Meu lado atriz estava tomando notas, em puro modo de observação, enquanto o restante de mim queria que o sentimento sumisse e precisava pra caralho que Cass voltasse. Graças a Deus eu não tinha como contatá-la. Sem dúvida teria feito papel de boba. Dezenas de telefonemas, esmurraria sua porta se ao menos soubesse qual era.

Em vez disso, assim que cheguei em casa, liguei para Janie e contei o que havia acontecido. Minha preocupação mais urgente eram os fotógrafos. Ela me garantiu que tinha uma amiga na *Vanity Fair* — "a Genevieve Smith, você fez aquela sessão de perguntas e respostas com ela, lembra?" —, e que estava certa de que ela compraria as fotos por um preço inflacionado em troca de algum favor futuro.

— Tá bom, pode ser, qualquer coisa, claro, obrigada — balbuciei ao telefone.

O restante, segundo Janie, poderíamos resolver no dia seguinte. Então, ela disse:

— Mas o mais importante, Ryan: você está… bem? Nunca te ouvi assim.

— Não, estou arrasada — respondi.

Ao usar essa palavra, percebi que era exatamente assim que me sentia, tendo me jogado na cama. Como se algum médico invisível estivesse tentando fazer ressuscitação cardiopulmonar em mim — pressionando minhas costelas com tanta força que elas poderiam quebrar.

Janie começou a dizer algo que, sem dúvida, esperava que soasse reconfortante. Mas, naquele momento, ouvi uma batida no portão dos fundos, onde Cass havia aparecido pela primeira vez semanas antes.

— Te ligo mais tarde, preciso desligar — falei, enquanto me levantava da cama e ia até o quintal.

A esperança de um final feliz crescia dentro de mim. A cena final do filme, quando a música aumenta, a falha de comunicação é resolvida e a história de amor continua.

Abri a porta de supetão e lá estava, segurando uma garrafa de vinho tinto… Sarah. A aparição surpresa daquela outra mulher, que tinha me deixado tão empolgada apenas um mês antes, foi desorientadora. Como o cérebro se reprograma depressa.

— Um amigo que trabalha no bar do Jack's ligou — disse ela. — Eu estava querendo conversar. Posso entrar?

— Não tenho certeza se é uma boa ideia — respondi, irritada comigo mesma enquanto as palavras saíam.

*Não tenho certeza?* O que havia de errado comigo? Em uma cidade de incertezas, onde tudo estava em constante estado de ruptura até que milagrosamente deixava de estar, minha única certeza era que aquela era a mulher errada no meu portão.

— Só cinco minutos, por favor — implorou ela. — Me escuta.

Puro hábito, uma vida inteira de "sim", fez com que eu desse um passo para o lado. E então ela estava entrando no quintal.

# CAPÍTULO 45
# AMANDA

*Fevereiro de 2007*
*Bolton Landing*

O centro religioso de Bolton dizia ser não denominacional. No ensino médio, Annie e eu tínhamos ficado curiosas sobre o lugar, então comparecemos a um culto de domingo, mas saímos no intervalo, que era como chamávamos quando a pregação parava e nos pediam para fazer fila a fim de consumir o corpo e o sangue de Jesus Cristo. O pastor havia deixado óbvio que, lá, eles acreditavam que tanto o Antigo quanto o Novo Testamento traziam a "infalível e inerrante palavra de Deus", e, sentadas lado a lado no banco, trocamos um olhar tipo: *ahaaaaam*. Depois que nos esgueiramos porta fora, caminhamos até o memorial local dos veteranos e Annie perguntou:

— Tá, Amanda, se daqui a quinhentos anos as pessoas estivessem em um culto da igreja de Amanda, o que ia ser servido como seu corpo e seu sangue? — Ela estava de pé lendo, provavelmente pela milésima vez, a placa perto do canhão de guerra dourado e, sem erguer o olhar, continuou: — Todo mundo está no corredor com as mãos em concha e o representante de sua igreja diz: O *corpo de Amanda*... e o que é, do que seu corpo é feito?

— Provavelmente de nuggets — ironizei.

Ela abriu um sorriso porque adorava quando eu entendia o jogo, então disse:

— E o sangue de Amanda?

— Molho de mostarda e mel para completar a experiência.

— Meu Deus, seria a igreja mais popular da história!

— Pessoas viriam dos confins da terra em peregrinações — acrescentei, e nós duas começamos a rir do absurdo, então perguntei se nossa conversa era blasfema.

— Quase isso — respondeu ela, e então começamos a divagar sobre a Madonna.

---

Na noite seguinte à da garrafa quebrada, eu me vi entrando naquele mesmo centro religioso com a minha cadeira. Meu pai tinha, logo após o acidente, arrancado o banco do carona de uma van abandonada na oficina e improvisado um carro adaptado para a cadeira de rodas, que usávamos desde então. Ele me deixou na entrada da igreja e disse que estava orgulhoso de mim, e respondi para não ficar — eu não tinha feito nada ainda. E não tinha certeza se faria.

Ao entrar no centro, com seu carpete vermelho desbotado, painéis de madeira e apatia generalizada, eu já estava imaginando a tequila que tomaria depois. A reunião do AA era em um cômodo anexo, com piso de linóleo barato e cadeiras dobráveis de metal. Se soubesse que ela estaria lá ou se a tivesse visto antes que ela me avistasse, eu nunca teria entrado naquela sala. E penso nisso o tempo todo: em como muitos dos instintos humanos são voltados para a autossabotagem. Dizem que ir em direção ao desconforto é o caminho para o progresso, mas, quando você já teve tanto — desconforto, não progresso —, por que buscar mais? Patricia Callahan (ou a mãe da Annie, como sempre a conheci) estava conversando em um grupinho e, no momento em que apareci na porta, olhou para mim como se estivesse esperando minha chegada. Ela chegou a acenar, a princípio com segurança, e então, conforme sua mão se movia, pareceu juntar todas as peças e começou a perder confiança, abaixando a mão lentamente, depois pedindo licença e se afastando do grupo.

Ela ainda era linda. Até mais bonita do que eu lembrava, fiquei decepcionada em reconhecer. Havia cortado o cabelo curto, de modo que se enrolava atrás das orelhas, e o visual lhe caiu bem, fez as maçãs do rosto se destacarem bem. Usando suéter e calça jeans, ela parecia muitíssimo à vontade, e percebi que, em todos os anos em que a vira enquanto crescia, jamais a registrei como verdadeiramente presente — estava sempre em outro lugar. Na verdade, sempre que ela dizia meu nome, aquilo me assustava, como se o ouvisse de uma desconhecida.

Parada naquela porta, eu me senti encurralada. Encurralada e com a mãe da minha ex-melhor amiga andando na minha direção, como se algum bate-papo fosse consertar a zona de desastre em que sua filha tinha me abandonado. Uma situação em que Patricia Callahan também não era isenta de culpa. Eu sabia o quanto ela foi ausente com Annie, o quanto Annie se sentia desesperada para provar seu valor ao mundo, mas secretamente e acima de tudo para a mãe.

E, mesmo assim, lá estava ela, aproximando-se cada vez mais até se curvar e me envolver em um abraço, o colar de ouro batendo em meus lábios. Imaginei o exemplar de capa dura de *O derradeiro fim*, ainda em minha mesinha de cabeceira, e uma onda de adrenalina me atingiu — aquele pequeno conhecimento que eu possuía e poderia empunhar como uma arma, se necessário.

— Oi — cumprimentou ela. — Estou tão feliz de te ver aqui — acrescentou, segurando-me por mais tempo do que eu gostaria, mas, pensando bem, preferia não ter sido abraçada.

— Só estou aqui *esta noite* — declarei.

Ao dizer as palavras, tive certeza de que não voltaria. Nos anos desde o acidente, muito embora morasse na mesma cidadezinha, eu jamais tinha visto Patricia Callahan. Não era tão surpreendente, considerando que eu mal a via mesmo quando Annie estava lá. O que eu não precisava — e não me considerava capaz de fazer — era evitar o álcool e, *ao mesmo tempo*, resolver meu relacionamento com uma Callahan. Uma coisa ou outra, poderia até ser, mas não as duas.

— Só esta noite parece ótimo para mim — disse ela, mantendo a mão no meu ombro, e tive de me conter para não me desvencilhar do aperto.

Olhei de relance para Patricia, tentei examinar seu rosto, seu corpo... será que aquela mulher sabia que a filha, havia muito perdida, tinha escrito um dos livros mais famosos do mundo?

---

Sentei-me nos fundos durante a reunião. Felizmente, todas as cadeiras estavam viradas para a frente, em vez de em círculo. Era mais fácil me perder, em pensamentos ou não. Além disso, absorver o contato visual direto com todos enquanto ouvia os depoimentos talvez fosse demais para mim naquela primeira noite. Patricia sentou-se na segunda fileira, a alguns assentos da ponta, as pernas cruzadas. Ela assentia nos momentos certos e sussurrou suavemente duas vezes para a mulher ao lado, e as duas compartilharam uma risada cúmplice. Certa vez, Patricia colocou a mão na perna da outra quando uma história ficou intensa.

A atriz em mim queria se dirigir ao grupo, sentir a emoção da atenção de todos, mas aquele desejo parecia disfuncional. As únicas palavras que eu tinha eram aquelas que eu havia escutado de outras pessoas em filmes. Nenhuma era minha. Eu mantinha os olhos baixos cada vez que havia uma pausa, enquanto o grupo esperava para ver se mais alguém queria falar. Durante um desses períodos, perto do que parecia ser o fim, eu estava olhando para a biqueira de lona preta do meu All Star quando ouvi a voz de Patricia.

— Oi, pessoal — disse ela, ajeitando o cabelo curto atrás das orelhas, um gesto que alojou uma bola de golfe na minha garganta;

havia tanto de Annie no movimento. — Obrigada por estarem aqui. Meu nome é Patricia Callahan, estou sóbria há quatro anos.

Todos aplaudiram e ela baixou os olhos, para suportar a atenção.

— Mas eu não estou aqui em cima por mim mesma esta noite — continuou ela, e agora estava olhando para mim, a cabeça levemente inclinada, os olhos acolhedores e gentis.

*Mas que porra.* Isso não era para ser anônimo? Eu não sabia que meu corpo podia se inflamar tão rápido. De em repouso a em chamas tão rápido. Mantive contato visual com ela e balancei a cabeça, o mais veementemente possível sem perder a sutileza. Patricia pareceu confusa, mas continuou falando. Não esperei para descobrir o que ela tinha a dizer. Saí daquela sala em segundos, um recorde pessoal de velocidade em terra.*

---

* **Nota da Cate:** Eu entendo a paranoia da minha antiga melhor amiga. Confiança não era algo que minha mãe havia conquistado. (Mas ela não estava falando de Amanda.)

## CAPÍTULO 46

# SIDNEY

*Fevereiro de 2007*
*Nova York*

Quando voltou de Los Angeles, Cass estava abalada. Eu nunca a vira tão perturbada, o que já dizia alguma coisa. Tranquilizei-a dizendo que a matéria tinha caído. Isso pareceu aliviá-la, mas apenas momentaneamente.

Eu não havia previsto aquela reação — desânimo —, então demorei a reagir, distraída com a satisfação que sentia por ter vencido, por tê-la afastado de Los Angeles e a trazido para ficar ali comigo. Podíamos voltar ao normal. Eu havia cuidado de tudo, inclusive trocado o número de seu celular. Quando lhe contei esse detalhe, ela pareceu irritada.

— Sem me consultar?

— Não tinha outra escolha — argumentei. — Estava comprometido.

Pelo jeito, eu tinha calculado mal — Cass fez as malas e partiu no dia seguinte. Ela me disse que não sabia para onde estava indo, mas que daria um endereço para enviar a correspondência. Quando estava saindo do apartamento, e nós duas sabíamos que era para sempre, ela me abraçou e agradeceu.

— Obrigada, por tudo. Mas nós duas sabemos que isto aqui não está funcionando.

Foi provavelmente a coisa mais sincera que ela já tinha me dito.

Pensei em segui-la até o corredor, alegando que estava cometendo um erro, mas não consegui reunir a paixão necessária. Foi quando eu soube que ela provavelmente estava certa — tínhamos terminado. Nada do que eu fizesse a faria me amar. E eu estava farta de tentar.

Pelo menos, tive o prazer de arrancar Cass das garras de Ry Channing. As pessoas em Hollywood acham que o mundo inteiro lhes pertence. Só precisam demonstrar interesse suficiente em algo e podem tê-lo. Cass merecia mais do que ser o troféu de alguém — mais uma prova irrefutável do charme e da adorabilidade renomados de uma estrela de cinema.

Além disso, a SoulCycle me levava a investigar as coisas a fundo, trabalhar duro. E comecei a me perguntar se talvez minha parte favorita de nosso relacionamento não fosse Cass, afinal — mas Cate Kay.

# CAPÍTULO 47
# RYAN

*Fevereiro de 2007*
*Los Angeles–Charleston*

Janie me buscou na manhã seguinte para a viagem até Charleston. Uma pilha de ossos dentro de um moletom com capuz seria a melhor maneira de me descrever. Eu estava vulnerável, instável. Janie me ajudou a levantar e meio que me carregou até o carro, como se eu fosse uma atleta lesionada sendo ajudada a sair de campo. E era assim que me sentia: como se tivesse sido mutilada no jogo da vida.

Passei as próximas sei lá quantas horas olhando silenciosamente pelas janelas. Primeiro a do carro, depois a do avião. Janie tentou conversar comigo, ficou me enchendo de perguntas, até me ofereceu um pequeno pacote de biscoitos que disse que poderia ser nosso segredinho. Recusar foi um tipo de tortura, mas eu precisava que ela entendesse o quanto minha desilusão amorosa era cruel.

Charleston era linda, foi doloroso reconhecer. Por baixo do capuz do moletom, espiei os lampiões a gás, as barbas-de-velho e os tons pastel esmaecidos. A cidade era exatamente como eu havia imaginado, o que tornou a ausência de Cass ainda mais brutal. Eu queria muito compartilhar aquele lugar perfeito com ela. Na primeira noite, tivemos um jantar de boas-vindas em uma área reservada de uma churrascaria escura. Meu humor frio combinou perfeitamente. Sentar-se à mesa sem comer e fingir interesse pelos outros é uma forma de arte que o pessoal do cinema aperfeiçoou. Janie conduzia a conversa. Sentei-me ao seu lado, não parecendo mais desanimada que os outros atores. Na noite seguinte, começariam três meses de filmagens noturnas, então, estávamos todos de luto.

Quando voltamos para a casa, que ficava escondida no French Quarter e tinha um pátio pitoresco, Janie me chamou para me sentar com ela por um minuto. Sentei-me em uma das quatro cadeiras de ferro forjado que circundavam uma lareira externa de concreto. Varais de luzes enfeitavam o espaço. Ela descobriu como acendê-las e sentou-se à minha frente.

— Pode abaixar esse capuz agora? — perguntou.

— Não... não posso — falei, dramática.

Em resposta, ela inclinou a cabeça, me encarou e disse:

— O que vai acontecer, exatamente, se você abaixar o capuz?

— Vou ter que sentir as coisas — respondi.

Eu sabia que ela achava que eu estava sendo boba, e talvez estivesse, mas o capuz estava me protegendo. Se eu o abaixasse, imediatamente sentiria o mundo ao redor. Meus pensamentos sairiam pulsantes como um sonar, na esperança de localizar Cass na imensidão. O propósito de manter meu capuz sobre a cabeça parecia óbvio.

— Mas seu trabalho não é sentir coisas?

Janie estava mexendo no botão da lareira, o que não me agradou. Quanto tempo ela achava que ficaríamos ali fora? Acender as luzes já criava um clima, ambientação mais que suficiente para o que seria apenas uma breve interação a caminho da cama.

— Não, meu trabalho é fazer as *outras pessoas* sentirem coisas — retruquei, satisfeita comigo mesma com aquela argumentação, embora soubesse que era besteira. Mesmo naquela época, eu entendia que o público jamais sentia uma emoção a menos que eu a introjetasse primeiro.

— Ok — disse ela.

Eu percebi que ela não era fã daquela versão de mim. A sensação de não ser querida me constrangeu. Eu me ajeitei na cadeira uma vez, depois outra. Janie me observava, sem dizer nada. Finalmente, puxei o capuz para baixo e falei:

— Feliz agora?

A sensação de estar sem o capuz era tão ruim quanto eu tinha imaginado. O mundo, seus sons e sua atmosfera não estavam mais abafados. A realidade entrou em foco. Foi um acerto de contas. Levei as mãos ao rosto e chorei. Janie foi para a cadeira ao meu lado, aproximou-a até que os braços se tocassem e então começou a fazer cafuné nas minhas costas.

— O que você quer fazer quanto a isso? — perguntou gentilmente. Não respondi. Saber o que fazer era seu trabalho. O meu era levar minha personalidade brilhante e adorável para onde ela mandasse. O que eu precisava era que ela me dissesse como consertar a situação. Esperei para que ela reconhecesse isso. Janie continuou esfregando minhas costas, mesmo depois de eu parar de chorar, então disse: — E se… — E fez uma pausa.

Eu ajeitei a postura, revelando meu rosto manchado. Ela se inclinou para a frente e tentou enxugar uma lágrima da minha bochecha. (Quando as pessoas se perguntam como é gerenciar atores, será que imaginam lidar com funções corporais? Porque é uns noventa por cento do trabalho.)

Afastei com carinho sua mão, que pousou suavemente em meu joelho para nos manter conectadas. Ela era uma empresária de mão cheia, e eu a amarei por toda a vida, mas naquele momento só queria saber de *Cass, Cass, Cass*.

— E se o quê? — perguntei, instigando-a.

— E se o que o quê? — emendou ela. Ao ouvir tamanha tolice, revirei os olhos e dei a risadinha que eu sabia que ela estava esperando. — Olha ela aí! — Janie se inclinou para trás e juntou as mãos no colo, depois as ergueu acima da cabeça, como um herói vitorioso.

— Para, como você é ridícula — falei, cutucando seus braços para que os abaixasse. Ela obedeceu imediatamente. Não era muito de se exibir. Segurei uma de suas mãos entre as minhas e a apertei com força, encarando-a fixamente, então perguntei: — Sério, Janie, o que eu faço?

— E se você escrever um bilhete para ela, dizendo como se sente?

O que eu vinha torcendo mesmo era pela introdução repentina de um dispositivo de viagem no tempo. Ou Cass escondida no quarto de hóspedes como a revelação final em uma farsa elaborada. Meu fraco era um arco de redenção completo em cerca de duas horas.

Janie, porém, parecia esperançosa. Como se talvez escrever bilhetes pudesse ser a solução.

— RyRy — dizia —, você deveria simplesmente escrever tudo, como se sente, e eu faço o possível para entregar a ela. Juro.

Soltei sua mão e deslizei desajeitadamente na cadeira até parecer um maconheiro se fundindo com o sofá. Inclinei a cabeça para trás e encarei o céu noturno.

— Um bilhete — repeti.

Eu esperava que Janie reconhecesse como sua sugestão era inadequada. Duas míseras palavras. Quando ela não respondeu, deixei a cabeça virar em sua direção e vi que ela também estava olhando para o céu.

— Encontrou algo de bom lá em cima? — perguntei, e, por alguns segundos, parecia que ela estava no caminho certo. Alguma mensagem cósmica brilhante estava sendo baixada para sua consciência.

Porém, ela apenas balançou a cabeça lentamente, sem me encarar.

Ficamos sentadas assim por um tempo, até que, por fim, eu disse:

— Tá bom, um bilhete.

Entrei, rasguei meia página de um roteiro e encontrei uma caneta na bolsa de Janie. Escrevi freneticamente, sem constrangimento. Depois, dobrei ao meio e voltei para o pátio. Ela ainda estava com a cabeça inclinada para trás. Quando sentiu minha presença, sentou-se ereta e aceitou o bilhete com a devida reverência: duas palmas abertas.

— Parece uma pista de jogo de mímica — comentou, depois de olhar para baixo.

Quando fitei suas mãos, tive de admitir que ela estava certa.

---

Mesmo quando meu despertador tocava às duas da manhã, eu era grata pelas filmagens de O *derradeiro fim*. Não só mantinham minha mente ocupada como faziam com que me sentisse próxima de Cass. Assim que me acomodei no trailer, em minha rotina, Janie voou até Nova York para entregar meu bilhete em mãos. Não sei quanto tempo pensei que a tarefa levaria, mas ela voltou inesperadamente depressa. Eu estava no pátio, tomando uma xícara horrível de café preto feito com Folgers em lata, torrado antes de eu nascer. Não era a melhor parte de acordar. Eu fazia uma careta a cada gole.

Um barulho veio do portão e, em seguida, Janie estava caminhando em minha direção. A princípio, não consegui interpretar sua linguagem corporal. Percebi que vinha alimentando a esperança de que voltasse acompanhada de Cass, mas ela estava sozinha. Quando me viu, franziu os lábios em uma expressão horrível e reajustou a bolsa no ombro. *Merda*. Puxei o capuz do meu moletom, amarrei os cordões o mais apertado possível e fiquei parecida com o Kenny de *South Park*.

A mão de Janie estava em minha cabeça. Então ela se ajoelhou na minha frente, delicadamente desfazendo o nó que eu havia feito e tirando o capuz de novo. Eu permiti. A bolsa caiu de seu ombro. Ela parecia prestes a me pedir em casamento. Fiquei preocupada com o seu joelho no chão úmido, mas aí ela começou a falar e as palavras não agregavam nada de bom, então, mudei de escuta ativa para escuta passiva, um belo truquezinho que já usei mil vezes desde então.

Breve resumo: *Cass se foi e não quer ser encontrada*. Janie enfiou a mão no bolso do casaco e tirou o bilhete que eu havia escrito. Ela o colocou em minhas mãos. Olhei para baixo e perguntei:

— O que eu vou fazer com isso?

— Fica com ele — respondeu ela. — Quem sabe te lembra de como é o amor verdadeiro? Talvez impulsione suas atuações, te faça ganhar aquele Oscar.

(Ignorei essa última parte.)

Será que eu queria me lembrar daquele sentimento? As lágrimas parecem ter densidades variadas. As que se formavam naquele momento eram do tipo robusto. Desdobrei o bilhete e o li de novo.

*Cass, isto é real. Nós somos reais. Eu sei porque, de algum modo, você está em todas as minhas memórias — até mesmo nas de antes de nos conhecermos. Quando penso no meu primeiro baile do ensino médio, você está ao meu lado, segurando minha mão enquanto toca "The Lady in Red" para podermos apontar uma para a outra e fingir desmaiar dramaticamente ao som dos versos. Ou naquela viagem a Roma, antes do meu primeiro ano de faculdade, quando me perdi por uma hora nas ruas antigas, só que agora, na minha memória, não estou mais preocupada porque estamos perdidas juntas e isso é melhor do que ser encontrada sozinha. Aparentemente, Cass, meu cérebro construiu uma vida com você sem que eu soubesse. Eu te amo.*

Dobrei o bilhete e o enfiei no bolso. Quantas vezes o li ao longo dos anos? O suficiente para que agora pareça o que um departamento de adereços chamaria de vintage. Como parte de alguma guerra antiga.

# CAPÍTULO 48

# JANIE

*Fevereiro de 2007*
*De Charleston a Nova York*

A caminho do aeroporto de Charleston, li o bilhete que Ryan havia escrito para Cass. Eu tinha uma passagem reservada para Los Angeles, para uma reunião sobre um filme no qual eu queria colocar Ryan. Desdobrei o pequeno bilhete, em grande parte por curiosidade, e, depois de ler, soube que precisava mesmo entregá-lo. Peguei um voo para Nova York e tentei consertar o que fizera ao ligar para os paparazzi. Eu não sabia como eram intensos os sentimentos de Ryan por Cass. Não com frequência, mas ocasionalmente, eu colocava o bem-estar de Ryan acima de todo o resto.

Mudei o destino para LaGuardia e peguei um táxi até o escritório de advocacia em que Sidney Collins trabalhava. A mulher me fez esperar por três horas e depois me levou até uma sala de reuniões, onde nos sentamos estranhamente distantes uma da outra. Tentei de todas as maneiras possíveis, mas ela foi inflexível: Cass havia deixado a cidade e não queria ser encontrada.

Por um segundo, cogitei deixar o bilhete de Ryan com Sidney — sem dúvida, ela teria mais oportunidades de falar com Cass do que eu. Mas senti que Sidney não era imparcial e, no último instante, guardei-o para devolver a Ryan.

## CAPÍTULO 49

# CASS

*Fevereiro de 2007*
*De Nova York a Charleston*

Quando Amanda e eu debatíamos se preferíamos morrer de calor ou de frio, eu sempre escolhia frio. E, no dia a dia, preferia sentir muito frio do que muito calor.

— Se você está com frio — eu explicava a ela —, sempre pode vestir mais camadas de roupa, mas não tem nada que dê para fazer se estiver com muito calor.

Ela achava minha lógica absurda.

— Morrer de frio é solitário, enquanto morrer de calor é sexy — argumentava ela.

Eu ria, porque aquela explicação não só continha menos lógica que a minha como não continha lógica alguma. Logo ela também começava a rir, porque rirmos juntas era sua coisa favorita.

Charleston era o lugar mais quente que eu já havia visitado. O que me agradava, porque assim a mudança não era apenas por causa de Ryan, do filme — também parecia, só um pouquinho, um castigo. Eu morava numa casinha na Ilha Sullivan, a duas pontes e dezesseis quilômetros do centro da cidade. Nunca fui aos sets de filmagem, nem à cidade, enquanto rodavam o filme, mas visitei as locações no dia seguinte ao fim das filmagens, tentando absorver os resquícios de Ryan e de sua vida emocionante.

Logo após as gravações do primeiro filme terminarem, comecei a escrever o segundo livro da trilogia. Escrevi com um senso de urgência. Ryan só poderia continuar interpretando Persephone — um papel que a conectava a mim, embora de forma invisível — se eu continuasse escrevendo a história.

Naquele primeiro ano no sul, eu fazia longas caminhadas em um calor de quase quarenta graus, umidade absurda, transpirando tanto que meus olhos ardiam. Estava sempre à procura de maneiras de me esgotar, na esperança de poder suar a culpa e a dor que eu havia causado a Amanda.

Alguns dias, eu acreditava que tivesse conseguido.

# CAPÍTULO 50

# AMANDA

*Outubro de 2007*
*Bolton Landing*

Fiel à minha palavra, não voltei ao AA na noite seguinte. Nem na depois dessa. Mas em uma sexta-feira, oito meses depois, mais ou menos na hora em que pensei que Kerri estaria voltando para passar o fim de semana em casa, ouvi uma batida à porta e depois o rangido dela se abrindo. Eu estava na sala, assistindo aos programas de entrevistas da tarde.

— Oi? — chamei.

Um segundo depois, Patricia Callahan apareceu.

— Sentimos sua falta — disse ela. — Então pensei em vir ver como você estava.

Ouvi em sua voz que ela entendia o risco que estava correndo ao me visitar, que eu poderia exigir que ela saísse de minha casa. Foi essa pontinha de dúvida — somada à minha arma secreta: a verdade sobre O *derradeiro fim* — que me impediu de gritar com ela para dar o fora e nunca mais voltar. Em vez disso, não falei nada, o que foi o melhor que pude fazer.

— Aluguei uma van... quer dar uma volta comigo? — Antes que eu pudesse responder qualquer coisa, ela balançou a cabeça e emendou: — Vou reformular: mesmo que você não queira, *consideraria* dar uma volta de carro comigo?

Aquela versão de Patricia Callahan era cativante. Lúcida e afetuosa, e como vinha acontecendo mais recentemente, senti uma pontada no peito por Annie. Parada diante de mim estava a mãe que minha melhor amiga tanto havia desejado, mas ela não estava ali para conhecer — o que me deixou triste. Mas ainda assim, lembrei a mim mesma, a porcaria da culpa era dela.

— Eu adoraria passar um tempo com você — dizia Patricia, reajustando a alça da bolsa no ombro.

Logo em seguida, Kerri chegou em casa, voando pela porta da frente, gritando "Amanda!", como se estivesse preocupada. Parou abruptamente quando viu Patricia, embora eu não tivesse certeza se as duas já se conheciam. Kerri a ignorou, voltando a atenção para mim.

— De quem é a van que está na garagem?

Patricia levantou a mão.

— Minha — respondeu.

Depois de anos me sentindo isolada, com as visitas de amigos rareando rapidamente, senti uma onda de adrenalina por ter duas pessoas competindo pela minha atenção. Meu sangue começou a correr como se eu estivesse em uma apresentação novamente.

— O que está acontecendo aqui? — perguntou Kerri para mim.

— Patricia, esta é minha irmã mais nova, Kerri — falei, e percebi como era bom agir como uma pessoa normal, do tipo que se lembra de apresentar duas pessoas que nunca tinham se visto. Civilizada e madura, foi assim que me senti. — Ela tem cuidado de mim — acrescentei, para que Patricia se lembrasse de quem *não havia* cuidado de mim e cuja balança cármica estava desequilibrada.

Ela estendeu a mão.

— Kerri, é tão maravilhoso conhecê-la, embora eu acredite que já nos vimos uma vez, quando você era bem menor, em uma das peças da Amanda e da Anne Marie.

Os olhos de Kerri se voltaram para os meus, e ela parecia estar em busca de confirmação, a qual veio alguns segundos depois, quando Patricia disse:

— Sou a mãe da Anne Marie.

*Que coragem*, pensei. Entrando na nossa casa, direto para a boca do lobo, e reivindicando a posse de Annie de um modo que jamais fizera quando ela estava ali e valia a pena fazer isso. Às vezes Annie até se perguntava em voz alta se a mãe, quando estava no bar ou com um cara novo, fingia que não tinha filhos.

Kerri era a garota mais legal do mundo, então se virou para mim e disse:

— Você está bem?

E eu respondi que sim. O que eu estava sentindo, pela primeira vez em muito tempo, era curiosidade — sobre o que Patricia tinha a dizer, sobre o que havia mudado. E, antes que eu pudesse filtrar, outro pensamento veio à minha mente: eu precisava fazer um trabalho de reconhecimento em nome da Annie.

— Vamos dar uma volta — decidi.

---

Patricia nos levou ao redor do lago. A esperança que eu havia me permitido alimentar era de que ela tivesse tido notícias da Annie. Mas ela me disse logo de cara que não. Minha decepção me surpreendeu. Lágrimas, na verdade. E rezei para que Patricia não percebesse, mantive a cabeça voltada para a janela, mas ela estendeu o braço e cobriu a minha mão com a sua, apertando uma vez. Fiquei pensando se ela se culpava por Annie, mas não tive coragem de perguntar. Uma pergunta que eu já havia me feito mil vezes: o que exatamente Annie devia a mim? Porque éramos melhores amigas, porque tínhamos planos juntas, porque ela estava presente quando caí, aquilo significava que sua vida estava para sempre presa à minha? Quando minha vida de repente se tornou seriamente estacionária, ela tinha de cortar as próprias asas em solidariedade? Não, claro que não. Mas também sim, um pouco. Por que me sentia zangada com Annie quando o que ela fez — ir embora — era o que eu teria lhe pedido para fazer? Não importava se ela tivesse ficado e partido mais tarde ou ido embora quando o fez, minha vida agora seria exatamente como era. E ainda assim.

— Você está brava com a Annie? — perguntei, por fim.

Patricia já havia me contado a própria história de como não percebeu que Annie estava desaparecida por duas semanas inteiras. Nem tinha ficado sabendo do acidente, porque tinha juntado as escovas de dente com um cara em uma cabana a algumas cidades de distância, até que um policial passou no Chateau durante um de seus turnos. Naquela noite, ela foi para casa, começou a vasculhar as coisas da filha e encontrou uma camiseta velha do *Tom & Jerry* que, aparentemente, Annie usava sem parar quando era criança. Ela colocou a camiseta na cama de Annie e a estudou, lembrando-se de como aquela peça de roupa a deixara furiosa, mas sem lembrar o motivo. Disse que a princípio aquela camiseta era sua criptonita, mas acabou se tornando seu talismã.

Ela segurava o volante com a mão direita, depois levou a esquerda ao peito e brincou com um colar. Ela tentou me mostrar, mas não era longo o suficiente para eu ver, então explicou que era um presente que Annie lhe dera no Dia das Mães havia muito tempo — talvez na quarta série? Uma coisinha barata, com desenhos esmaltados dos personagens de desenho animado daquela camiseta favorita. Patricia nunca o tinha usado, mas agora se recusava a tirá-lo.

— Não, não estou brava com a Anne Marie — respondeu ela.

Eu tinha a intenção de magoar Patricia com O *derradeiro fim*. Outro item na lista de coisas que ela não sabia sobre a filha. Enterrar bem a faca e torcer. Mas me dei conta, naquele passeio de carro, de que Patricia Callahan não era um monstro, era apenas uma mulher destruída se recuperando.

Ela estacionou em frente à minha casa e desligou o motor. Tirou as mãos do volante e me encarou.

— Isso foi muito bom, Amanda — disse ela, levando as mãos ao peito, sobre o coração, como se ele tivesse sido apaziguado.

Por mais piegas que Annie fosse achar o gesto, e era um pouco mesmo, fez com que eu me sentisse bem. Em seguida, ela estendeu a mão e colocou a palma quente em minha bochecha, olhou-me diretamente nos olhos e sorriu. A intimidade me confortou. Gostaria que não tivesse confortado. Parecia traição, mas aparentemente eu também ansiava pelo amor de Patty Callahan.

— Eu não tinha certeza se ia contar, mas... — pausei.

De repente, tive o desejo de deixar de lado minha arma, meu trunfo: saber sobre *O derradeiro fim*. Minha intimidade com o livro e como ele capturou nossas memórias ainda fazia com que me sentisse próxima da Annie, e, naquele momento, eu queria dar um pedaço daquilo para a mãe dela também.

Virei a cabeça em direção à janela, olhei para o caos de nosso quintal, onde meu pai mexia em motores antigos e peças de carro, e perguntei:

— Você já leu *O derradeiro fim*?

— *O derradeiro fim*?

— O livro — expliquei. — Vai ser uma trilogia, já anunciaram o segundo livro. Acho que tem um filme chegando perto do Natal, também.

Baixei o olhar. A mão de Patricia estava cobrindo a alavanca de câmbio, e admirei sua delicadeza, seu encanto.

— Não, não li — admitiu ela.

— Bem, talvez você devesse comprar um exemplar — falei. — Compra... por favor.

—

Naquela noite, observei O *derradeiro fim* na mesinha de cabeceira. Sem meu consentimento, o livro começou a se transformar. Tornou-se menos a personificação da minha raiva, mais uma salvação para minha melhor amiga, e não consegui me conter, eu o abri mais uma vez. Essa segunda leitura foi uma experiência completamente diferente.

Cate Kay.

Cate K.

Cate com K.

Cate com a porra de um K.

# CAPÍTULO 51

# CASS

*2011*
*Charleston*

No dia em que terminei a revisão do último livro da trilogia *O derradeiro fim*, me juntei a um clube do livro para jovens mães. Não, eu não era mãe, nem me considerava mais uma jovem,* embora a idade seja uma dismorfia peculiar que aflige a todos.

A história de como entrei para esse clube do livro esconde uma interação durante a qual me comportei de modo tão atípico que me lembro de me perguntar se as duas mulheres envolvidas perceberam o tamanho do meu esforço e tiveram pena de mim. Eu estava vagando pelas ruas antigas de Charleston — uma das minhas atividades favoritas. Às vezes, eu tentava encontrar a casa que Ryan alugou para a primeira filmagem, anos antes. Havia um clique de paparazzi mostrando a esquina de um prédio cor de salmão. Eu perambulava sem rumo e a imaginava aqui ou ali, mentalmente construindo cenas daqueles meses longínquos. Aquilo me deixava momentaneamente mais próxima dela. Então

---

* **Nota da Cate:** Lembro quando Amanda e eu estávamos no último ano, uma ex-aluna foi aos ensaios e, quando conversamos com ela depois, mencionou que tinha acabado de fazer 30 anos. Amanda e eu quase perdemos o equilíbrio. Nos agarramos uma à outra para nos mantermos de pé. Em parte estávamos fazendo uma cena, em parte a idade dela era inconcebível para nós. Nesse momento eu tinha essa idade, eu estava com 30 anos.

lembrava que eu era um clichê: suspirando por uma estrela de cinema que obviamente não me queria.

Naquela tarde em particular, sentei-me com um livro em um banco de parque. Poucos minutos depois, duas mulheres com carrinhos de bebê se aproximaram. Eu tinha propositalmente me acomodado no meio para impedir aquele exato momento, mas percebi que uma das mulheres precisava mesmo sentar-se. Eu me afastei para um canto, ela me olhou com gratidão, ao se aninhar na beirada com um suspiro aliviado, e abaixou a camiseta para começar a amamentar. Sua amiga assentiu para mim e sorriu.

Mantive o olhar em meu livro aberto, mas concentrada na conversa das duas. A certa altura, fiquei preocupada que notassem que eu não havia passado a página, então virei uma. Depois outra. Ouvir a conversa das pessoas tanto amenizava minha solidão quanto influenciava minha escrita. Acho que o diálogo na última parte de *O derradeiro fim* saiu mais afiado, beneficiado por esse voyeurismo.

Aguçei os ouvidos quando elas começaram a falar sobre o clube do livro que se reuniria naquela noite. Não lembro qual tinha sido a escolha do mês, mas era um título de que eu havia gostado. A imagem daquelas mulheres em alguma sala aconchegante, comendo cookies recém-assados, tomando vinho, conversando sobre livros me pareceu tão doméstica e reconfortante que me contorci para encará-las e perguntei, sem jeito:

— Vocês aceitam novos membros para o clube do livro?

Elas pareceram desconcertadas. Como se não bastasse bisbilhotar, eu ainda estava me convidando para entrar em suas casas? Mas eram boas mulheres sulistas e rapidamente disfarçaram as expressões. A que estava de pé balançava suavemente o carrinho e disse, como se para gentilmente me desqualificar:

— Na verdade, é para mães de primeira viagem.

Eu... pedindo para fazer parte de um clube de mães! Que mundo era aquele? Imaginei a Amanda me encarando boquiaberta.

Nós duas sempre zombamos de qualquer coisa remotamente doméstica. Certa vez, a mãe de uma das nossas colegas de elenco do acampamento de teatro tinha assado cookies de chocolate para todo mundo, e Amanda e eu nos entreolhamos por cima da mesa dobrável nos bastidores e reviramos os olhos. Jamais reconhecemos a profunda verdade subjacente àqueles momentos, que era: queríamos, de todo o coração, a ponto de dar vontade de chorar, mães que nos assassem cookies. Mas também sei que logo teríamos enfrentado essa verdade juntas.

Desejei, como acontecia dezenas de vezes por dia, poder conversar com ela.

---

Felizmente, as mulheres não levavam os filhos para os encontros do clube do livro, então, não fui obrigada a alugar um bebê. Eu me senti mal por mentir que tinha um filho. Sinceramente, não foi um de meus melhores momentos. Mas eu precisava desesperadamente de companhias relaxantes, e que lugar melhor para me esconder do que em um grupo de mães? Eu respondia a uma pergunta pessoal aqui e ali, mas em geral me esquivava e em seguida voltava os holofotes para a nova pasta de dente orgânica para bebês ou outros produtos da moda. (Fiz minha pesquisa.) Funcionava perfeitamente.

Adorei o clube. Gostava do que elas tinham a dizer sobre os livros que líamos. Com frequência percebiam coisas que eu não notava e articulavam essas observações com afeto e inteligência.

Foi por isso que fiquei apavorada quando escolheram meu primeiro livro. Uma delas o colocou em pauta no final da reunião daquele mês — *ei, sabem o que seria divertido?* — e todas adoraram a ideia. Minha opinião era que elas se consideravam mais literárias — tipo livros que concorriam ao National Book Award — e O *derradeiro fim* era mais bobo. O que não me ofendia, só me deixava preocupada que elas fossem cravar seus afiados dentes literários bem no meu ponto fraco.

Quando chegou o dia, eu não planejava ir. Por que fazer aquilo comigo mesma? Mas, naquela noite, estava curiosa demais para ficar longe. Nunca tivera uma oportunidade como aquela, de ouvir leitores comentando meus livros em um ambiente pessoal e íntimo. A ideia era inebriante.

Eu fui.

Para o meu grande alívio, a conversa estava fluindo bem. Meu livro estava segurando as pontas sob o escrutínio delas, o que era gratificante de ouvir. Eu valorizava a opinião daquelas mulheres. Na minha mente, falavam em nome de leitores em todos os lugares. Então, quando parecíamos estar encerrando, uma delas interrompeu e disse:

— Mas uma coisa que eu não consigo superar é como a Samantha simplesmente se afasta do Jeremiah? Simplesmente abandona ele... seu melhor amigo? Não consegui entender e não sei por que o mundo ainda celebra ela depois disso. A cena sempre me incomodou. E ninguém nem fala disso.

Todas viraram a cabeça e refletiram sobre a questão. Então outra mulher perguntou:

— O que te irrita é que no mundo dos livros ninguém faz essa crítica ou que *neste* mundo, tipo aqui no nosso clube do livro, ninguém criticou os personagens que compõem o mundo dentro do livro? — Ela fez um gesto que indicava a cabeça explodindo e deu uma mordida delicada no cookie.

Todas ficamos desnorteadas, mas nos inclinamos para ouvir a resposta. A mulher que fez a primeira observação hesitou um pouco e disse:

— As duas coisas.

Eu estava sentada no sofá, recostada, e cruzei as pernas novamente. Estava sacudindo o pé na extremidade da perna, e eu não conseguia parar. Olhei para o grupo e me permiti um momento de admiração em meio ao pânico crescente: ninguém tem a oportunidade de ouvir a avaliação sincera das pessoas sobre seu trabalho. Os próximos minutos seriam uma dádiva ou uma descida às profundezas do inferno, era difícil saber.

— Eu entendo — disse outra. — Mas aquele momento não tinha a ver só com o relacionamento único dos dois. O mundo precisava que ela fizesse a escolha que fez. Para o bem maior.

Outra mulher aproveitou a deixa na hora, como se tivesse pensado sobre o assunto a vida toda:

— Mas não é possível que a autora esteja tentando nos mostrar o exemplo mais extremo do falso binário que o mundo nos apresenta… ambição ou relacionamentos?

Vamos destrinchar essa questão, pessoal.

— Ahn — respondeu a primeira mulher, inclinando a cabeça dramaticamente, como se estivesse olhando a vida de um novo ângulo. — Isso é bem interessante.

— Eu só acho — continuou a mulher que tinha feito a pergunta — que o mundo, e talvez mais precisamente a sociedade, está sempre tentando convencer a gente de que o trabalho vai nos deixar felizes, que nossa ambição é saudável e que ir atrás dela é gratificante. Essa é a grande lavagem cerebral capitalista, não é?

— Tá, isso é parcialmente verdade, sim — argumentou a mulher que tinha levado a conversa por aquele viés. — Nossa sociedade, em particular, parece querer que a gente acredite que o trabalho será um caminho direto para a felicidade, mas não dá para fingir que o trabalho não importa. E, além do mais, a Samantha deixa o Jeremiah porque precisa ajudar todos em Nova York, para conseguir informações… ela salvou milhares de vidas. Se a ambição, mais que o altruísmo, motivou essa decisão, será que faz diferença?

Agora elas estavam me dando crédito demais. Eu só tinha desejado lamber minhas feridas enquanto também ganhava os elogios e a adulação do mundo… embora, possivelmente, tenha acabado de descrever a motivação de todos os escritores desde o início dos tempos.

— Mas vamos voltar à questão principal — retrucou a mulher em cuja sala de estar estávamos sentados. — Quem acha que a Samantha é uma FDP por ter deixado o Jeremiah morrer? Vamos levantar a mão para votar.

Ah, não... votar? Eu queria me inclinar para a frente, mas me contive. Nove mulheres presentes, contando comigo. Elas riram, algumas constrangidas. "Filha da puta", mesmo em forma eufemística, era uma expressão um pouco subversiva demais para aquelas respeitáveis senhoras sulistas, que dirigiam carrinhos de golfe até o parque para cães.

— Vamos votar — incitou novamente nossa anfitriã. — Quem acha que a Samantha é péssima... levanta a mão.

Quatro mulheres levantaram.

— E quem acha que a escolha da Samantha foi... heroica?

Outras quatro mãos.

Eu sabia que precisava votar, mas não conseguia destilar a questão à sua essência. Pelo menos, não rápido o suficiente para cumprir aquele prazo. Eu estava votando que a Samantha era uma pessoa terrível ou eu? Finalmente, debrucei-me, juntei as mãos e comecei a balançar para a frente e para trás.

— Temos uma única abstenção — disse nossa anfitriã, aproveitando seu tempo como mestre de cerimônias. — Cass, o que você acha? O voto decisivo!

A boa notícia foi que as outras mulheres acharam que meu óbvio desconforto era encenação.

— É, vai com calma — brincou uma delas. — Escolha com sabedoria.

Levantei os olhos.

— Posso votar em... nenhum dos dois?

Algumas das mulheres puxaram uma rodada de vaias, que foi rapidamente silenciada pelas outras. A coisa toda teria sido fascinante se eu fosse apenas uma observadora imparcial.

— Eu simplesmente não consigo tomar uma decisão sobre Samantha com base nessa única ação… nós somos muito mais, e menos, que nosso melhor, ou pior, momento — argumentei. Parecia um clichê ridículo, mas mergulhar mais fundo estava fora de questão. Não tenho certeza de que eu teria voltado à tona. — Ela não é nenhuma das duas coisas — acrescentei. — Resposta final.

— Ah, nuances — comentou nossa anfitriã, cujo papel havia mudado repentinamente para pacificadora.

Joguei-me de volta no sofá, fingindo exaustão.

Todas riram e, de repente, o clube do livro acabou.

## CAPÍTULO 52

# RYAN

*2011*
*Los Angeles*

Ao longo dos anos, a *People* publicou duas vezes que eu estava noiva — "segundo uma fonte próxima ao casal" — e que "o casal" planejava um casamento íntimo. Na verdade, eu e a pessoa mencionada nem estávamos namorando. A culpa por essas histórias não pode recair inteiramente sobre a revista, já que a maioria foi plantada por minha equipe, ou pela dele, ou por uma empresa de assessoria. No entanto, sempre houve uma parte de mim que ficava decepcionada quando via essas notícias impressas. Eu esperava que o jornalista se saísse melhor.

Uma vez, li que existe uma coisa chamada "efeito da amnésia de Gell-Mann". Descreve basicamente como, ao ler algo em que é especialista, você está profundamente ciente dos erros na reportagem e na compreensão. Mas aí você vira a página e pressupõe veracidade em outro assunto com o qual está menos familiarizado. O pior desse efeito, para mim, foi perceber que não sou especialista nem em mim mesma. Imagine que, ao ler alguma informação em uma revista, eu ligava para Janie para desabafar e aí ela me contava o motivo sem pé nem cabeça por trás da publicação, e eu me sentia tonta com o quanto é tênue a linha entre o eu verdadeiro e o eu inventado. Esse tipo de coisa tem um efeito corrosivo no senso de identidade de uma pessoa.

Namorar outros atores, o que já fiz muito, só é satisfatório se você gosta de se perder em uma casa de espelhos.

Eu fazia cerca de dois filmes por ano na época, de vários gêneros, embora me sentisse mais confortável interpretando personagens corajosas, como Persephone, desesperadas para provar seu valor. Janie me convenceu a fazer algumas comédias românticas — "para mostrar sua versatilidade", disse. Mas eu odiava filmá-las. O foco das cenas era que eu parecesse gostosa para a câmera.

Certa manhã, quando eu estava em casa entre as gravações de um filme, liguei para Janie. Pedi que ela me encontrasse na casa de Los Feliz. Esperei por ela no quintal, caminhando pela borda de ladrilhos da piscina. Oito passos de comprimento, três passos de largura. Em muitas tardes, eu tinha visto Cass fazer o mesmo. "Isso me acalma", disse ela quando perguntei por que estava basicamente andando em círculos.

Mas ela tinha razão. Era como uma forma de meditação.

Nos anos seguintes, eu havia passado horas andando de um lado para o outro naquele quintal, perguntando a mim mesma se tinha coragem para o que finalmente estava prestes a fazer. Janie ainda estava ao telefone quando chegou. Ela me deu um breve aceno, levantou um dedo. Continuei andando na borda da piscina. Cabeça baixa, mente agitada. Eu tornaria minha vida mais difícil ou mais fácil? Não sabia dizer.

— Toda sua — disse Janie.

Fiz uma pausa. Eu estava do outro lado da piscina.

— Acho que está na hora — revelei. — Vou sair do armário.

Janie ergueu as sobrancelhas e as manteve assim.

— Liga para a *Vanity Fair* — continuei. — Sei quem eu quero que anuncie.

# CAPÍTULO 53
# AMANDA

*2011*
*Bolton Landing*

Annie vivia armando uns joguinhos com o universo. Tipo uma vez em que estávamos esperando o elevador durante uma excursão escolar para o Egg, um estranho teatro em Albany que parecia a metade de baixo de um ovinho de chocolate. A professora chamou o elevador, e Annie se inclinou para mim e disse:

— Se o elevador chegar em dez segundos, vamos estar seguras.

Meus olhos se voltaram para ela.

— Hmm, não graças a *esse* seu joguinho — sussurrei.

Ela não disse nada, mas, quando o elevador demorou muito, tempo suficiente para a professora apertar o botão de novo, ela finalmente admitiu baixinho:

— É, isso foi loucura.

Outra vez, perguntei sobre aquilo. Ela estava abrindo a porta da pizzaria local, segurando-a para mim, e respondeu:

— O cara atrás do caixa, se a primeira palavra dele for "oi", pedimos de mussarela; mas, se a primeira palavra for qualquer outra coisa, pedimos de pepperoni, ok?

Concordei com essa porque eu não tinha preferência. Mas, quando nos sentamos com nossas fatias — pepperoni, já que o cara tinha perguntado: "Como posso ajudar?" —, tomei um longo gole do meu refrigerante e disse:

— Tudo bem, posso te fazer uma pergunta?

Ela estava dando uma mordida na fatia, então apenas assentiu.

— Eu não entendo esses joguinhos que você faz — confessei, gesticulando em direção ao balcão.

Ela pousou os cotovelos na mesa e apoiou o queixo nos punhos fechados, exalando longa e lentamente.

— É como se essas coisas simplesmente pipocassem na minha cabeça — explicou. — E não consigo tirar. Tento te poupar... na maioria das vezes.

— É estranho — comentei.

— Em que sentido? — perguntou ela, dando outra mordida, mastigando devagar, enquanto me observava.

Meus pensamentos ainda estavam crus, então, demorou um pouco, e Annie continuou comendo enquanto esperava. Minha pizza permaneceu intocada.

— Tá — comecei, quando, por fim, encontrei uma explicação. — Eu acho que é... estranho ver você se entregar ao universo. É tão diferente de você em todos os sentidos.

Ela não parecia chateada — parecia estar de fato refletindo sobre minhas palavras.

— Ahn — balbuciou ela, começando a comer a borda. — É engraçado você dizer isso, porque para mim parece um alívio... como se fosse o modo de o meu cérebro me salvar de obcecar infinitamente com cada decisão. — Então ela enfiou o restante da borda da pizza na boca, mal conseguindo mover o maxilar. Olhou para o meu refrigerante e murmurou: — Vai dividir?

Aqueles estranhos jogos com o universo que Annie fazia devem ter causado mais impacto do que eu imaginava porque, depois que ela se foi, eu me peguei jogando também. Alguns anos depois de ficar sóbria, comecei a trabalhar na recepção da oficina do meu pai. Ele precisava de verdade de minha ajuda? Provavelmente, não, mas queria que eu encontrasse um propósito e achou que aparecer em algum lugar três vezes por semana era um começo.

Na maior parte do tempo, eu lia. Ou olhava para o relógio acima da porta. Então, uma tarde, do nada, uma pequena voz dentro da minha cabeça introduziu uma ideia: se a próxima pessoa que entrar pela porta sorrir, sua vida vai melhorar. E eu juro que, um segundo depois, o sr. Riley entrou. Ele não me viu a princípio, estava com a cabeça voltada para baixo, procurando algo na carteira, mas, quando chegou ao balcão, ergueu o olhar. Ele balançou a cabeça e sorriu suavemente.

— Amanda, nem sei dizer como é bom te ver.

Ele contornou o balcão, inclinou o corpo e me deu um abraço longo e caloroso. E, enquanto fazia isso, eu pensava na rapidez com que o universo havia agido: minha vida já estava melhor.

— Eu estava pensando em você hoje de manhã — admitiu ele, balançando a cabeça, incrédulo. — Sério... estava mesmo. Vamos montar *Noite de reis* de novo. Hoje foi o primeiro dia de ensaios. Então, é claro, me fez pensar em... — hesitou um pouco, quase imperceptivelmente, antes de terminar rápido a frase: — você.

Seguiu-se uma pausa durante a qual nós dois estávamos pensando, mas absolutamente sem falar, na Annie.

Um segundo depois, ele bateu a carteira na palma da mão aberta e disse:

— Sabe de uma coisa? Por que você não vai lá ajudar a gente? Ninguém conhece essa peça como você. Eu adoraria sua ajuda.

Fiquei genuinamente atordoada com a rapidez com que o momento havia me atingido. Talvez Annie tivesse mesmo descoberto algo com aquele lance de universo. Gaguejei por um segundo, o que não era muito minha cara. Então parei, respirei fundo, rápido, e olhei para o sr. Riley, como se dissesse: *Deixe eu me recompor*. Um instante depois:

— Sim. Eu adoraria.

Ele assentiu uma vez, selando o acordo, e então me entregou seu cartão de crédito. Eu quase tinha esquecido que ele fora buscar o carro. Quando saiu, alguns minutos depois, eu não conseguia entender por que minha alegria estava se manifestando como lágrimas ardentes. Então cobri os olhos e chorei em minhas mãos, parando apenas para jogar um grampeador na parede.

Acho que minha raiva era por perceber que, mesmo agora, mesmo depois de tudo, Annie ainda estava envolvida em todos os momentos bons da minha vida.*

CATE KAY

## O derradeiro fim

A cidade dormia quando Persephone Park, a única filha de Samantha Park, foi embora para sempre. Persephone, ainda apenas uma jovem, havia crescido sob os olhos do público, pois era filha única de uma das figuras mais reverenciadas do mundo. Ela era da realeza americana.

Nascida três anos após a explosão, Persephone foi chamada de bebê milagroso, mas, ao crescer, sentia-se como algo secundário. Ela não guardava nenhum ressentimento em relação à mãe, apenas decepção e tristeza profundas. Havia sido criada por uma mulher moribunda, cuja energia e atenção eram consumidas pela tarefa de se manter viva.

E Samantha Park tinha conseguido, sobrevivera por quase dez anos após aquela transmissão lendária, morrendo quando Persephone tinha 7 anos. O funeral foi transmitido para bilhões de pessoas.

Persephone conquistou a devoção do mundo e, ainda assim, sentia-se vazia. E o vazio, ela aprendera, criava fome — fome de quê, ela não sabia.

Possuir coisas não era o que ela queria. Ela desejava a sensação que vinha com o esforço, a criação e a constru-

* **Nota da Cate:** E ela nos da minha.

ção de algo nunca visto antes. E, para tanto, acreditava que precisava começar do zero.

E então, Persephone decidiu deixar aquela versão de sua vida em busca de outra. Ela iria para o Núcleo. Para a ilha deserta anteriormente chamada Manhattan, onde, de acordo com relatos da mídia, uma comunidade havia se estabelecido completamente off-line e fora do controle do governo.

A explosão que destruiu Manhattan tinha levado dezessete anos para se dissipar. A princípio, os cientistas esperavam que a cidade pudesse ser reconstruída, mas havia o custo, o aumento do nível da água, as áreas com níveis de radiação ainda perigosamente altos — eles determinaram que isso não deveria ser feito. Foi tomada a decisão de devolver Manhattan à natureza.

Mas nos últimos dias de limpeza, um pequeno grupo de nova-iorquinos nativos jurou retornar para construir algo novo. Existia um acordo tácito entre esses reassentados e os últimos trabalhadores a deixar a ilha. E, quando o governo oficialmente foi embora dali pela última vez, uma dúzia de contêineres cheios de sucata e itens encontrados foram deixados para trás.

Foi a partir desses artefatos que o Núcleo foi construído — a partir dos restos da cidade que outrora fora a mais famosa do mundo. O Núcleo era uma sociedade construída fora do sistema, com as próprias leis, regras e costumes, e Persephone estava se juntando a eles porque precisava provar seu valor — mesmo que apenas para si mesma.

Ela partiu em uma noite de verão, uma semana após a formatura da faculdade. Sua melhor amiga, Kelly, estava dormindo no quarto de hóspedes de seu apartamento, na cobertura, e Persephone espiou ao sair — ela odiava a dor que lhe causaria, mas precisava ir.

Era pouco depois da meia-noite, o melhor horário para evitar as patrulhas que vigiavam o rio. Ninguém tinha permissão para cruzá-lo, como se fosse uma fronteira, o que parecia contraproducente para Persephone — as pessoas sempre querem ir aonde lhes dizem ser proibido.

Persephone carregava dois itens: uma mochila no ombro direito e um saco de dormir vermelho no esquerdo. Ela passou por duas barricadas de ENTRADA PROIBIDA e um aviso sobre chuva radioativa, depois passou por um rasgo em uma parte da cerca. Estava impressionada consigo mesma, com a ousadia de suas ações. Ao mesmo tempo, se pensasse duas vezes, temia se arrepender dessa noite, da decisão radical.

Mas, sobretudo, a sensação era de ser imparável, o que percebeu ser uma faca de dois gumes. Sentia-se poderosa e descontrolada.

Persephone sentiu o rio antes mesmo de vê-lo, a forma como o céu acima parecia mais aberto, a brisa mais leve. Ela avistou o barco a remo que havia sido prometido por seu contato. Ele tinha sido arrastado para o leito do rio, exatamente onde disseram que estaria.

Persephone olhou para cima e para baixo da margem. Nada além de vegetação rasteira. Nada fora de lugar. Ela tinha uma pequena janela de tempo para remar de um lado ao outro antes que a patrulha retornasse. Agiu depressa, largando a mochila e o saco de dormir na ripa central de madeira e, em seguida, entrando na água com o barco.

Ela não conseguia acreditar que estava fazendo aquilo. Olhou para o céu noturno escuro — era um momento do qual se lembraria pelo restante da vida — e então começou a remar pelo rio Hudson, em direção ao único lugar onde acreditava poder realmente descobrir quem era.

* * *

Semanas depois, Persephone dormia em seu saco de dormir vermelho, no canto da estrutura de um cômodo que tinha construído com madeira e chapas de metal reaproveitadas. No Núcleo, ela havia se deixado consumir pelo trabalho de construir uma nova vida. Paredes, um teto, comida, água. Começar do zero era desgastante — emocional e fisicamente.

Naquela manhã, Persephone foi acordada por uma língua molhada em sua mão exposta. A sensação a assustou a princípio, e ela recuou, mas então lembrou e colocou a mão na cabeça macia de Puck, uma mestiça de pitbull malhada que tornava a vida no Núcleo um milhão de vezes melhor.

Puck tinha sido uma surpresa. Persephone ainda não sabia a quem pertencera e vivia apavorada que, algum dia, alguém pudesse reivindicá-la. Puck a fazia sentir como se fossem uma dupla em uma aventura épica — e Persephone gostava de como aquilo tornava sua vida cinematográfica.

Ela acariciou a cabeça de Puck, depois se levantou e caminhou até a sua mochila, tirou o seu moletom favorito — cinza-claro com os personagens de desenho animado *Tom & Jerry* descansando contra palmeiras, a palavra *Califórnia* escrita em letra cursiva acima da dupla. "A praga da minha vida", dizia sua avó sobre o moletom sempre que Persephone o usava, ou seja, todos os dias — ele a lembrava da última vez que se sentira segura, inteira e amada.

— Vamos lá, garota! — Persephone chamou Puck enquanto caminhava em direção à velha cortina de chuveiro que atualmente servia como sua porta da frente.

Ela abriu a cortina e olhou para fora.

Persephone se maravilhou com o mundo que agora habitava. Observou os trechos de terra seca cobertos de altas ervas daninhas, árvores jovens e vegetação selvagem, rios rasos os cortavam. O mar havia subido. A água dos rios, do oceano, havia se elevado e tornado a parte sul da ilha pantanosa em muitas áreas. A pequena população do Núcleo — pela última contagem, noventa e um — usava barcos a remo para navegar pelas artérias e passagens, e Persephone observou, ao longe, uma mulher remar um barco prateado descascado para fora de seu galpão.

Persephone inspirou fundo e expirou. Ela quase havia voltado para casa, em Newark, dezenas de vezes. Estava sempre a um segundo de voltar.

Mas ela não voltaria para casa. Não podia. Sabia como era aquela vida. E não era o bastante.

# CAPÍTULO 54

# CASS

*2011*
*Charleston*

*Star, Us Weekly, Variety, In Touch, People, Vanity Fair* — eu tinha assinaturas de todas as revistas de celebridades. Pilhas organizadas cresciam em mesas de apoio e balcões até a limpeza anual, quando eu jogava fora todas as edições, exceto aquelas em que Ryan aparecia. Essas iam para uma caixa e, de vez em quando, eu bebia vinho demais — um cabernet intenso e ousado, sempre — e passava a noite relendo cada item, reavaliando cada foto: Ryan caminhando de gorro e tênis no bairro de Los Angeles onde morava, falando ao telefone em frente a um restaurante badalado, caminhando com seu novo namorado — sério, Ryan? — pela praia. Eu olhava atentamente para cada imagem, procurando pistas, fingindo que ela estava pensando em mim no momento em que a foto fora tirada.

Mas também me preocupava que o amor simplesmente não fosse para mim. De quanto amor dá para fugir nesta vida antes de acabar de vez? Primeiro Amanda, depois Ryan e, finalmente, Sidney. Se bem que, Sidney? Aquilo foi diferente. Foi um acordo — nós tínhamos usado uma à outra. Eu, para sair do limbo doloroso de Plattsburgh; Sidney, para encontrar a pessoa perfeita sobre quem exercer controle.

Uma tarde, alguns meses antes de começarem a filmar o último episódio da trilogia O *derradeiro fim*, eu tinha acabado de voltar de uma corrida — meu método mais recente para acalmar o cérebro. Estava calor e abafado, como sempre. Parei na minha caixa de correio, que estava coberta de jasmim. Eu amava como Charleston era exuberante e exótica em comparação com a austeridade das montanhas Adirondack. Peguei o maço — a maioria lixo publicitário — e estava folheando quando parei de repente.

Ali, me encarando da capa da *Vanity Fair*, estava Ryan. Nem me mexi. Ela estava se afastando da câmera, com uma jaqueta jeans jogada por cima do ombro, olhando para a lente. Seu cabelo estava preso, e a imagem parecia capturar a qualidade de seu movimento, no meio de um passo, um par de Dunks preto e branco, da Nike, nos pés. Admirei como ela mantinha a chama acesa pela criança esportiva dentro de si.

A manchete dizia: RY CHANNING TEM ALGO PARA TE CONTAR. A frase prometia intimidade. Um perfil real, não uma foto de paparazzi com legenda.

Eu me apressei em entrar, sentindo o frio na mesma hora devido ao ar-condicionado de alta potência. Joguei o restante da correspondência na mesa da entrada e arrastei meu corpo suado até a escada, sentando-me no terceiro degrau e colocando a *Vanity Fair* ao meu lado. Por um momento, olhei para o nada e me perguntei se ler aquela história era uma boa ideia. Seria uma escolha saudável? Talvez o universo estivesse me enviando um sinal — de que era a hora de me desligar de Ryan, da minha obsessão com o que poderia ter sido.

E, no entanto, eu tinha cem por cento de certeza de que leria o artigo. Mas a pausa fez com que me sentisse no controle, madura. Lá estava eu, calma e serena, considerando outras opções. Depois que havia se passado tempo suficiente — dois a três minutos, aproximadamente — abri o artigo.

**Ry Channing tem algo para te contar**
Jake Fischer

*Ry Channing está infeliz. Não na vida — se bem que chegaremos a isso —, mas neste momento. Ela está em Lawrence, Kansas, em sua padaria local favorita, e acabaram os croissants. Parada no balcão, estica o pescoço para checar dentro da cozinha, como se uma nova fornada pudesse aparecer magicamente. Sua reação é metade atuação, metade sincera, o que mais tarde Channing dirá que resume bem sua vida até agora. (E algo que ela quer mudar.) A caixa oferece a Channing um palmier, que a mulher descreve como "basicamente um croissant achatado com crosta de açúcar".*

*— Não diga mais nada — responde Channing. — Um palmier e um* mocha *com leite integral.*

*Com o café da manhã em mãos, ela se acomoda em um assento no canto. Está vestida casualmente com uma calça de moletom da freecity, e ninguém a incomoda. Um dos motivos, diz ela, pelos quais adora voltar para casa. Ela dá uma grande mordida no seu doce e o engole, tomando o* mocha *— a comida parece acalmá-la.*

*— É meu ritual — diz ela, levantando a xícara. — Cansei de passar fome. Para quem é isso, afinal? Pelo que posso perceber, é… — Ela faz uma pausa e parece refletir, então continua: — Tá, então, tem uma cena no filme* Um lugar chamado Notting Hill, *em que Alec Baldwin, que interpreta o namorado da Julia Roberts, e ambos interpretam estrelas de cinema, pede uma salada ou sei lá o que do serviço de quarto para ela e, quando ela protesta, ele lhe dá um tapa na bunda e responde: "Não quero que as pessoas digam:* 'Lá vai aquele ator famoso com a namorada enorme de gorda.'" *Na verdade, eu penso muito nessa cena. Tipo, é por essa gente que eu estou morrendo de fome… é por isso? Para caras como Alec Baldwin poderem se*

*sentir melhores consigo mesmos? E isso não tem nada a ver com Hollywood, aliás. Estou falando em geral. É por isso que as mulheres em todo o mundo se encolhem, para os homens poderem se sentir melhor consigo mesmos? Pois é, não, obrigada — diz, antes de dar outra mordida no palmier.*

*Depois que ela termina seu doce, conversamos por alguns minutos sobre* O derradeiro fim. *Ela partirá em breve para Charleston. Então faz uma pausa, respira fundo e olha para mim. Está pronta para chegar ao cerne da questão, o verdadeiro motivo pelo qual me convidou para este bate-papo no Kansas.*

*— É engraçado eu ter mencionado* Um lugar chamado Notting Hill *— diz ela. — Engraçado que esteja na minha cabeça hoje, quer dizer. Na verdade, é meu filme favorito. Por vários motivos, mas principalmente porque foi assistindo a esse filme que percebi que sou lésbica.*

*Abaixo está nossa conversa, editada para maior clareza.*

***Jake:** Hmm, por que* Um lugar chamado Notting Hill*? Não é um filme particularmente gay.*

***Ry:** Tá, então, pensei muito sobre isso. O problema com esse filme é que a história é estruturada a partir deste ponto de vista, uma pessoa comum está apaixonada por uma mulher singularmente linda. É um filme sobre o fascínio por uma mulher. Não importa que Hugh Grant fosse homem. Ele era apenas um personagem em quem eu podia me projetar.*

***Jake:** Se você não se importar, vou fazer perguntas que sigam meu interesse, que vão direto ao ponto. Você já se apaixonou?*

***Ry:** Ele está indo direto na jugular.*

***Jake:** Faço a vontade dos nossos leitores. Então...?*

***Ry:** Uma vez.*

***Jake:** É só isso que você vai me dar?*

**Ry:** *Prefiro falar sobre questões mais amplas. Sabe, o motivo disso — por que estou me assumindo. Minha vida amorosa não é tão interessante.*

**Jake:** *Sua vida amorosa é o motivo pelo qual as pessoas vão ler este artigo.*

**Ry:** *Você acredita nisso, de verdade?*

**Jake:** *Sim, elas estão pensando agora:* vamos logo para a parte boa.

**Ry:** *Por que eu te escolhi, hein?*

**Jake:** *Eu ia te fazer essa pergunta.*

**Ry:** *Gostei do seu trabalho anterior. Você escreveu coisas ótimas desde que se assumiu, ficou noivo do seu marido — e também gostei da sua reportagem sobre* O derradeiro fim *de Cate Kay. Pode-se dizer que sou fã.*

**Jake:** *Estou lisonjeado. Então, o que aconteceu... naquela "única vez" que você se apaixonou?*

**Ry:** *Não deu certo.*

**Jake:** *Você ou ela?*

**Ry:** *Eu escrevi um bilhete para ela, declarando meu amor, toda uma coisa — mas não, foi ela, ela não estava a fim.*

**Jake:** *Então, por que... por que você está se assumindo agora?*

**Ry:** *Eu simplesmente não podia ser a pessoa que abriu mão da alegria de amar alguém abertamente em troca de, tipo, um aumento na popularidade. Sério, pensa em como isso é doentio. É perturbador. A selvageria do que eu estava fazendo: dar uma facada no meu próprio coração. Simplesmente não conseguia continuar fazendo isso. Não é o que eu quero para minha vida.*

Li o artigo inteiro, inclusive as legendas das fotos. Depois, reli. Meu coração tinha disparado ao ver a menção à Cate Kay, e li o restante da reportagem esperando por alguma mensagem codificada de Ryan. Mas nada. E o pior: ela havia admitido ter se apaixonado por outra mulher, ter aberto o coração em alguma carta de amor. Coloquei cuidadosamente a revista ao meu lado. Ryan tinha saído do armário. Que atitude ousada. Se possível, ela parecia ainda mais sexy para mim. Eu estava feliz por ela, mesmo. Mas, também, num sentido egoísta, havia acabado de perder algo: a intimidade de ser uma das únicas pessoas no mundo que a conhecia de verdade. Ela acabara de passar de meu ícone gay pessoal para ícone gay do mundo.

Estava na hora, percebi. Hora de me salvar de mim mesma. Matar a paixão que eu sentia por ela.

---

O único chapéu que eu tinha era aquele horrível chapéu de safári verde-militar com um cordão embaixo do queixo, uma compra necessária para uma trilha, dois anos antes. Na escala de estilo, era nota zero. Mas fornecia duas camadas de proteção: o chapéu em si era um disfarce e sua feiura supria motivação adicional para me manter escondida de Ryan enquanto o usava. Imagine a história que teríamos de contar às pessoas: "Os juncos balançavam na brisa quando a vi do outro lado da água, usando um chapéu bucket..."

Não que eu achasse que Ryan e eu ainda pudéssemos ser um casal. Nossa história tinha acabado. Aquela excursão para assistir às filmagens da cena final da trilogia O *derradeiro fim* era um desfecho — para os três livros, Ryan, Sidney, toda a era. Meu objetivo: quando eu acordasse na manhã seguinte, o próximo capítulo de minha vida começaria. Eu não tinha ideia de como seria ou como me sentiria, mas disse a mim mesma que estava pronta.

As gravações eram em um lugar chamado Gold Bug Island, que não era exatamente uma ilha, escondido em uma pequena encosta pouco antes de uma ponte baixa, a cerca de vinte minutos do centro de Charleston. Não havia casas num raio de um quilômetro em qualquer direção, mas felizmente o lugar em si estava repleto de palmeiras atrás das quais eu podia me esconder. Estacionei a oitocentos metros de distância, na beira da estrada. Como os terrenos usados eram públicos, muitas vezes filmando em cursos de água, os sets não podiam ser fechados ao público. Eles faziam o possível para manter as locações em segredo, embora a notícia sempre vazasse. Eu tinha uma barra de granola no bolso e um livro na mão — estava preparada.

Enquanto caminhava pela beira da estrada, mantive a cabeça baixa. Pensamentos e imagens de Ryan, daquelas semanas em Los Angeles, ecoavam em minha mente e eu os expulsava, apenas para que reaparecessem. Havia guardado as revistas de celebridades no sótão, mas jamais consegui realmente me livrar de Ryan. No fim, para manter o cérebro ocupado, comecei a contar meus passos.

Havia água dos dois lados da estrada de mão dupla, serpenteando pela vegetação e pelo pântano. Uma garça voava baixo, quase roçando a superfície. O crepúsculo se aproximava em uma daquelas belas noites de Charleston. Tons de cor-de-rosa e dourado se misturavam uns aos outros e ao céu, e a temperatura estava tão perfeitamente adequada ao corpo humano que o clima desaparecia por completo. Sem dúvida, o diretor e o cinegrafista estavam numa correria louca para capitalizar aquela perfeição.

A saída para Gold Bug estava à frente e corri um pouco para aquele lado, ansiosa para me perder nas árvores e na vegetação. Nesse momento, uma van Mercedes Sprinter cinza passou roncando à minha esquerda, um pouco perto demais. Instintivamente, meus olhos se voltaram para cima e meu coração deu um pulo — Janie Johnson estava sentada à janela no banco de trás, com o celular pressionado contra a orelha. Ela não tinha me visto, meu lindo chapéu bucket havia cumprido sua função. Puxei-o mais para baixo e atravessei a rua em direção à linha das árvores.

Onde estava Janie, estava Ryan — ela com certeza estava dentro daquela van, que já havia desaparecido na esquina. Parei e esperei que uma sensação me dominasse. Cheguei a estender a mão e me apoiar em uma árvore para me firmar. Mas não houve sensação alguma. Eu não sabia se estava satisfeita ou decepcionada, mas acho que era a segunda opção. Comecei a andar pelo longo caminho ao redor da ilha e encontrei uma palmeira, sentei-me embaixo dela, e abri meu livro. Ao longo dos anos, havia consumido muito conteúdo sobre Ryan Channing — talvez eu estivesse vacinada.

Mas aí de fato a vi, e meu coração começou a bater forte. Ela estava caminhando com o diretor, para longe dos trailers do acampamento base, em direção a um pequeno píer. Usava o moletom do *Tom & Jerry* que aparece com destaque na história de Persephone. Eu sabia que era Ryan por muitos motivos, mas sobretudo pelo modo como ela tocava as pontas do cabelo, com um tipo de curiosidade distraída. Fazia isso enquanto caminhavam, as pontas dos dedos avaliando a textura do cabelo. Um instante depois, ela parou, juntou os fios e os prendeu em um coque bagunçado. De longe, o gesto pareceu relaxá-la, fazê-la mergulhar em si mesma. Ela sempre se sentia mais confortável quando estava casual. Um segundo depois, ela e o diretor riram juntos.

Meu corpo começou a zumbir, um formigamento leve. A sensação era boa e tentei não pensar no depois, quando voltaria para o carro sozinha, dirigiria até em casa e encontraria um lar vazio — a dolorosa ressaca. Por enquanto, lá estava ela, minha página de revista ganhando vida. Ela e o diretor caminharam até o cais, apontaram para todos os lados, apreciando de verdade o pôr do sol que se aproximava, o laranja e o roxo, então o diretor olhou para o relógio — estava na hora.

Menos de uma hora depois, tudo estava pronto. Uma equipe mínima. O diretor estava no cais com outra pessoa e a câmera. Atrás deles, um pequeno grupo, inclusive Janie de braços cruzados, o celular na mão direita. Ela conversava alegremente com uma mulher que devia ser maquiadora, porque estava com uma enorme pochete na cintura. Um barco a remo estava na água, perto do cais. Justo quando o diretor devia estar perguntando por Ryan — seu assistente levava um walkie-talkie à boca —, ela saiu de trás de um trailer e começou a caminhar em direção a eles.

Mas aquela não era Ryan, era Persephone. A maneira como se portava, a inclinação do queixo — ela personificava uma mulher que havia enfrentado provações e se tornado mais forte por causa delas. E este era o propósito daquela cena final: mostrar Persephone Park cortando o último laço com sua vida anterior, com o mundo que lhe oferecia tudo, mas nada que ela valorizasse.

Ryan caminhou até o cais sem falar com ninguém. Um assistente trouxe o barco para perto, e ela entrou nele, encarando a água, com as mãos nas calças cargo.

O diretor olhava para o acampamento base, impaciente, e me perguntei quem mais ele estaria esperando. Então eu vi Puck. Como podia ter esquecido? A cadela trotava alegremente ao lado de um adestrador e pulou graciosamente para dentro do barco. Ryan se ajoelhou para cumprimentá-la, coçando atrás das orelhas, agarrando seu focinho, beijando o nariz molhado.

A interação causou uma pontada no meu peito. Eu queria que fossem minha família, as duas. Queria que pudéssemos nos aconchegar no sofá juntas, que Ryan e eu pudéssemos levá-la para passear, vê-la brincar e nos entreolhar, sorrindo. *Que vida simples e perfeita*, diria aquele sorriso.

O diretor bateu palmas, e me trouxe de volta ao presente. E então estava acontecendo. O barco se afastou do cais, Ryan e Puck flutuando juntas nas águas calmas. O sol beijava o horizonte e, sem dúvida, o diretor de fotografia estava em um estado de êxtase ansioso. Todos voltaram a atenção para o barco, fez-se um silêncio.

Alguns momentos depois, o diretor disse "ação", com um tom urgente.

Ryan estava de costas para a câmera, com a mão apoiada na cabeça de Puck. O barco se movia de leve, uma curva suave para a qual o cinegrafista fazia um ajuste no píer. Eu estava sentada, encostada na palmeira, e deixei a cabeça pender suavemente para trás até que se apoiasse no tronco. O formigamento suave havia se transformado em arrepios, e fechei os olhos, apenas por um momento, para ver o que mais conseguia sentir. Meu coração, um círculo dourado, pulsava dentro das costelas. Imaginei Amanda, o primeiro amor da minha vida, vi as cores fortes e ricas do lago e da montanha às suas costas, seus pulos e saltos, seu braço em volta dos meus ombros. E então vi Ryan, semicerrando os olhos para a luz suave da Costa Oeste, imaginei sua beleza única, seus lábios a um sussurro dos meus. As duas, a eletricidade do meu coração.

Meus olhos se abriram bem a tempo de ver Ryan tirar o moletom. Seus movimentos eram seguros, mas graciosos, impregnados de melancolia. Assim que o tirou, ela levou o tecido até o rosto e respirou bem fundo, depois soltou o moletom e ele desapareceu de vista. O sol era apenas brasas no horizonte, a noite estava rosa-acinzentada e, dependendo de sua perspectiva, Persephone Park observava o último pôr do sol de sua antiga vida, ou o primeiro de sua nova. Eu, eu acho que ela estava vivendo ambos, uma última vez.

As duas flutuaram assim por muito tempo, tempo suficiente para eu começar a me perguntar quando o diretor gritaria "corta". Quando ele finalmente o fez, todos começaram a aplaudir, mas eu me levantei, virei as costas e comecei a caminhar até meu carro.

Quando cheguei em casa, caí na cama ainda vestida. Eu estava certa: a ressaca foi perversa.

Na manhã seguinte, acordei faminta. Como se não me alimentasse havia dias. Comi torrada, depois ovos, depois granola; a sensação não diminuía. Uma infusão de chá de hortelã repousava no canto da minha mesa enquanto eu virava a capa de um dos meus cadernos espirais baratos. Aquele vazio, ele era mais profundo que Ryan. Eu havia atravessado aquele andar e seguido para baixo, para o porão. Olhei ao redor e o reconheci como o buraco em forma de Amanda dentro de mim. Eu já tinha estado ali antes. Mas não conseguia continuar escrevendo a partir da perda, implorando por perdão, esperando que ela me sentisse, onde quer que estivesse. O que eu precisava era de alegria — para nos escrever de volta à vida, juntas.

Pressionei a ponta da caneta na página em branco, escrevi *A viagem de carro* e sublinhei, pulando a parte inferior do g. Alguns segundos depois, risquei o que havia escrito e substituí por *Remarcado*. Gostei de como nenhuma das letras ficava abaixo da linha — a uniformidade me satisfez.

Qual seria a próxima linha, eu não tinha certeza. Passei alguns minutos olhando para o nada, avaliando cada pensamento que surgia em minha mente, expulsando os medíocres. Em seguida, uma lembrança surgiu e meu braço pousou com propósito na mesa. A escrita começou.

## CAPÍTULO 55

# RYAN

*2011*
*De Los Angeles a Charleston*

Janie e eu estávamos sentadas na sala de estar da minha luxuosa casa de Hollywood Hills. Tinha cinco quartos, seis banheiros, paredes de vidro e sofás baixos. Bem vibe celebridade de cinema. Uma decoradora de interiores havia escolhido as obras de arte. Eu odiei. Tivemos um caso e, por algumas semanas, pensei que ela pudesse se tornar algo mais. Porém uma noite, enquanto preparava o jantar, ela me disse que não gostava de livros. De revistas, sim, ela gostava bastante. Parei enquanto refogava as cebolas e perguntei:

— É simplesmente um "não" para você em relação a livros, num geral?

Ela deu de ombros, como se não fosse importante. Não valia nem os segundos que estávamos perdendo discutindo o assunto. Ler sempre me fez sentir mais próxima do mundo e de tudo o que há nele. Acho que não é surpresa que as obras de arte que ela pendurou nas paredes parecessem violentas.

Tomando chá com Janie, confortável de calça de moletom, pensei, mais uma vez, que precisava mudar a decoração. Mas aquela casa em Hollywood Hills jamais seria o que eu desejava. Meu coração estava no meu bangalô em Los Feliz.

— Como se eu fosse a um velório — respondi, quando Janie perguntou como eu estava me sentindo em relação à filmagem da cena final da trilogia O *derradeiro fim*, naquele fim de semana. Depois de seis anos interpretando Persephone, imersa nas palavras de Cass, em sua criação, parecia o último adeus. Janie franziu a testa e disse que adoraria participar. Mas não fazia sentido, falou, pois íamos filmar apenas uma cena, sem diálogo.

Quando ela disse *sem sentido*, pulei do sofá. Fui até a estante e examinei as prateleiras até encontrar meu exemplar original de capa dura de O *derradeiro fim*. Aquele que Matt havia enviado para meu trailer tantos anos antes. Segurei a lombada com a mão direita, deixei-a cair aberta como se fosse a Bíblia, e eu, uma revivalista. Tinha guardado o bilhete para Cass entre as páginas e o removi, com cuidado.

O bilhete estava amassado e gasto, com um infeliz respingo de café, mas ainda legível. Caminhei até Janie e o estendi como evidência de meu coração partido, da minha necessidade de apoio naquele último dia de filmagem. Ela estava digitando uma mensagem, mas, quando levantou os olhos, largou o telefone e ergueu as mãos como se não quisesse que o bilhete se aproximasse mais. Afastando maus espíritos ou algo do gênero. Ao longo dos anos, eu tinha notado que Janie, que em geral parecia se deliciar em me dizer não, se curvava facilmente à minha vontade sempre que Cass estava envolvida. Suponho que amor não correspondido seja uma coisa terrivelmente triste para todos, até mesmo para uma impiedosa empresária de Hollywood.

— Eu entendo, eu entendo — disse ela, já de volta ao celular. — Mas, sabe — acrescentou sem tirar os olhos da tela —, vou ter que remarcar algumas reuniões importantes sobre aquele roteiro que você quer para sua estreia na direção.

Minha estreia na direção. Minhas esperanças estavam depositadas em ser diretora. No fato de que aquilo satisfaria algo bem no fundo. Àquela altura, atuar e Hollywood eram puro vazio para mim. Uma voz interior incômoda se perguntava se eu havia comprado gato por lebre. Não havia pote de ouro no final do tal arco-íris de Hollywood.

Mas quem sabe? Talvez meu amor por atuar tivesse se esgotado, mas dirigir fosse me realizar. Eu esperava que sim. Faltava cerca de seis meses para eu vender tudo, raspar a cabeça e desaparecer na natureza selvagem. (Natureza selvagem = um trailer bem equipado com uma cafeteira Chemex e leite de amêndoas, a cerca de quinze a vinte minutos de uma cidade grande.)

— Janie, preciso de você em Charleston — declarei.

Ela não hesitou.

— Então estarei lá, RyRy

---

Uma van Mercedes Sprinter nos buscou no hotel, no centro de Charleston. Janie passou a viagem no celular. Ela nesse momento era minha empresária, agente (eu havia demitido Matt) e chefe da minha produtora, então eu não podia reclamar quando Janie negligenciava seus deveres de melhor amiga e confidente. Embora ela também fosse essas coisas.

Eu estava com o bilhete para Cass no bolso. Ficava fechando os olhos e tentando meditar. Mas, a cada vez, era sequestrada por uma fantasia: Cass aparecendo depois de filmarmos a cena final. O diretor grita "corta" e então eu a vejo, caminhando na minha direção. A luz é deslumbrante, claro que é. Nada supera o pôr do sol em Charleston.* Então me lembrava de que deveria estar meditando. Eu não estava zangada, era um adorável devaneio ao qual se entregar.

Finalmente, a van cruzava Gold Bug Island. O que me contaram foi que o lugar tinha sido batizado em homenagem ao conto

---

* **Nota da Cate:** O Grande Debate do Pôr do Sol: Nova York vs. Charleston.

que Edgar Allan Poe escreveu depois de morar ali. (E contaram e contaram e contaram... eles se orgulhavam dele lá no Sul.) Em seguida, estávamos chegando ao acampamento base. O motorista estacionou a van e desembarcou. Janie guardou o celular no bolso. O que me aguardava do lado de fora era um final para o qual eu não estava totalmente preparada, mas que viria mesmo assim.

— Me diz como você está se sentindo — pediu Janie.

Tirei o bilhete do bolso e tentei desdobrá-lo, mas Janie cobriu minha mão.

— Esquece isso por um segundo — disse ela.

— É como se eu quisesse que este dia fosse, sei lá, profundo de algum jeito — expliquei, apreciando o calor de sua mão na minha. — Mas estou preocupada que seja só vazio.

Ela deu um tapinha na minha mão.

— Vai ser do jeito que for — sentenciou.

Inspecionei suas palavras em busca de sabedoria. Ela havia me dado seu melhor ou colocado o cérebro no piloto automático? Lancei a ela meu olhar com a sobrancelha levantada.

— Isso aí é Yogi Berra?

Ela riu.

— E se for?

— Ele tem mesmo algumas excelentes observações — ofereci.

— Exatamente — concordou Janie, então a observei ficar séria de novo.

Eu adorava que pudéssemos alternar sério-divertido-sério em uma sucessão tão rápida. Lembrei-me de que também adorava isso em Cass, embora não fosse um pensamento útil naquele momento.

Janie soltou minha mão e se virou para mim.

— Uma vez, passei uma viagem inteira de trem de Milão a Roma imaginando o Coliseu e como me sentiria transportada ao entrar lá. Mas, quando cheguei, parecia uma armadilha para turistas lotada, vazio de tudo o que eu esperava que o preenchesse, e eu nunca havia me sentido tão decepcionada. Talvez ainda seja a maior decepção que eu já tenha sentido. E desabei. Eu me sentia tão sozinha que mudei meu voo para voltar um dia antes do planejado, porque estava muito infeliz. E quem quer ficar sozinha e triste em Roma, com toda aquela gente comendo pizza e tomando *gelato*? Então, volto para casa cedo e fico triste e me perguntando qual é o sentido da vida. Quer dizer, se eu não consigo encontrar sentido nem em um lugar como aquele?

Ela fez uma pausa e esperei que ela continuasse. Quando ela não continuou, perguntei:

— Essa história se torna relevante em algum momento?

Ela me encarou.

— E aquele voo para casa... foi naquele voo que eu conheci o Nick.

Nick era seu marido havia dezesseis anos.

— Qual é a moral da história?

Ela agarrou meu antebraço e o sacudiu de leve.

— Você nunca sabe que porra vai acontecer nesta vida, tá?

# CAPÍTULO 56
# AMANDA

*2012*
*Bolton Landing*

O que me surpreendeu no sr. Riley — desculpa, *Richard* — foi o quanto ele era sincero. Eu não tinha muita experiência com sinceridade. Em nossos primeiros meses trabalhando juntos, tentei ler segunda e terceira intenções em tudo o que ele dizia, apenas para perceber que não havia. Se ele me convidasse para um café na manhã seguinte, eu imediatamente respondia: "Está tudo bem?" E, quando ele me olhava com curiosidade, eu dizia: "Os ensaios não estão indo bem o bastante?" Ele ria, colocava a mão em meu ombro e dizia: "Eu só queria te pagar um café."

Quando ele se ofereceu para me levar a uma peça da Broadway, resisti à vontade de perguntar se o que ele queria dizer era: *Vou te mostrar como os "atores de verdade" fazem as coisas*. Em vez disso, eu disse: "Sim, por favor" e fiquei ainda mais entusiasmada quando ele me contou que assistiríamos à peça que havia escolhido para nós na primavera: *Doze homens e uma sentença*. Fiquei aliviada porque Annie e eu nunca a tínhamos encenado. (Eu costumava comparar todos os papéis com minha lembrança da atuação de Annie. Era exaustivo — principalmente para os alunos.)

— Se importa se eu for a DJ? — perguntei, quando ele se sentou ao volante da minha van. Eu já estava abrindo o aplicativo do iTunes.

— Por favor, vai lá — respondeu ele. — Me ensine.

Rolei a tela do meu iPhone e senti a velha atração gravitacional em direção à minha mixtape "Carrossel da Liberdade", que ao longo dos anos eu havia recriado, primeiro em CD, depois em MP3, e agora em uma playlist. Algo nas músicas — naquela ordem — era pura magia. Eu me rendi, dei play e coloquei meu celular no porta-copos.

Como sempre, voltei no tempo para aquela noite de primavera, para 1998. Annie me resgatando do chão do banheiro de Tommy, depois nos levando para casa, as músicas que ela selecionou enchendo a cabine da picape do meu pai. Naquela noite, eu estava presa dentro da bolha difusa do excesso de álcool, mas ainda ouvia atentamente. Eu sabia que a terceira música era a que importava, porque conhecia Annie. E, quando aquela começou, a voz de Sarah McLachlan, sexy e suave como tinta fresca fez meu corpo formigar, a letra me arrepiando — pequenos choques elétricos. Quando a música terminou, recuperei a lucidez brevemente — foi uma luta — e disse: "É sobre nós." Eu queria que ela soubesse que não estava sozinha em seus sentimentos.

---

— Você se lembra de quando fez *Noite de reis*? — perguntou Richard, quando estávamos a uma hora da cidade.

Achei a pergunta estranha, pois era a peça que ele tinha me pedido para ajudá-lo a encenar, e também uma em que eu havia atuado, então não, não era algo que um dia eu esqueceria. Mas, quando ele tocou no assunto, senti aquela pontada familiar. Jamais entendi por que ele havia escolhido aquela peça, uma peça que eu culpava por criar uma rixa entre mim e Annie. A escolha nunca fez sentido — pensei que ele adorasse nos ver juntas no palco.

— Por que você fez aquilo?

Ele percebeu algo no meu tom de voz e me encarou.

— Fiz o quê? — perguntou, semicerrando os olhos, esticando as palavras.

— Escolheu essa peça — respondi. — Eu nunca entendi.

Ele pareceu atônito. Como se estivéssemos tendo duas conversas diferentes. E então, um segundo depois, um pensamento lhe ocorreu e sua expressão se suavizou.

— Ah — disse ele. — Você não sabia?

— Não sabia o quê?

— Que a Annie me pediu para escolher *Noite de reis*. Foi até minha sala uma tarde, convicta de que era a escolha certa.

Espera... *quê*? Testei a potencial veracidade da informação, comparei com o que eu sabia sobre Annie na época. Reação instintiva — era verdade. Comecei a responder algumas vezes, mas não conseguia produzir palavras. O que eu poderia dizer sobre o assunto? Admitir que não sabia, rir como se não fosse grande coisa? Ou talvez mentir para ele, dizer que eu sabia, que tinha simplesmente esquecido por um segundo? Nada parecia certo.

E enquanto eu gaguejava, essa revelação voltava rapidamente no tempo, um vírus ameaçando corromper todas as minhas memórias favoritas. Interrompê-lo era primordial. De repente, nada mais importava. Foi assim que, depressa demais, me flagrei perguntando:

— Você sabia que Cate Kay é a Annie? Quero dizer, a Annie, ela é a Cate Kay. A autora... a Annie escreveu aqueles livros.

O sr. Riley estendeu a outra mão para o volante e o apertou com força.

— Uau — falou. Ele olhou para a estrada por um momento. — A gente acabou de revelar um *bocado* de coisa.

Ele balançou a cabeça uma vez, rapidamente, e acrescentou outro "uau".

— É. — Foi tudo o que consegui dizer.

— Você não está preocupada que eu conte para alguém?

Será que eu estava preocupada? Procurei o sentimento dentro de mim, mas não o encontrei.

— Não — falei, por fim. — Quer dizer, o segredo não é meu.

— Então por que você guardou?

Ah. Estranho que jamais tenha me passado pela cabeça não o guardar para ela. Estávamos naquele lance juntas, ela e eu. Mesmo que não estivéssemos, ainda estávamos. O que só faz sentido para quem já teve um amigo capaz de olhar para você do outro lado da sala e te fazer rir.

— Porque eu amo ela — confessei, depois olhei para ele e mantivemos contato visual por um segundo. Aí dei de ombros, tipo: *Talvez isso me faça uma idiota, não me importo.*

Conversamos pela hora seguinte sobre tudo: como eu percebi que era ela, como me senti, como foram os anos após o acidente, como eu estava agora.

É uma sensação estranha romper antigas alianças e formar outras novas. A única palavra que consigo encontrar para isso é, ironicamente, *distópica*. A "eu" do ensino médio ficaria perplexa com a ordem social, as regras da futura sociedade em que eu me encontrava. Mas, como tudo na vida, a gente se impressiona com as coisas a que consegue se acostumar.

---

Algumas horas depois, no caminho de volta para casa, Richard estava ouvindo Bruce Springsteen e tentando cantar, mas tropeçando na maior parte da letra. (Cantar Springsteen não é para os fracos.) Meus olhos estavam fechados já fazia um tempo, mas eu não estava dormindo. Eu o estava ouvindo acertar uma a cada três palavras, e balbuciar as outras. Então, de repente, uma lembrança — como ele uma vez, quando Annie e eu estávamos no último ano, errou tão feio uma expressão idiomática que usamos aquela versão equivocada pelo restante do ano letivo. Desbloqueei a lembrança e entrei com Annie, sorrindo para a noite.

Quando ele me deixou em casa, pouco tempo depois, fui direto para a gaveta da cozinha, peguei uma folha de papel e escrevi o que eu sabia que seria minha última carta. Eu me esforcei ao máximo. Dei tudo de mim. Enquanto lambia o envelope, perguntava a mim mesma se Annie lia as cartas dos fãs ou se alguém fazia isso por ela. De todo modo, se o que eu tinha acabado de escrever não a trouxesse de volta para mim, nenhuma palavra jamais conseguiria.

## CAPÍTULO 57

# PATRICIA CALLAHAN

*2012*
*Bolton Landing*

Meu período mais longo de sobriedade durante a infância de Anne Marie foi de quase sete meses. Eu conseguia alguns dias aqui e ali, às vezes uma semana, mas não era capaz de manter o hábito. Então comecei a limpar quartos no Chateau com uma mulher chamada Christie. Ela estava na cidade para passar o verão. Christie bebia demais, como eu, e tinha uma filha pequena, também como eu. Além disso, queria mudar. Assim como eu.

Trabalhávamos juntas e prestávamos contas uma à outra até que Christie recebeu um telefonema dizendo que a mãe havia caído da escada e ela precisava voltar para casa. A casa dela era em Watertown, a três horas de distância.

Do dia 2 de junho, aniversário de Annie, até a véspera de Natal de 1988, nem uma gota de álcool passou pelos meus lábios. Anne Marie tinha 6 anos na época. As lembranças daqueles meses ficam em destaque na minha mente. Uma é mais nítida que as demais:

É do final do verão. Finalmente estou começando a fazer a faxina de primavera. Um pouco tarde demais, como tudo o que eu fazia naquela época. Mas estou fazendo, é o que importa. Limpo o armário. Não é grande, um varão curto para pendurar roupas, uma prateleira acima. Tem uma caixa de papelão lá no alto, enfiada num canto. Estou na ponta dos pés, as pontinhas dos dedos roçando o papelão, mas enfim arrasto a caixa e a desço.

Lá dentro estão minhas roupas velhas. A maioria do ensino médio. Algumas até mais antigas. Desdobro cada item e seguro diante de mim, relembrando. A última peça na caixa é uma camiseta branca macia. Estou a levantando — ah, minha camiseta do *Tom & Jerry*! Como eu amava aquela coisa. E pensar que tinha me esquecido completamente dela. Meu coração se aquece com a alegria de encontrar um item querido.

Ouço Anne Marie rindo da TV, na sala de estar. O som me faz sorrir. Há tanta coisa que deixei de notar em minha filha antes desses meses. Examino novamente minha camiseta velha, enfio a cabeça no vão da sala de estar, tentando avaliar se serviria nela. Um pouco grande demais. Mas tudo bem.

— Anne Marie — grito.

Ela desliga a TV imediatamente. Já notei que sempre que quero sua atenção, eu a tenho.

— Oi, mamãe.

— Tenho uma coisa especial para você — digo, andando em sua direção.

Ela está de costas para mim, e admiro sua cabecinha que mal alcança o encosto do sofá. Nesse momento estica o pescoço e me observa andar até ela. Sento-me na mesa de centro, de frente para ela. Anne Marie está balançando os pés, animada.

— Ok, querida, o que estou prestes a te dar é muito, muito especial.

Estou segurando a camiseta atrás das costas. Anne Marie finge espiar, mas sem muita convicção. É óbvio que, para ela, eu sou a estrela do show.

— Quando eu tinha sua idade, eu adorava, sério, adorava, adorava, adorava um desenho sobre um gato e um rato, chamado *Tom & Jerry*. Adorava tanto que até tinha uma camiseta bacana com os personagens. Era minha roupa favorita.

Exibo a camiseta e a ofereço para Anne Marie, segurando-a como um toureiro. Nós duas olhamos para a peça. Suas sobrancelhas estão arqueadas, os olhos arregalados, como se fosse a melhor coisa que já lhe aconteceu. Eu quero agarrá-la por isso. Uma pequena parte de mim estava preocupada que ela achasse a camiseta ridícula.

Logo continuo:

— Obviamente, não posso dar esta camiseta para qualquer um. Preciso dar para alguém que possa continuar o legado dela. Alguém que seja gentil, engraçado e inteligente. E adivinha?

— O quê? — pergunta Anne Marie, a voz cheia de esperança. Ela já está se permitindo acreditar que talvez seja esse alguém.

— É você — digo, confirmando suas suspeitas.

Ela joga os dois braços para o ar, e eu me inclino para a frente e a envolvo no abraço mais apertado e longo que consigo dar, soltando-a apenas quando sinto que está prestes a se afastar.

Nunca me permiti reviver completamente essa memória antes. Ela sempre esteve em evidência, mas isolada atrás de uma fita amarela de advertência. Sem dúvida, é a maneira do meu cérebro me proteger de me sentir como nesse momento, como se uma bomba de arrependimento tivesse explodido em mim e jamais fosse conseguir remover a mancha, não importava o quanto esfregasse.

# CAPÍTULO 58
# JAKE

*2013*
*Cabo*

Meu marido, Danny, era um desses bons samaritanos. Um alcoolista em recuperação que acredita na energia cármica do mundo e na obrigação que todos nós temos de tentar, da melhor forma possível, manter nossas contas equilibradas. Como nos apaixonamos é uma história para outro dia, mas estar com Danny significava que meus dias no armário haviam acabado e que eu estava do outro lado — bem, já vão tarde as porras dessas mentiras. Estar no armário pode te deixar com raiva. Sem nem saber o motivo, você age como se a humanidade fosse podre por dentro, porque, afinal, como um mundo que nega o amor poderia ser bom? E esqueça a empatia, isso é só algo que as pessoas discutem em programas de entrevistas vespertinos.

Passamos nossa lua de mel em Cabo. No meio daquela semana, estávamos sentados lado a lado em espreguiçadeiras. Ele tomando um chá de ervas e eu, um café preto com creme. O mais louco daquele dia é que eu já estava pensando em Sidney Collins, o que nunca era uma memória bem-vinda ou agradável. Mas, sempre que um restaurante ou cafeteria tinha um tipo específico de cremeira — porcelana branca com detalhes em prata —, eu me lembrava daquela entrevista de anos antes, com Sidney, no Blue Star.

Eu estava com medo de ter de contar a Danny o que tinha feito. Mas sabia que era necessário.

O *New York Times* estava dobrado debaixo do meu braço, e me inclinei para trás e o abri na minha frente, uma daquelas pequenas alegrias que eu passara a perceber e valorizar graças a Danny. Bem ali, bem no meio da seção de Artes, estava a manchete: *O derradeiro fim* CHEGA À BROADWAY — FINALMENTE. Cada dia que eu não contasse a Danny era um dia que eu teria de explicar por que havia demorado tanto. Nossa lua de mel, pelo menos, era bem no começo da linha do tempo do "até que a morte nos separe".

Li a matéria que acompanhava a manchete e descobri que *O derradeiro fim* estrearia na Broadway no ano seguinte, sete anos após a publicação do livro original e após muitos atrasos, porque nenhum diretor estava disposto a comprometer sua visão de como seria o Núcleo. Criar a ilusão de terras baixas e barcos a remo em uma Nova York pós-apocalíptica era, aparentemente, sempre mais caro que nem mesmo os burocratas mais astutos conseguiam bancar. Mas, de acordo com o artigo, finalmente tinham encontrado um produtor disposto a pagar a conta e estimava-se que seria a peça da Broadway mais cara da história. Ninguém havia sido contratado por enquanto, mas dizia-se que a sempre esquiva Cate Kay — de sua caverna na natureza, de seu galpão no topo de uma montanha ou de seu posto avançado nas estrelas — dera sua bênção à adaptação para os palcos.

Li a reportagem duas vezes. Depois, uma terceira. Por fim, dobrei o jornal ao meio uma vez, depois outra e o coloquei no colo. Minhas pernas estavam estendidas à frente e cruzadas na altura dos tornozelos. Danny estava à minha direita, olhando para o celular. Eu o havia ensinado direitinho: o dia só podia começar quando as palavras cruzadas terminassem. Ele sentiu minha atenção e ergueu o olhar, perguntando:

— Estamos prontos para o dia?

— Quase — respondi. — Só uma coisinha primeiro... você tem um minuto?

Ele jogou o celular na cadeira e disse:

— Tenho todos os minutos para você. Pode falar.

Seu cabelo estava cortado rente por igual, porque ele estava inseguro com as entradas e tinha um tique de passar a mão na cabeça, como se estivesse se certificando de que tudo ainda estava lá, o que fazia naquele exato momento.

— Sei que provavelmente não é o momento perfeito para te contar — comecei. — Mas o assunto apareceu duas vezes para mim hoje, e sabe como você vive dizendo "o poder do agora"?

— Bom, sei — interrompeu ele —, mas tecnicamente é o título de um livro, não um ditado meu.

O homem não queria plagiar nem durante uma conversa interpessoal, era esse o nível de integridade com o qual eu estava lidando, e me dar conta desse detalhe não fez com que me sentisse melhor sobre o que estava prestes a dizer. Estendi a mão, peguei meu café e tomei um gole.

— Tá bom, então — prossegui, soltando um suspiro longo no "então", como uma forma de indicar que iria me aprofundar no assunto. — Fiz uma coisa há alguns anos. Eu não estava em um bom momento na época, o que não é desculpa, só estou contando para contextualizar. E eu aceitei uma oferta que surgiu para fazer algo que não era ilegal, nada disso, mas certamente não era o que se poderia considerar *moral*. A coisa ainda me assombra um pouco e, bom, eu queria que você soubesse, acho que porque somos... — hesitei por um breve momento.

— Casados — emendou ele, antes que eu pudesse terminar.

— Casados é o que eu ia dizer.

Lancei a ele um olhar como se pedisse: *Paciência, por favor.* Essa microinteração me distraiu, mas apenas por um segundo, do lance muito maior que eu estava tentando contar.

— Obrigado por compartilhar — agradeceu ele lentamente. — Mas foi incrivelmente vago. Vamos fingir que é uma apresentação rápida de vendas, ou a legenda de uma foto, e seu trabalho é transmitir o máximo de informação possível com o mínimo de palavras possível.

Eu o amava muito.

— Tá — concordei, então respirei fundo algumas vezes, como se eu fosse um levantador de peso me preparando para uma tentativa de recorde mundial. — Há sete anos, uma mulher chamada Sidney Collins me ligou e pediu que eu desse um telefonema semiameaçador que acredito ter sido para a verdadeira Cate Kay, então essa Sidney Collins me pagou um monte de dinheiro para nunca mais publicar nada sobre Cate Kay. A coisa toda foi... é, suspeita.

Depois de um longo momento, ele se recostou e esbofeteou o ar com as mãos, como se algo terrível o estivesse atacando. (Ele tinha se formado em teatro na Universidade da Virgínia.)

— Tão ruim assim? — falei, o que era, claro, retórico. Eu sabia que era *tão ruim assim*, senão não teria me assombrado aquele tempo todo.

— Jake, que caralho? Mas que caralho foi isso?

— Por favor, e digo com sinceridade, você pode ser mais eloquente para eu conseguir saber o que você realmente está pensando e se eu preciso fazer alguma coisa?

Ele olhou concentrado para o chá, tomou um gole, então encontrou meus olhos e ergueu as sobrancelhas enquanto inalava. Mais tarde naquela noite, lavaríamos a roupa suja de como aquilo afetaria nosso relacionamento, mas naquele momento ele queria ação — da minha parte.

— O que você disse a ela, à Cate Kay?

O homem era detalhista. Não eram memórias que eu necessariamente queria investigar, mas a única saída era passar por elas.

— Eu disse que sabia que seu anonimato era porque estava envolvida em uma morte na cidade natal dela — revelei. — Foram as palavras exatas: "Morte na sua cidade natal."

— E era verdade?

— Bom, ela desligou o telefone — argumentei. — Evidentemente, alguma coisa naquilo era real.

Ele inclinou a cabeça, que era o que fazia quando eu o tentava convencer de alguma merda.

— Não sei se era verdade — admiti. — Parte do combinado era assinar um acordo de confidencialidade e abandonar a história.

— Você vai ligar para Sidney Collins e dizer para ela consertar as coisas, ou então vai quebrar seu acordo de confidencialidade e tornar tudo público.

— Impossível.

— Liga para ela. — Ele olhou para o meu iPhone, que estava na mesa, ao lado do meu café. — Liga e diz que, se ela não consertar as coisas, você vai escrever uma reportagem sobre tudo. E depois disso, vamos escrever uma carta de desculpas para Cate Kay.

— E se essa advogada poderosa ameaçar me processar?

Ele pressionou dramaticamente as mãos nas pernas e tentou se levantar, mas eu me estiquei e toquei seu braço, empurrando-o com delicadeza para baixo.

— Tudo bem — concedi. — Tudo bem. Só me dá um minuto.

Era fim da manhã em Nova York. Sidney Collins atendeu ao primeiro toque.

## CAPÍTULO 59

# SIDNEY

*2013*
*Nova York*

Eu fui casada duas vezes desde meu relacionamento com Cass. A primeira — um caso relâmpago com Astrid, minha instrutora da SoulCycle. Essa foi notícia na Page Six, porque ela havia sido casada com um promissor produtor da Broadway. Ele plantou algumas coisas, tentando me pintar como uma mulherenga notória. Total tiro pela culatra — eu me senti lisonjeada, isso sim. Mas Astrid e eu só duramos um ano. Eu estava sob efeito das endorfinas da SoulCycle, focada em esquecer Cass. Não era uma base sólida para uma parceria de longo prazo.

Mas meu segundo casamento, esse sim foi verdadeiro. Helene. Ela trabalhava com política. Chefe de gabinete do prefeito. Estávamos em pé de igualdade — sem dinâmicas de poder bizarras —, um relacionamento saudável. Em forte contraste com o que eu tinha vivido com Cass. Cass havia me usado. E, como eu não podia ter seu amor, forçara uma dependência. Sexo ótimo, mas essencialmente disfuncional. Contei a Helene sobre as coisas que fiz naquela relação, culminando na manobra com Jake Fischer para afastar Cass de Ryan. Helene entendeu. Ela não estava acima dessas táticas — ninguém bem-sucedido na política está. Nós duas tínhamos sujado as mãos ao longo dos anos e provavelmente voltaríamos a sujar, mas também fazíamos doações mensalmente para seis organizações sem fins lucrativos diferentes e participávamos do conselho de outras três, a moralidade é um ecossistema delicado.

Recebi a ligação de Jake Fischer no final de uma manhã de segunda-feira. Eu havia saído para uma agradável corrida longa antes do trabalho, a melhor em anos, e estava sentada em meu escritório grande e cheio de janelas, admirando a vista deslumbrante de Nova York, pensando em como eu tinha tudo. O emprego, o apartamento — elevador abrindo direto em nossa sala de estar — e, o mais importante, a mulher — enfim. Então meu celular tocou e vi o nome de Jake. Em qualquer outro dia, teria ignorado a ligação e lhe enviado uma notificação extrajudicial por violação do acordo de confidencialidade. Era para ele ter deletado meu número. Mas, para a sorte de Jake, eu estava me sentindo generosa. Atendi no terceiro toque.*

— Sr. Fischer — falei à guisa de oi.

Ele me disse que queria se redimir. Suas palavras exatas foram "corrigindo erros do passado", e eu estava curiosa — o repórter *bad boy*, emendando seu histórico conturbado. A que devíamos essa reviravolta? Ele disse que escreveria uma carta para Cass Ford ("Cate Kay") e que queria que eu entregasse a ela, para "explicar" o que havia acontecido tantos anos antes. Jake foi inteligente o suficiente para não me ameaçar com uma reportagem, mas eu sabia que ele estava bem na *Vanity Fair*; acompanhava de perto sua carreira.

A verdade era: estava na hora. Hora de abrir mão de Cate Kay, devolvê-la para Cass. Eu tinha sido uma guardiã fiel, sempre fiz o que era certo para ela — protegi todos os bens, criei uma gigante. Mesmo depois que ela se foi, administrei o negócio como se fosse

---

* Nota da Cate: Sidney atendeu no primeiro toque (como Jake diz) ou no terceiro toque (como ela diz)? Por um lado, a resposta é totalmente trivial; por outro, é vital para entender cada um e como eles se enxergam.

meu. E agora a trilogia estava concluída — os filmes, feitos — e meu trabalho, terminado.

Imaginei Cass no primeiro dia que nos conhecemos, naquela sala de aula. Como éramos jovens e atrevidas, como estávamos famintas — tudo era perdoável, tudo. Como um gesto de boa vontade, incluí nas pastas um bilhete meu, explicando o que havia acontecido em Los Angeles.

# CAPÍTULO 60

# CASS

*Abril de 2013*
*Charleston*

Meu café preferido ficava a cerca de oitocentos metros de casa, e eu caminhava até lá quase todas as manhãs. Não porque o café era bom, mas porque, sem isso, talvez eu não visse vivalma durante o dia. Tínhamos uma afinidade, eu e um dos baristas, e compartilho isso porque, sempre que me conectava com alguém, começava a imaginar como seria lhe contar que eu era a autora da famosa trilogia. O que a pessoa pensaria de mim?

Para o mundo exterior, eu era apenas uma mulher comum, morando em uma casa comum, em Charleston, que trabalhava como representante remota de atendimento ao cliente para a Delta Airlines. Era o trabalho de faz de conta ideal — quem poderia provar que eu *não* era uma agente remota da companhia aérea? O que eu estava vivendo era uma vida mundana e falsa, o tipo de vida que eu temia quando criança, quando peguei a doença de querer devorar o mundo.

— Olha, chegou cedo — disse meu barista, quando abri a porta.

A campainha tocou. O que eu mais gostava no garoto era que, mesmo fazendo faculdade, ele era madrugador, o que me dava uma profunda e duradoura sensação de que o futuro estava em boas mãos. Ele lembrava Amanda — ela também adorava as manhãs e tinha a mesma energia despreocupada. Seu cabelo desgrenhado estava sempre nos olhos, e ele fazia um pequeno movimento com a cabeça para tirá-lo da vista enquanto vaporizava o leite.

— Sou a primeira a passar pela porta? — perguntei.

Ele negou com a cabeça em resposta, e então acenou com a cabeça em direção a uma mesa de canto, nos fundos. Foi quando vi: a capa de O *derradeiro fim*. Uma mulher estava sentada, olhando para o celular, com meu livro fechado ao seu lado. Para um autor, a capa do próprio livro é inconfundível. Conseguimos identificar nosso livro apenas vislumbrando um cantinho, mesmo quando estamos a milhões de quilômetros de distância. Mas aquela é reconhecível por todos, em todos os lugares. O design meio preto, meio bege com a placa de metrô CITY HALL em ruínas. Quando vi o projeto da capa pela primeira vez, pensei naquela cerveja que é meio stout, meio *ale*, e ainda imagino essa bebida toda vez que a vejo. Minha mãe a pediu vezes demais.

— Você consegue ver o que ela está lendo? — perguntei, dando um passo em sua direção enquanto olhava para trás.

*Será que ele conhecia meu livro?* Diante da oportunidade de descobrir, não resisti.

— Parece o primeiro O *derradeiro fim*. — Sua voz transmitia tanta familiaridade que tentei absorvê-la e deixar que a sensação me satisfizesse. — A misteriosa Cate Kay — acrescentou, distraído, enquanto tirava uma dose de *espresso*. Então olhou para mim. — O de sempre?

Assenti. Tentei desviar os pensamentos da mulher no canto de trás, do meu livro sobre a mesa como um farol, uma oportunidade. Cem vezes, se não mais, eu já estivera na presença de um exemplar de um dos meus livros. Muitas delas, em cafés ou no metrô. Uma vez em um jogo do Kansas Jayhawks,* onde vi uma pré-adolescente de óculos grossos lendo um exemplar. Ela nitidamente havia sido arrastada para o jogo como um passeio em família.

---

* **Nota da Cate:** Eu queria conhecer a cidade natal de Ryan, para encontrar a casa de James Naismith, conhecer seu mundo. Uma autoindulgência para corações partidos. Recomendo muito.

Em todas as ocasiões em que estivera diante de meu livro assim, no mundo, jamais me senti atraída por ele. Esporadicamente, quando estava procrastinando a escrita, eu olhava para a capa de uma revista que havia emoldurado, aquela com a manchete QUEM É CATE KAY? acima dos nove quadrados como na abertura de *A família sol, lá, si, dó,* cada um preenchido com uma representação diferente de como eu poderia ser. Sempre achei que a do canto inferior direito era a que mais se parecia comigo: cabelo castanho, maçãs do rosto marcantes.

Às vezes, como uma criança encostando o nariz no vidro, eu vivia dentro da vida do meu alter ego por dias inteiros: reassistia aos filmes e relia todas as revistas de fofocas e os perfis exaustivos tentando descobrir minha identidade.

Que vida eu não estava vivendo!

Já imaginara o parágrafo inicial de um perfil real meu, inclusive os detalhes que um repórter poderia notar. Algo como:

> *A caneca de chá de hortelã repousa sobre a mesa de Cate Kay. Sim, aquela Cate Kay. Ela está sentada em sua cadeira Herman Miller verde limão e me mostra seu estúdio — um "galpão" (palavra dela) pequeno e bem-equipado no quintal de sua modesta casa, em Charleston. O cômodo é o único lugar no mundo onde a mulher à minha frente e a figura mitológica que se tornou "Cate Kay" se tornam uma só.*

Como um exercício relaxante, uma espécie de catarse, eu me imaginava através dos olhos de outra pessoa. Fui por vezes bajuladora, por vezes brutal ("suas maçãs do rosto traçam uma linha cruel", escrevi certa vez em um perfil fictício). Melhor tirar esses pensamentos afiados da minha cabeça. Muitas vezes me perguntei se eu era mais dura comigo mesma do que os outros seriam.

Encostei-me na parede enquanto o barista moía grãos de café. Puxei o meu celular do bolso de trás, abri o aplicativo Notas e digitei algumas frases que queria lembrar mais tarde. Meu quarto livro finalmente tinha engatado. Então meu *latte* ficou pronto no balcão. Paguei e me virei para ir embora.

— Até a próxima — despediu-se o barista, e fui tomada pela ideia de que talvez ele não soubesse meu nome.

Será que eu nunca o dissera ou ele não o considerava importante o suficiente para lembrar? Atrás de mim, pairava o exemplar do meu livro. Desviei-me da porta, indo em direção à mulher.

Ela estava usando calça de ioga e tênis, e vagamente desejei um cenário menos clichê para o que eu estava prestes a fazer. Ao me aproximar, a mulher registrou minha presença e olhou para cima, sua expressão calorosa e franca, mas também um pouco perplexa, e eu coloquei minha mão na capa do livro e me ouvi dizendo:

— É o meu livro.

Ela parecia confusa, olhando de mim para o livro e processando um milhão de outras variáveis. Talvez eu quisesse dizer que o livro era um item perdido meu.

Ela abriu a boca e conseguiu dizer:

— É... muito prazer?

Um pequeno passo em direção ao meu futuro, só isso.

— Espero que goste — falei, e então o pequeno e pitoresco sino da loja anunciou minha saída.

É uma loucura que naquele mesmo dia, quando voltei para casa, o pacote da FedEx estivesse me esperando na varanda.

# CAPÍTULO 61

# CASS

*Abril de 2013*
*Charleston*

Levei a caixa — bem pesada, aliás — para meu estúdio no quintal e a coloquei sobre a mesa. Com uma tesoura, cortei a fita, dobrando as abas de papelão, revelando uma pilha de fichários azuis. Por cima, havia um bilhete escrito à mão. Era claramente de Sidney. Eu reconheceria sua caligrafia em qualquer lugar: minúsculas letras de forma inclinadas. Nada graciosas. Encontrei um segundo bilhete embaixo dos fichários. Quem escrevera, a princípio, era um mistério para mim. Peguei a carta de Sidney para tirá-la do caminho. Eu não tinha notícias diretas dela havia seis anos — toda a correspondência comercial era feita por sua assistente — e a verdade era que não pensava muito nela.

Eu estava fazendo uma leitura dinâmica, em diagonal, em busca de palavras-chave, tentando descobrir qual era o objetivo daquilo. Ela estava explicando os fichários, o que continham, a documentação, informações bancárias, cartas de fãs, caixa postal, correspondência importante. Tudo bem organizado, eficiente; marca registrada de Sidney.

Eu estava ansiosa para saber por que — por que ela estava me encaminhando toda a correspondência de Cate Kay. Conhecendo

Sidney, ela provavelmente não me daria a satisfação de uma explicação. Então, finalmente, o último parágrafo:

*Cass, sei que nos revezamos em magoar uma à outra — lamento por isso. Algumas coisas foram inconsequentes, outras, não. Quando você estava em Los Angeles, fui eu que pedi para o repórter te ligar. O nome dele era Jake Fischer — ele escreveu um bilhete que incluí aqui. Eu estava magoada, com raiva, com ciúme. A Ryan não teve nada a ver com isso.*

*Fique bem. Vou sempre me lembrar de você — com carinho. Beijos, Sidney*

*Jake Fischer.* O nome não me soava familiar. Rapidamente, dei uma olhada no bilhete do cara. Ele não era ninguém para mim — apenas um instrumento de Sidney. Eu o perdoei de imediato, um pequeno pagamento pela minha gigantesca dívida cósmica. E sustentar raiva de Sidney era algo que eu simplesmente era incapaz de fazer. A razão pela qual eu não conseguia me enfurecer com ela era que tinha pena. Certa vez, ouvi uma história — uma parábola, sem dúvida — sobre como os peixes equilibram seus relacionamentos e ambiente alternando qual peixe persegue, qual peixe é perseguido. Só conseguia imaginar Sidney, que não entende esse equilíbrio delicado, que só persegue e que, por onde passa, cria um turbilhão com sua obsessividade. Já é castigo suficiente ser ela. Além disso, sinceramente, a maior parte do meu poder intelectual estava sendo gasto evocando memórias de Los Angeles, reconstruindo aquela última noite com Ryan. Fechei os olhos com força e repassei aqueles minutos finais, Ryan paralisada na calçada enquanto eu embarcava no Escalade, a confusão em seus olhos, aparentemente cem por cento autêntica.

O que eu havia feito?

Recostei-me na cadeira e tentei me lembrar da sequência de eventos, todos aqueles anos antes. Conseguia ver nesse momento o papel de Jake Fischer, com Sidney mexendo os pauzinhos em Nova York, mas nem tudo se encaixava. E os fotógrafos na frente do restaurante? E Ryan, mais tarde naquela noite, com outra mulher — nenhuma das duas coisas era obra de Sidney. Mas, ainda assim, será que não era uma justificativa para ligar para ela? *Ei, acabei de descobrir um lance que talvez mude como você se sente. Se não, tudo bem.* Pelo menos, poderia dizer que li a entrevista para a *Vanity Fair*. Ela não precisava saber quantas vezes.

Então, antes que eu pudesse impedir, meu cérebro começou a colocar o carro na frente dos bois e eu estava me deixando levar por cenários distantes, por exemplo, se deveria vender minha casa em Charleston e me mudar para Los Angeles, só por precaução — uma questão que passei um minuto inteiro ponderando antes de perceber o absurdo. Balancei a cabeça, dizendo a mim mesma para ir mais devagar. Uma coisa de cada vez.

Primeiro, os fichários azuis. Passei uma hora com eles. Dois itens se destacaram: o bilhete da minha agente, Melody Huber, que me incentivava a escrever um livro de memórias. (Quem sabe um dia.) Porém o mais emocionante foi a informação da caixa postal para as cartas de fãs de Cate Kay/O *derradeiro fim*. Como é que nunca pensei em perguntar sobre a correspondência dos fãs? Imaginei as sacolas de cartas, as *fanfics*, as artes. Por quase uma década, eu tinha sobrevivido de comentários em fóruns de mensagens. Nesse momento imaginava sentir o papel entre os dedos, sorrir para uma linha riscada ou uma palavra com erro de ortografia — tamanha intimidade com os leitores.

A caixa de correio ficava em Nova York. Eu dirigiria até lá no dia seguinte... uma viagem de carro. Viagens de carro sempre me faziam lembrar de Amanda.

Uma coisa decidida. Recostei-me na cadeira, olhando para o celular na mesa: devo, não devo?

Eu havia apagado o número de Ryan dois anos antes — na manhã seguinte após vê-la filmar a cena final de O *derradeiro fim*. O da Janie, porém, eu ainda tinha. Peguei meu telefone, fui até Contatos e selecionei o dela. Fiquei olhando para os dígitos até que se embaralharam e minha mente se esvaziou. Depois de alguns minutos, me recompus e olhei para a hora, observei que mudava de 11h10 para 11h11.

*Anda*, disse a mim mesma, e liguei para Janie Johnson.

# CAPÍTULO 62
# RYAN

*Abril de 2013*
*Los Angeles*

Voos de longa duração haviam se tornado sagrados para mim. Sem telefone, sem internet. Moletom com capuz, fones de ouvido. Um nível de anonimato e silêncio raramente concedido a mim em espaços públicos. Mas aquele voo de volta da Austrália parecia interminável. Eu usava o banheiro a cada hora, só para matar alguns minutos. E, quando o avião finalmente pousou em Los Angeles, eu estava delirante. A claridade parecia uma grosseria.

Normalmente eu teria um motorista, mas Janie tinha mandado uma mensagem dizendo que iria me buscar. Ela estava esperando na calçada em seu Range Rover. Aquele carro nunca lhe caíra bem. Eu a via como um Volvo: confiável, seguro, algum apelo visual. Coloquei a bagagem no porta-malas e me sentei no banco da frente.

— Cama, por favor — falei, fechando os olhos e inclinando a cabeça para trás.

Janie era boa em empatia, e eu ansiava por um pouco. Tinha acabado de terminar três meses de filmagens noturnas nos arredores de Perth. Mais um caso fracassado com uma colega de elenco enrustida. Eu precisava do toque carinhoso de Janie. Mas ela estava em silêncio. E por que não estávamos nos movendo?

Depois de alguns segundos, abri os olhos e a encarei. Ela estava ligeiramente virada para mim.

— Ryan — começou ela. — Tenho uma coisa para te contar.

Eu estava curvada. Sentei-me mais ereta.

— Você está me assustando.

— Não, não é ruim — tranquilizou ela. — Não acho que seja ruim.

— O que é?

Ela procurou meus olhos, transmitindo algo. Talvez me preparando.

— A Cass me ligou — disse ela. — Explicou o que aconteceu.

— A Cass te ligou — repeti.

— Sim, faz duas semanas — confirmou ela. — Disse que tinha acabado de receber uma informação sobre aquela última noite em Los Angeles, que isso mudou tudo e queria que eu te contasse... se eu achasse que você fosse se importar. E eu acho que ia. Importar para você, quero dizer.

Balancei a cabeça rapidamente. Uma coisa de cada vez.

— Duas semanas atrás?! — Aquilo era algo que eu gostaria de ouvir, de preferência um segundo depois de acontecer.

E Janie sabia disso.

— Eu não te contei porque o que você poderia ter feito? Estava nos últimos dias de filmagem, depois ia ter um voo longo para casa, não fazia sentido.

Não era algo que valesse a pena discutir, dadas todas as outras informações deliciosas no cardápio.

— O que ela disse sobre Los Angeles?

— A Cass disse, bom, a conclusão foi que ela estava errada em ir embora daquele jeito, que havia acreditado que uma coisa tinha acontecido, mas acabou de descobrir a verdade.

— Tá — falei. Encostei-me à porta e olhei pela janela. Cass. Meu fantasma. Ela assombrava todos os meus relacionamentos.

Ninguém me fazia sentir como ela. O que havia para pensar? — Então, qual é minha jogada? — perguntei, batendo uma das mãos na outra.

Janie sorriu para mim.

— Bem, eu disse para ela que você estava na Austrália e que te contaria tudo quando chegasse em casa. Por que você não liga para Cass e conversa com ela?

Olhei para Janie como se ela tivesse enlouquecido. Imaginei ligar para Cass, senti a intimidade. As pausas, paradas e recomeços. Eu tinha perdido a prática com o constrangimento. Ser atriz de cinema realmente mexe com suas habilidades humanas.

— Tá, vamos bolar outras ideias — sugeri.

— Ou — começou Janie — você poderia pegar um avião. Um gesto grandioso.

Dei a ela aquele olhar que dizia: *Elabore*. Eu me arrependera de não ter tomado uma atitude mais ousada todos aqueles anos antes, confiando em algo tão delicado quanto um bilhete escrito à mão.

— Bem, nós conversamos algumas vezes — revelou Janie. — Ela me disse onde estaria. "Por via das dúvidas", segundo ela.

Arqueei as sobrancelhas.

— Por via das dúvidas?

— Sim, "por via das dúvidas".

## CAPÍTULO 63

# CASS

*Abril de 2013*
*Nova Jersey*

Passei a viagem para o norte imaginando sacos de lona cheios de correspondência dos fãs, repletos de cartas de leitores. Tantas sacolas, na verdade, que, depois de colocá-las no carro, eu não conseguiria enxergar pelo para-brisa traseiro. O que imaginei foi uma quantidade perigosa de correspondência dos fãs.

Minha primeira parada foi na filial que abrigava a caixa postal de Cate Kay. O chefe dos correios me disse que toda a correspondência não reivindicada era enviada para o depósito, do outro lado do rio, e não pareceu otimista quanto às minhas chances. Eu lhe disse que entendia, mas que ficava satisfeita de ver o que tinham, e ele me entregou um cartão com o endereço.

Uma hora depois, ao entrar pela porta da frente do depósito e ver a vastidão do espaço, que parecia capaz de abrigar uma frota de aviões jumbo, percebi que o que eu precisava era na verdade de um milagre.

— Posso ajudar? — disse uma voz atrás de mim.

Dei meia-volta e me deparei com uma mulher mais velha de voz rouca, que parecia sobreviver de cigarros.

— Sim, oi — respondi. — Tenho uma caixa postal desde 2006, mais ou menos, e me disseram que é possível que a correspondência não coletada ao longo dos anos esteja armazenada aqui?

Ela riu — novamente, não me tranquilizou em nada — e disse:

— Então você está procurando o escritório administrativo, querida? — O "querida" foi um toque especial. — Está vendo aquela placa grande? — Segui a direção de sua mão ossuda. — Você vai encontrar a sala logo abaixo daquela placa ali — explicou. — E não se esqueça de pedir para falar com o Carl. Se alguém sabe da sua correspondência, é ele.

---

Carl, meu camarada, usava um boné telado da John Deere, que parecia um tamanho menor do que deveria — ele não o usava, exatamente, e sim o trazia equilibrado na cabeça. Eu sabia que era ele por causa do crachá e da improbabilidade de outro Carl trabalhar em uma sala do tamanho de uma câmara frigorífica.

— Olá, mocinha — cumprimentou ele sem erguer o olhar, digitando em um computador bege que devia ser um dos primeiros modelos da IBM.

— Oi — respondi e esperei.

Na remota chance de que a correspondência de Cate Kay ainda existisse em algum lugar dentro daquele prédio, eu sabia que só a encontraria se Carl decidisse me ajudar. Ele ficou mais alguns minutos catando milho naquele computador, depois apertou uma tecla com um último floreio e me encarou com o rosto estreito e os olhos vivazes.

— Sua vez — disse ele.

Eu me aproximei, coloquei o cotovelo no balcão e disse, com a minha melhor voz de espiã:

— Tenho uma missão para você.

Felizmente, isso o fez sorrir.

— Minha vida é uma série de missões — respondeu, o que me pareceu uma astuta filosofia de homem comum.

— Então — continuei, inclinando-me com um ar conspiratório —, em algum lugar deste prédio enorme, tem umas sacolas abarrotadas de correspondência de uma caixa postal, e estou desesperada para encontrar.

Ele já estava digitando no computador novamente, com os olhos baixos, quando disse:

— Nós vamos conseguir. Qual é o nome na caixa?

(Adorei o "nós", senti que éramos companheiros de equipe.)

Pouco antes de responder, tive um insight em que me perguntei como ele reagiria, mas, então, continuei:

— Cate Kay.

— Cate Kay — repetiu ele, enquanto digitava, depois diminuiu o ritmo e olhou para mim. — Cate Kay, você disse? De *O derradeiro fim*?

— Isso mesmo — respondi, e estaria mentindo se dissesse que não estava feliz por Carl, funcionário dos correios, com seu boné telado da John Deere, conhecer a mim e meus livros.

Ele olhou para mim.

— E você é a Cate Kay — constatou.

Ele, tipo, olhou para mim de verdade, e juro que meus olhos ficaram marejados de lágrimas, a visão de Carl ficou turva e minha garganta fechou por um segundo.

— Sim, eu sou a Cate Kay — admiti.

E ele abriu um sorriso largo como se o universo tivesse acabado de impressioná-lo.

— Caramba, macacos me mordam!

## CAPÍTULO 64

# CARL KOSAKOWSKI

*2013*
*Nova Jersey*

Minha esposa se chamava Charlene. Ela morreu de câncer de mama no ano em que o último livro da trilogia *O derradeiro fim* foi lançado. Eu o li para ela. Era grato pela existência daquele livro, porque ela ansiava por ele todos os dias — uma das únicas coisas que a deixavam animada na época. Tínhamos sido namoradinhos de infância, Charlene e eu. Numa cidadezinha em Nova Jersey. Sim, isso existe. Sempre tive receio de que ela se arrependesse de ter se casado comigo, mas nunca me arrependi de ter me casado com ela, nem por um segundo. Meus gostos eram simples. Almoçava a mesma coisa — mortadela e picles no pão de centeio — havia quarenta anos. Mas ela era aventureira, sempre queria experimentar coisas novas. Eu não sabia como mudar para fazê-la mais feliz.

Mas eu a amava muito e espero ter demonstrado. Nossos últimos anos juntos foram bons, cada vez melhores. Depois, o câncer. Pedi uma licença e jamais saí do seu lado, nem queria. Eu era constante e leal. Talvez não fossem qualidades que ela desejasse quando jovem, mas foram boas no final.

O terceiro livro de *O derradeiro fim* foi o único que li. Charlene era a pessoa que gostava de livros na família. Ela lia toda noite até ficar doente, quando passei a ler para ela. Levei três semanas para ler aquele livro em voz alta e, ao terminar a última página, eu o fechei e coloquei no colo. Eu não queria que acabasse. A finitude me assustava. Evitei finais de qualquer tipo durante aqueles meses. Ainda não gosto muito deles.

Naquela noite, olhei com ternura para Charlene, levei sua mão aos lábios e a beijei, depois a coloquei delicadamente de volta ao seu lado. Eu via que ela estava pensando. Era fácil de reconhecer. Um olhar distante, um leve semicerrar de olhos. Sempre que eu notava esse olhar, perguntava: "O que está rolando nessa cabecinha, hein?", o que a encantava quando éramos jovens, mas menos à medida que envelhecíamos. Ela gostava de guardar algumas coisas para si. Éramos diferentes nesse sentido. Eu não me importava que ela soubesse tudo que eu pensava.

Naquela noite, eu me impedi de perguntar como ela estava. Deixe-a em paz, disse a mim mesmo. Mas, um minuto ou dois depois, ela comentou, não exatamente para mim, mas em voz alta:

— Acho que a pessoa que escreveu esses livros é jovem... é como se ela estivesse tentando descobrir algo sobre o mundo.

— É? — falei, porque eu, com certeza, não tinha mais nada a dizer.

— Essas personagens principais, Samantha e Persephone me lembram de como eu era quando jovem. Querem tanto do mundo. Parece que ainda não aprenderam a lição mais importante.

Meus ouvidos se aguçaram. Ah, caramba. Será que eu queria saber? Sim — eu queria saber tudo o que Charlene pensava sobre a vida ou qualquer outra coisa.

— E qual é essa lição, meu amor?

— O truque da vida — respondeu ela. Em seguida, teve um acesso de tosse. Eu lhe ofereci o copo de água ao lado da cama, mas ela me dispensou com um gesto, continuando: — O truque da vida, agora eu vejo, é tornar bonito o que está ao seu redor. E seguir a partir daí. Levei muito tempo para perceber isso.

Recostei-me. Eu tinha tanta, mas tanta esperança de que ela quisesse dizer que, mesmo que nosso amor não tivesse sido perfeito, havia sido bonito à própria maneira. Coisas quebradas são bonitas. Mais bonitas no fim do que coisas perfeitas, que em geral são uma ilusão de algum tipo. Eu esperava ter dado a ela uma vida bonita.

Lentamente, ela virou a cabeça e encontrou meus olhos. Não sei o que ela estava pensando naquele momento, mas estendeu a mão e segurou a minha sem soltar, e foi o suficiente para mim.

Ela morreu algumas semanas depois.

Naquele inverno, fui transferido para o depósito e encarregado das caixas postais. Quando vi Cate Kay/O *derradeiro fim* na minha lista, interpretei como um sinal de Charlene. Acho que até olhei para cima e balancei a cabeça.

Então, quando aquela jovem impressionante chegou perguntando pela caixa postal, eu soube. Assim que ela entrou no meu pequeno escritório, lembrei-me da Charlene, que também vivia impaciente pelo que viria a seguir. Eu simplesmente soube, com profunda certeza, que ela era a jovem que minha esposa havia previsto, esforçando-se muito para descobrir algo sobre o mundo.

## CAPÍTULO 65

# CASS

*Abril de 2013*
*Nova York*

Naquela noite, me acomodei em uma suíte de quatro cômodos no Mandarin Oriental, com vista para o Central Park. Um gasto extravagante para o que eu torcia ser uma noite extravagante. O manobrista entregou meus muitos malotes de correspondência. Dei a ele uma gorjeta de cem dólares, estendendo a nota entre nós e fazendo contato visual. Implorei silenciosamente que ele entendesse que eu não era uma daquelas velhas pessoas ricas de sempre, eu era pé no chão. Então me perguntei se essa era a história que todas as pessoas ricas contavam a si mesmas. Assim que a porta se fechou atrás dele, empurrei a mesa de centro para o lado e despejei as cartas no carpete, um malote após o outro.

Sentei-me no sofá, com a cidade brilhando ao fundo, e encarei minha montanha de papel. Como começar? Uma oração, como antes de uma grande refeição? Uma taça de champanhe para comemorar o momento? Ou eu poderia simplesmente me inclinar para a frente e pegar uma carta aleatoriamente, começar a ler, que foi o que fiz. Peguei uma cujo canto estava saliente e a segurei — grossa e retangular como um cartão de aniversário. Olhei de onde era: Minneapolis, Minnesota. A caligrafia era desenhada, provavelmente de uma mulher. Abri e engoli a mensagem: *Adorei o livro, você é incrível, o brinquedo no Universal foi irado!*

Coloquei a carta no carpete, separada, e peguei outra.

Aquilo continuou por muitas horas, até que a segunda pilha ficou do mesmo tamanho da primeira — uma minicadeia de montanhas a meus pés. Levantei-me e me espreguicei, forçando um bocejo. De acordo com meu celular, eram 3h53 da manhã, mas eu estava totalmente desperta.

Meus itens favoritos até então eram as representações de Puck. Em giz de cera, de crianças pequenas; em tinta a óleo, de velhinhos. Deixei-me cair no sofá, virei para a esquerda, virei para a direita, relaxando a lombar. A idade chega para todos nós.

Inclinei-me para a frente e peguei outra carta da pilha. Um envelope comercial, com palavras do outro lado. Girei-o nas mãos, notando primeiro o selo, afixado com precisão no canto superior direito, depois meus olhos se voltaram para o endereço do remetente e fiquei sem fôlego, um choque elétrico atingiu meu peito.

AK
Bolton Landing, NY

Mas não podia ser. Eu me controlei antes que o coração explodisse. A caligrafia não tinha nenhuma semelhança com a de Amanda, que sempre fora extravagante. "Estou encarnando a Marilyn Monroe", tinha explicado ela — eu não me lembrava daquilo havia anos. Não é... não é ela. É outra pessoa com as mesmas iniciais. Muitos nomes com A, sobrenomes com K. E, no entanto, meu coração tinha dobrado de tamanho, estava cortando o fluxo de ar.

A Amanda está morta, lembrei a mim mesma. A adrenalina inundou meu corpo. Não era uma sensação boa.

Abri o envelope com cuidado. Dentro, havia uma folha solta dobrada precisamente em três partes, e senti calafrios. Rapidamente desdobrei a carta:

*Querida "Cate Kay",*

*VAI SE FODER.*

*A*

Algo nas aspas me abalou. Lancei-me sobre a pilha de correspondências fechadas, jogando as cartas de lado, vasculhando e separando, meus olhos percorrendo os endereços de remetente e então... encontrei um. Mesmo envelope comercial, mesma caligrafia, mesmo endereço de remetente. Toquei-o, reverente. Então, coloquei-o cuidadosamente no sofá e mergulhei de volta na pilha.

Quando terminei, tinha encontrado cinco envelopes.

Ao meu redor havia um mar de papéis. Fui me arrastando até o sofá e me sentei ao lado daquele tesouro. Calma, disse a mim mesma. A Amanda está morta, é apenas uma terrível coincidência. O universo brincando comigo. Organizei as cartas em ordem cronológica, por carimbo postal. Então fechei os olhos e abaixei a cabeça.

— Querido universo — sussurrei —, se tiver alguma chance de isso ser real, de ela estar... eu dou qualquer coisa. Qualquer coisa para tornar isso real. Todo o dinheiro, qualquer coisa, tudo... o que quer que eu tenha. Não preciso de nada disso. Juro.

Abri os olhos, peguei a carta de 2008 e a abri. O mesmo papel solto, a mesma forma de dobrar precisa, as mesmas ondas de calor subindo pelo meu peito. Não era muito maior que a primeira:

*Querida "Cate Kay",*

*Quem inspirou o nome Samantha?*

*A*

Senti meu coração bater com força e profundamente. Amanda sempre havia desejado que seu nome fosse Samantha, eu queria que o meu fosse Kelly. Abri a carta seguinte (e Puck?), depois a próxima (pôr do sol em Nova York?). Todas eram enigmáticas do mesmo modo, e me tornei frenética, cada vez mais rápida. Então a penúltima carta: Estou viva de novo agora, realmente viva, e queria saber se você também está.

Respirei o mais fundo possível, inspirei um pouco mais e abri a última carta, datada de 2012, desdobrando-a. Um mar de tinta azul:

Querida Cate com K,

Lembra, durante os ensaios para *Noite de reis*, quando o sr. Riley estava tentando nos mostrar a marcação para aquela cena, mas simplesmente não conseguíamos entender? Ele estava tão estressado, e você e eu lentamente nos aproximamos uma da outra no palco até ficarmos ombro a ombro, só observando o colapso dele. Eram raros, aqueles colapsos, mas quando aconteciam... ui, né?

Enfim, aí o Eric fez uma pergunta boba, e o sr. Riley simplesmente surtou, gritando, "Senhoras e senhores, temos de botar ordem nesse galinheiro à unha!" E você e eu nos entreolhamos devagar e caímos na gargalhada? (Aquele galinheiro, nós tínhamos que organizar à unha!) Não conseguíamos parar, e o sr. Riley veio até nós e disse: "Algo engraçado, meninas?" Então, durante o ano seguinte, ou sei lá por quanto tempo foi, dizíamos às pessoas tendo dificuldades com qualquer coisa — grande ou pequena — para botar ordem no galinheiro à unha e, então, simplesmente íamos embora com a cara séria.

Sei que você lembra. Sei que tudo o que compartilhamos está tecido em você, assim como em mim.

Nos últimos doze anos, sempre que alguém diz a frase "botar ordem no galinheiro", sinto como se houvesse um espinho em meu coração. Se fosse só nesses momentos que meu coração se sentisse assim, tudo bem, eu conseguiria lidar com isso. Mas também é sempre que vejo um espelho rachado, ou nuggets, ou um carro vermelho, ou um Honda de qualquer cor, ou uma comédia romântica, ou um barco, ou um pôr do sol em qualquer entardecer, sempre.

Você está em todo lugar, sempre — em todas as minhas conversas. Um aluno me disse na semana passada que falamos cinco mil palavras por dia. Instantaneamente você apareceu ao meu lado, eufórica com esse fato, tentando fazer as contas. Tá, então digamos que metade das nossas palavras são uma para a outra, isso dá 2.500 multiplicado por 365 dias multiplicado por — há quantos anos somos amigas? Imaginei você calculando os milhões de palavras entre nós.

Não importa quantas fossem, mal eram suficientes.

Minha vida não é nada como eu imaginava. E não por causa do acidente, mas porque você não está nela.

Volta para casa, Annie. Eu ainda te amo.

Amanda.

Um terremoto reverberou em mim. Imaginei-o ondulando pelo chão do hotel, pelos arranha-céus ao redor, pelos quilômetros além. Amanda, viva.

Sentei-me ereta, rígida, olhando fixamente para a frente. Minha garganta começou a fechar. Um ato de autopreservação. *Nada mais entra*, meu corpo dizia, *nem mesmo ar*. Então, enfim, um suspiro e o peito subindo e descendo rápido. Deixei a carta cair e levei as mãos ao rosto, soluçando silenciosamente até que mesmo ficar sentada pareceu demais e me deixei cair para a direita. Tinha uma almofada dobrada sob mim, e eu a puxei e a envolvi com os braços, como se estivesse de volta ao útero, pressionando o rosto contra o veludo roxo.

Imagens de Amanda surgiram — ela acelerando o motor do barco, pulando em um pé só enquanto amarrava o sapato, lutando para manter os olhos abertos enquanto eu contava uma história —, e eu estava chorando, rindo e chorando. Eu não queria abrir os olhos, não queria que o filme de Amanda em minha mente terminasse, mas eu tinha que ir. Precisava tomar banho, arrumar minha mala, pedir meu carro ao manobrista.

Amanda estava me esperando.

## CAPÍTULO 66

# ANNIE

*Abril de 2013*
*Bolton Landing*

A rodovia era um borrão de asfalto do lado de fora da janela e algo em estar na Northway novamente me fez imaginar Sidney, aquela viagem secreta à minha cidade natal, que terminou com ela sentada no meu carro me dizendo que Amanda estava morta. Deixei aquela cena se repetir sem parar, procurando a mentira que agora sei que deveria ter identificado. Estava em seus olhos? Não, não consegui encontrar ali. Em suas palavras? Também não.

A filha da puta da Sidney — ela era boa. Passei a mão esquerda pelo cabelo. Eu a havia subestimado. Tinha consciência de que ela era carente, lógico que tinha, mas pensava se tratar de uma necessidade comum. Tipo bloquear o número depois do término, na pior das hipóteses. Que baita erro de cálculo. Sabotar meu relacionamento com Ryan parecia curioso comparado àquela nova revelação. Apertei as mãos no volante. Mas minha raiva de Sidney estava rapidamente se transformando em algo muito mais potente: arrependimento. Eu o sentia invadindo meu coração.

Eu nunca havia amado Sidney. Nunca sequer havia *gostado* de Sidney! Então por que ela estava lá, para começo de conversa, dentro do meu carro, e por que eu a deixei me beijar, e por que eu correspondi ao beijo, e por que fiz tudo isso se cada momento com Sidney me deixava triste, todo o meu ser desejando que fosse Amanda.

Abri os vidros e deixei o ar bagunçar meu cabelo. Então coloquei a mão, fechada em punho, para fora e permiti que o vento lentamente separasse meus dedos. Chega de perder tempo.

---

Enquanto dirigia ao longo do último trecho até Bolton Landing, senti — caralho, não sabia uma única palavra para descrever a sensação. Amanda adorava aprender palavras de outras línguas que capturavam significados que as nossas jamais conseguiriam. Começou com *schadenfreude*, que o sr. Riley explicou em algum momento, falando sobre como é ser o ator substituto, e todos nós o olhamos de soslaio, então ele diminuiu o ritmo e explicou o que era.

— Mas, tipo, "alegria maliciosa" ou "se vangloriar" nem começam a capturar seu significado — dizia Amanda, absolutamente empolgada com a palavra e a coisa que ela nomeava. — É como se conhecer a palavra liberasse o sentimento. É uma loucura.

— É legal — comentei, e em resposta ela me empurrou de brincadeira.

— Hmm, é *mais* que legal.

Depois disso, sempre que ouvia uma palavra que lhe fazia sentir assim, ela a explicava para mim. Sempre com a mesma energia também: movendo as mãos, falando a mil por hora. Uma vez, ela mencionou a palavra japonesa *boketto*. Uma tradução grosseira pode ser "divagar", mas não está muito correta; é mais como inação ou cultivar a quietude encarando a imensidão.

Eu estava encarando a imensidão agora. Ambas as mãos no volante, olhando à frente, *boketto*. Pontos de referência passavam do lado de fora da janela e no fundo de minha mente despertavam memórias, mas elas se transformavam em pó assim que se formavam.

Meu antigo prédio ficava à esquerda, aquelas mesmas cadeiras Adirondack de plástico verde. Meus olhos não estavam na rua, mas mirando além dela e através dela, *boketto*. A biblioteca, o café, a escola. Então virei à esquerda. Estacionei em frente à antiga casa da Amanda. Desliguei o motor e, ao fazer isso, cortei qualquer fio invisível que me prendia ao universo alternativo e estava tudo bem para mim. Era nesse universo que eu queria estar, de todo modo, porque agora sabia que era ali que Amanda ainda estava.

---

Depois de bater algumas vezes e esperar tempo suficiente para ter certeza, desci a rua até a lanchonete, que estava exatamente como quando parti. Eu me perguntei se eles pensariam o mesmo de mim. Era hora do almoço, e o lugar estava vazio, exceto por dois operários sentados ao balcão, comendo hambúrguer e batata frita.

Uma mulher de meia-idade carregando um cardápio de plástico veio me atender, indicando para que eu a seguisse. Estendi a mão para ela e toquei seu braço gentilmente.

— Você conhece a Amanda Kent? — perguntei.

Ela se virou e o modo como olhou para mim me lembrou da sensação que eu tinha, tantos anos antes, sobre as pessoas de fora da cidade que chegavam esperando alguma coisa. Com as chaves do carro na minha mão, olhei para baixo e me perguntei se as estava segurando como se fossem um acessório sexy, se, para aquela mulher, eu transmitia um ar de grana de fora e despreocupação.

— Eu morava aqui — expliquei, e me surpreendi com o orgulho que senti do fato.

Os ombros dela relaxaram.

— Bem, querida, o máximo que posso dizer é que Amanda deve estar na escola. Agora, posso te servir alguma coisa?

— Não, obrigada... — comecei, mas aí tive um vislumbre de lembrança. — Na verdade, sim: uma fatia de torta de limão para viagem, por favor.

---

Portas de auditório são estranhamente barulhentas. Amanda e eu sempre nos perguntávamos por quê. Cada vez que se abriam, especialmente quando era preciso silêncio, pareciam possuídas, como se toda a energia da sala fosse em direção a elas, junto com a atenção do público. Engenharia ruim, talvez. Com esse detalhe em mente, levei vários segundos para girar a maçaneta de latão da porta pesada — fiz aquilo devagar, como se estivesse saindo em segredo para uma festa. Finalmente, eu me virei de lado e entrei, e ninguém no palco distante percebeu.

De repente, percebi que a única coisa que eu queria de verdade era a permissão do universo para voltar para casa. E talvez tenha escrito O *derradeiro fim* como uma forma de pedir por isso. Acho. Não sei. Talvez seja tudo besteira.

Então vi Amanda no palco, seus movimentos ainda generosos e confiantes, como sempre foram. Eu teria reconhecido Amanda a qualquer distância. Naquele momento, ela estava mostrando a um aluno o ponto exato onde precisava que ele parasse e rolou até lá em um movimento rápido, em seguida, girou em direção à plateia imaginária com um floreio dramático.

E foi aí que ela me viu. Talvez também reconhecesse os movimentos do *meu* corpo de qualquer distância, tivesse olhado a mulher encostada na parede dos fundos com uma fatia de torta de limão nas mãos, um joelho dobrado, o pé apoiado na parede. Talvez para Amanda aquela silhueta gritasse *Annie*. Que sensação sublime ser reconhecida novamente.

Ela parou no meio da frase e me encarou, e foi como se sua visão criasse uma energia. Senti primeiro nos braços, os pelos se arrepiando, formigando. A sensação foi agradavelmente aterrorizante, como se minha alma estivesse se aquecendo em um incêndio descontrolado.

Então ela virou a cabeça de leve em direção aos alunos que esperavam pacientemente às suas costas e disse:

— Comecem de novo, do início da cena.

A frase provocou um turbilhão de movimento nas crianças, que eram o pano de fundo enquanto eu observava Amanda se deslocar do palco até a primeira fileira para conseguir avaliá-los como um membro da plateia faria. O sr. Riley sempre fazia a mesma coisa.

Por um instante, imaginei que talvez ela não tivesse me visto, que eu tivesse interpretado mal o momento, mas então fechei os olhos e juro que a energia tinha um batimento cardíaco de verdade, era capaz de fazer flores desabrocharem, lâmpadas estourarem. Amanda havia me visto, estava me esperando, e eu não deveria fazê-la esperar nem mais um segundo.

Eu me afastei da parede dos fundos, caminhando discretamente pelo corredor, como se estivesse atrasada para a noite de estreia. Quando cheguei à primeira fileira, eu me encolhi e me movi entre os muitos assentos de modo a não bloquear a visão da plateia imaginária atrás de mim. Amanda manteve os olhos fixos no palco o tempo todo, mesmo enquanto minha mão esquerda pressionava silenciosamente o assento ao seu lado, mesmo enquanto eu me sentava ali, acomodando a caixinha de torta de limão no colo. Estávamos nesse momento separadas por centímetros. Ela estava observando os alunos, que pareciam preparados para recomeçar a cena.

— Quando estiverem prontos — falou para eles, e eu aproveitei o momento, me virando em sua direção e abrindo a boca para dizer seu nome.

Mas, enquanto o fazia, ela levantou a mão direita e me silenciou. O brilho da iluminação do palco se refletia delicadamente em suas belas feições, o que ao menos me acalmou. Não importava o que tivesse mudado, não importava o quanto fosse brutal tudo o que havia acontecido e o que quer que estava por vir, aquilo permanecia: Amanda, linda em todos os cenários, em todos os palcos.

Os alunos começaram a cena, e minha mente desatou a pensar no que dizer quando terminassem. Respirei longa e profundamente, tentando me concentrar no que acontecia no palco. Talvez eu conseguisse descobrir que peça estavam encenando. Mas minha mente parecia muito cheia de pensamentos — *Será que eu tinha interpretado tudo errado? Amanda na verdade me odiava? E o que eu faria se ela odiasse?*

Ficamos sentadas assim minuto após minuto, a atenção de Amanda voltada para o palco. Por fim, ela se inclinou levemente em minha direção, com os olhos ainda nos alunos, e instintivamente meu corpo reagiu, inclinando-se para o dela. Amanda virou a cabeça alguns graus em minha direção, mais perto do meu ouvido, e o momento foi como mil outros que havíamos compartilhado enquanto crescíamos: cochichando de modo que só a outra pudesse ouvir.

Ela fez uma pausa e nos manteve assim, ainda observando o palco. Então eu avistei. E observei o jovem caminhar confiante, acertar sua marca e virar o rosto, os olhos brilhantes. Ao meu lado, ouvi Amanda exalar satisfeita enquanto os colegas do garoto uivavam e gritavam, a cortina imaginária se fechando no Ato I.

— Então — disse Amanda, virando-se para mim e acenando para meu colo. — Vamos comer isso aí ou não?

# CAPÍTULO 67
# AMANDA

*Abril de 2013*
*Bolton Landing*

Eu não comia uma torta de limão desde que Annie partira. Era ainda melhor do que eu lembrava, e nós dividimos uma fatia todas as noites naquela primeira semana.

# CAPÍTULO 68

# RYAN

*Abril de 2013*
*De Los Angeles a Bolton Landing*

Fui para casa tomar um banho rápido e trocar de roupa, depois Janie me levou de volta ao aeroporto. Coloquei várias camadas de disfarces: óculos enormes, boné dos Jayhawks, moletom com capuz. Para meus companheiros de viagem, eu seria alguém a evitar. Uma mulher rabugenta e de ressaca, quem sabe voltando de alguma despedida de solteira. O que parecia maturidade para mim: me importar menos com o que as pessoas pensavam.

Exceto Cass. Passei o voo lendo a última *New Yorker* na esperança de impressioná-la com meu intelecto e cosmopolitismo. Eu precisava de um curso intensivo, havia passado os últimos sete anos em uma esteira rolante: um filme após o outro. Pedaços da minha vida em camarins em trailers. Meses inteiros perdidos dentro das bolhas de produção. A maior mudança na minha vida tinha sido me assumir lésbica, o que me dera a esperança de me reconectar com o mundo. (Tá, sim, e talvez também com Cass.) Um pensamento insano, em retrospecto, isso de que uma capa da *Vanity Fair* me tornaria acessível. O que aconteceu foi deslocar minha carreira do eixo, desviá-la para uma direção diferente — papéis mais ousados, uma nova legião de fãs fervorosos. Eu não havia me tornado mais real para as pessoas, apenas um tipo diferente de ícone.

Quando o piloto anunciou nossa chegada a Albany, pensei em todos os meus amigos atores que namoravam outros atores. A explicação era sempre a mesma: a gente se entende. Aquela rara compatibilidade entre trabalho e vida pessoal. Eu acreditava que, se duas pessoas boas se encontrassem, conseguiriam se agarrar uma à outra e se manter à tona. Mas eu mesma só tinha vivenciado pessoas agarrando minha mão e nos jogando cada vez mais fundo no abismo.

Eu só — eu esperava ainda ser normal. Seria possível que eu ainda fosse normal?

Aterrissar no pequeno Aeroporto Internacional de Albany era o mais longe de Los Angeles que eu poderia chegar ainda dentro do país. Fazia anos desde a última vez que eu fizera coisas do tipo ficar na fila para alugar um carro, o que fiz, atrás de um empresário de calça cáqui que ficava me olhando de soslaio. Por um tempo, eu me deleitei com a minha independência, essa experiência exótica. Mas, nossa, como as filas para alugar um carro andam devagar. Depois de uma meia hora, mandei uma mensagem para Janie: "Ser uma pessoa real é ao mesmo tempo emocionante e demorado." Ela respondeu: "Você *é* uma pessoa real."

Meu destino era um hotel chamado Chateau. Janie havia perguntado repetidas vezes se poderia organizar um encontro, mas eu disse que não. Que precisava que fosse uma surpresa. Que precisava encontrar Cass sozinha. Eu não queria um reencontro coordenado, queria saber se ela ainda me amava. Precisava ver seus olhos no momento em que ela me visse: eles guardariam a verdade.

---

O saguão do Chateau era de uma opulência datada. Sofás estampados com flores, toalhas de mesa de renda, aparadores de carvalho. Mas a vista do lago e das montanhas ao fundo era atemporal. Agora que estava na mesma cidadezinha que Cass, eu me sentia consciente de tudo ao meu redor. A sensação era familiar para mim. Acontecia às vezes ao filmar cenas profundamente emocionais, ou antes de um discurso ou aparição pública, quando eu não tinha nenhum personagem para vestir. Sempre que eu me sentia exposta, na verdade. Eu sentia frio, começava a tremer.

Janie sempre tentara anular essa minha reação me persuadindo a usar benzodiazepínicos. Mas eu não queria os comprimidos. Muito embora fosse desconfortável, meu corpo estava me alertando: preste atenção, tem algo importante acontecendo. Ao lado da recepção, havia um samovar de prata e preparei um chá para mim. Água quente era o único remédio natural que eu tinha encontrado. Segurei o copo de papel com as duas mãos, levei o vapor ao rosto. Tomei um golinho e fui até a recepção.

— Olá — cumprimentei.

— Como posso ajudar? — perguntou a jovem. Óculos pretos estilosos, postura admirável.

Janie tinha me dado um nome, e eu o passei àquela mulher, acrescentando:

— Você poderia tentar ligar para o quarto dela?

Meus dentes começaram a bater, e aceitei o tremor, levando o chá aos lábios. A mulher sorriu enquanto pegava o telefone. Olhamos para direções diferentes por alguns segundos.

— Desculpe, senhora — disse ela, colocando o fone no gancho. — Pode tentar novamente mais tarde?

Enquanto eu caminhava em direção aos elevadores, resignada a ir para o quarto por enquanto, ouvi alguém dizer "com licença" e tocar suavemente meu ombro. Estremeci — por hábito. Um mensageiro estava se inclinando em minha direção e, obviamente, havia me reconhecido. Seus olhos estavam arregalados e ele parecia nervoso.

— Ela saiu para dar uma volta agora há pouco. A mulher que você está procurando? — sussurrou. — Vi ela indo em direção à cidade, não sei para onde, claro, mas talvez isto ajude. A propósito, *adoro* seu trabalho.

Interações como aquela geralmente eram repugnantes para mim. Eu queria igualar a empolgação e a franqueza da pessoa, mas qualquer resposta — *obrigada, é muito gentil da sua parte dizer isso, agradeço muito* — parecia ensaiada, cansativa. Não importava o que dissesse, saía me sentindo como se vivesse dentro de uma gaiola de vidro.

Mas aquilo era diferente. Ele tinha um brilho nos olhos. Dei um soquinho de agradecimento, o que pareceu animá-lo.

Eu estava ansiosa por um banho quente, mas em vez disso pedi meu carro ao manobrista. Um minuto depois, estava ao volante do Nissan Altima alugado, dirigindo até a cidade.

Passei o mais devagar possível pelo centro de Bolton Landing. Eu estava avaliando todos que via nas calçadas. Olhando pelas vitrines das lojas. A coisa toda começou a parecer uma tarefa inútil. O que eu precisava fazer era conseguir o número de Cass com Janie, desistir da fantasia de surpreendê-la. E ainda assim, e ainda assim, *e ainda assim*... talvez só mais uma volta pela cidade?

Por sorte, meu sistema nervoso havia se calibrado para algo próximo ao normal. Talvez eu simplesmente não acreditasse que a encontraria. Respirava fundo, relaxada, aproveitando a sensação de calma. Estava me aproximando dos limites da cidade quando olhei à direita, para um complexo residencial. O prédio era marrom com portas amarelas desbotadas. Avistei uma figura sentada do lado de fora, em uma cadeira Adirondack verde. Uma pontada de reconhecimento. A mulher tinha a forma de Cass. Suas pernas estavam encolhidas junto ao corpo, de frente para o lago.

Diminuí a velocidade, tentei virar o carro, mas o raio de giro do Altima tinha outros planos. O retorno de três pontos não saiu tão suave quanto eu queria, e o carro atrás de mim enfiou a mão na buzina. Minha reação foi, *Shhh, não estrague a surpresa*. Mas Cass não estava à procura de um Nissan Altima comigo dentro.

Posso dizer que o sol estava se pondo quando tirei o carro da estrada e saltei. Era um ponto a meu favor. Os sons do lago — os sapos e os grilos — eram outro. Olhei em ambas as direções, então corri para o outro lado da rua, muito ciente de que, depois de todos aqueles anos, de repente não havia absolutamente nada entre nós.

# CAPÍTULO 69

# ANNIE

*Novembro de 2013*
*Nova York*

Meu primeiro evento literário aconteceu oito meses depois. Naquela época, eu já havia vendido algo como setenta e um milhões de livros mundo afora, e sido nomeada duas vezes para a lista TIME100 de pessoas mais influentes do mundo. Esses fatos me preocupavam. Eu não tinha a elegância de alguém com aquela biografia. Será que as pessoas ficariam decepcionadas?

Então, quando a equipe da Strand me ofereceu uma sala nos fundos, recusei. Eu precisava assistir à entrada do público — não pelo meu ego, mas pela minha sanidade. Minha ansiedade borbulhava em fogo médio, ameaçando ferver, e observar a chegada das pessoas me ajudava a me acostumar com o momento. Além disso, a alternativa era ficar sozinha com meu cérebro em uma sala nos fundos. Não, obrigada.

Faltavam trinta minutos para o início do show, o lugar meio cheio, quando senti alguém parar ao meu lado. Olhei de relance: um homem, barba aparada, olhos cor de chocolate.

— Jake — falei, formal, acenando com a cabeça uma vez.

— Olá — cumprimentou ele, encostando-se na parede.

— Obrigada por topar.

— Está brincando? — disse ele. — Obrigado por me convidar.

Sem dúvida, ele esperava um momento mais significativo entre nós, mas naquele instante vi Amanda entrar, uma jovem segurando a porta para ela. Amanda disse algo e as duas riram juntas, seu sorriso travesso sugerindo que ela havia acabado de usar sua sagacidade característica. Usava uma jaqueta de couro preta com a gola levantada, argolas de ouro, uma impecável blusa branca por baixo — descolada sem esforço. Pela milésima vez desde nosso reencontro, lembrei-me do quão profundamente a tinha subestimado todos aqueles anos antes. Nada poderia afastá-la de quem ela era.

Agradeci a Jake novamente e me aproximei, cruzando o olhar com o de Amanda no meio do caminho. Ela havia se acomodado em um canto, aninhada em frente a uma estante. Algum dia, a existência de Amanda não me deixaria tonta. A euforia ia passar. Mas ainda não tinha passado, e saboreei a sensação enquanto me inclinava e a envolvia em um abraço. Segurei-a por um instante a mais, respirando fundo.

— Como foi seu dia? — perguntei.

Ela estava vindo do teatro, estavam a um mês da estreia de *O derradeiro fim* na Broadway. Ryan estava dirigindo, Amanda interpretava Samantha no terceiro ato. Eu tinha pedido para produzir, mas Ryan dissera que não, de jeito nenhum, Amanda acrescentou um *nem fodendo*. Ambas acreditavam que eu precisava seguir em frente.

Foi a decisão certa, obviamente. Mas admito que me senti um pouco excluída.

— Estão fazendo os ajustes finais agora — respondeu Amanda. — A Ryan me pediu para te desejar boa sorte e avisar que ela vai tentar vir mais tarde.

Amanda, porém, não perderia um segundo sequer. O evento tinha sido ideia dela.

— Seria *tão* poético — dissera ela. — O ciclo completo é irresistível demais!

— Mas um evento... não é tempo suficiente para explicar tudo. E se eles me odiarem? Será que não é melhor esperar pelo livro?

— Ninguém poderia te odiar — garantira ela. — Acredite, eu tentei.

E agora, a noite estava se apresentando.

— Estou tão nervosa — falei, ajoelhando-me ao seu lado enquanto as pessoas passavam por nós.

Ela deu um tapinha na minha mão, tipo, *calma, calminha*, e perguntei se aquele era todo o apoio que ela conseguia reunir para o momento mais crucial da minha vida.

— Annie, querida — começou ela. — Não se deixe enganar por esse seu cérebro: você não está nervosa, está *animada*.

— Uau! — exclamei.

Ela deu de ombros, virou as palmas das mãos para cima.

— Eu sei, eu sei. Sou uma fonte de sabedoria.

— Não, não é isso — argumentei, colocando as duas mãos sobre meu joelho dobrado, fazendo uma careta. — São os meus joelhos, não consigo mais ficar agachada assim. Meu Deus, estamos ficando velhas.

— Estamos, sim. Mas quer dar alguma opinião sobre minha sabedoria?

— Sim, obviamente — respondi. — A profundidade é impressionante.

— Obrigada — agradeceu ela, então fez uma pausa e encontrou meu olhar, o que me acalmou. — E também... seria uma honra.

Eu adorava quando ela fazia aquilo, pegava uma camada enterrada da nossa conversa e a trazia à tona. Minha curiosidade foi aguçada. Como eu tinha ficado entediada todos aqueles anos sem Amanda para conversar.

— O que seria uma honra? — perguntei.

— Ah — disse ela. — Você sabe... envelhecer juntas.

Nos entreolhamos por alguns segundos — fervorosa e seriamente —, então ela começou a gesticular para que eu me virasse:

a coordenadora do evento estava vindo em nossa direção, pedindo desculpas, dizendo que precisavam de mim lá nos fundos.

---

O evento estava lotado. Saí com Jake — *em uma conversa com*, como gostam de dizer. Em segundos, lembrei como era bom estar no palco, com a mente cristalizada pela atenção da plateia. (Amanda, como sempre, tinha razão: eu estava animada.)

Enquanto nos acomodávamos em nossas poltronas confortáveis, notei a porta se abrir ligeiramente e vi Ryan entrando. Ela estava de cabeça baixa enquanto desenrolava o cachecol. Pequenos milagres, momentos assim — ver a sua pessoa antes que ela a veja.

Nos meses seguintes, muitas vezes desejei poder ter sido Ryan na noite em que ela me encontrou na frente do apartamento onde cresci. Mas eu não podia ser gananciosa, cada uma de nós tem seus momentos.

Aquela noite em Bolton Landing tinha a mesma característica difusa e etérea. Eu estava de volta, Amanda estava viva e eu me sentia conectada com o mundo novamente. Minha vida havia sido restaurada. Eu estava sentada naquela cadeira Adirondack verde e o sol batia nos meus olhos com perfeição, então, quando os abri, a luz refletiu e Ryan apareceu, uma dúzia dela, como se eu a estivesse vendo através de um caleidoscópio. Meus olhos pareciam raios de amor.

— Oi — cumprimentei, sonhadora.

Nesse momento, lá estava Ryan, aparecendo de novo. Jake deu as boas-vindas à plateia enquanto Ryan atravessava furtivamente o fundo da sala e abria um espaço ao lado de Amanda. Depois, ela colocou a mão no ombro de Amanda e a deixou ali. Com a outra, ela me deu um pequeno aceno.

Ai, meu coração.

Durante a hora seguinte, Jake fez todas as perguntas, de todos os ângulos: nos leve de volta ao que aconteceu, por que você fugiu, por que "Cate Kay", e isso aqui, e depois?

Foi minha primeira vez contando a história. Alguns assuntos estavam proibidos, lógico — na época, este livro que você agora tem em mãos estava ainda na metade.

Depois de uma hora de perguntas, Jake fechou seu caderno, colocou na mesinha ao lado e disse:

— Ok, a última antes de abrirmos para a plateia: se você pudesse dizer à Annie mais jovem…

— Jake, não — interrompi. — Por favor.

— Quê?

— É que eu provavelmente nunca deveria dar conselhos a ninguém.

— Mas não é um conselho para eles — disse ele, fazendo um gesto para a plateia —, é um conselho para *você*.

Lancei um olhar para ele.

— Qual é a diferença?

Ele levantou as mãos.

— Tá, tá, entendi — concedi, amenizando o constrangimento que eu havia causado.

Todos riram. Era uma plateia generosa, e eu estava grata pelo carinho. Quando expliquei o que aconteceu naquela ilha tantos anos antes — com o coração disparado no peito —, ouvi algumas inspirações profundas, ruídos de desaprovação. Eu tinha me forçado a olhar para Amanda enquanto terminava nossa história, e ela me deu um aceno de encorajamento. Milagrosamente, a plateia continuou ouvindo. E nesse momento eu queria lhes dar minha resposta mais sincera à pergunta final de Jake.

Baixei a cabeça, pensativa, imaginei minha infância: um borrão de cores, movimento e cheiros, e refleti sobre tudo, voando por momentos e lembranças, tentando destilar o essencial — peneirando minha vida em busca de uma pérola de sabedoria.

Então, consegui.

Olhei para Jake.

— Eu diria a ela que só o amor vai preencher o buraco negro... que é a única coisa que vale a pena perseguir.

Ele refletiu por um momento e disse:

— Parece que tem uma história por trás, talvez?

Eu ri.

— Sempre... sempre tem uma história por trás — admiti.

— Aposto que vai estar no livro — disse ele.

— Vai — concordei, dando uma piscadela.

Pensei nessa piscadela no microssegundo antes de acontecer, mas me arrependi imediatamente. (Duas vezes na TIME100 aqui, pessoal.) Jake então se virou para a plateia:

— Ela é toda de vocês agora — disse, recostando-se.

Várias mãos se ergueram. Um microfone foi levado a uma mulher perto dos fundos. Ela se levantou para recebê-lo com as mãos trêmulas.

— Oi, eu sou a Violet — disse ela, baixinho, nitidamente fora de sua zona de conforto.

— Oi, eu sou a Annie — falei, e foi bom dizer meu nome verdadeiro.

Violet continuou:

— Tá, então, hmm, minha pergunta é: por que você intitulou o livro de *O derradeiro fim*?

Ela imediatamente devolveu o microfone, aliviada, e sentou-se. O equivalente ao *desligar na cara*, só que em um evento literário.

— Na verdade, não fui eu que decidi o título — revelei. — Foi a editora. Eu não pude opinar.

Violet não estava mais com o microfone, o que pareceu deixá-la chateada — ela tinha uma segunda pergunta! Ela gesticulou para que o devolvessem, mas desistiu e gritou:

— Pode dizer para a gente qual era seu título original?

O título surgiu em minha mente. Naqueles anos após o lançamento, eu tinha me dado conta de que a editora estivera certa em mudar o título. O meu era pessoal demais, específico demais.

— Claro — respondi, e então parei. Olhei para Ryan, então para Amanda ao seu lado. Pensei na minha mãe, esperando pacientemente por mim em casa, fazendo o possível para consertar as coisas entre nós... Essas mulheres que eram meu mundo. — Sabe... — falei. — Na verdade, acho que esse eu vou guardar só para mim.

# AGRADECIMENTOS

Minha profunda gratidão a Laura Brown e Darcy Nicholson, que amaram esta história desde o início e trabalharam incansavelmente para torná-la melhor a cada rascunho. Eu não tinha certeza se encontraria um verdadeiro trabalho em equipe depois dos esportes, mas chegamos muito perto disso, e acho que este livro reflete essa rara mistura de alegria, dedicação e coesão. É uma experiência que não esquecerei tão cedo.

Katie Greenstreet, minha agente na Paper Literary, é uma superestrela e um sonho. Ela viu o potencial — em uma versão muito mais crua — e orientou e aconselhou Cate Kay em direção a novos caminhos. (E fez tudo isso de bom, mesmo a primeira coisa que eu descobri sobre ela ser o fato de que é fã do time de basquete da Universidade Duke.) Muito obrigada também ao restante da Paper Literary, incluindo Catherine Cho e a encantadora de histórias Melissa Pimentel.

A todos da Atria: foi uma grande sorte trabalhar com uma editora que está tão claramente a par das tendências do setor. Obrigada a Lindsay Sagnette, Holly Rice (uma assessora de imprensa extraordinária!), Zakiya Jamal e Morgan Pager. Leora Bernstein defendeu este livro desde o início. Meu muito obrigada a ela e ao restante da equipe da Atria, incluindo os departamentos de vendas, produção e revisão.

A todos da Bloomsbury: obrigada pelo entusiasmo irrestrito desde o primeiro dia.

Lauren McBrayer, seus comentários detalhados desde o início foram uma dádiva. Pretendo retribuir essa generosidade. Alguns dos primeiros leitores também me deram confiança ou ajudaram a moldar a história (ou as duas coisas!). São Kelly Wild, Marion Nelson, Caroline Shea, Rachel Zoller, Shawna Hawes, Jess Vande Werken, Kristen LeQuire, Meg Younger, Brit Liegl, Tess Carver, Sweet Lu e muitos outros da bela comunidade da Inky Phoenix Press. Um grande agradecimento a Kate Scott (minha diva!) por fornecer a trilha sonora contínua e em evolução para a escrita deste livro — primeiro Janelle, depois Carlie, depois Maggie e depois Chappell —, bem como por ler várias versões e acreditar em tudo desde o início. (Por favor, agradeça a Nicole e Piper/Puck por mim também.)

Minha mãe esteve com este livro em cada passo do caminho. Na verdade, vamos voltar um pouco... desde o meu primeiro passo! Esse é o tamanho da minha sorte. Mãe, eu sei que você sabe o quanto é importante para mim. Minha irmã, Ryan, leu um rascunho inicial e seu entusiasmo me fez acreditar que eu estava no caminho certo. Amo vocês duas. (Pai, também te amo. O 11h11 foi para você; sinto sua falta.)

Kathryn, não é surpresa que seu nome esteja no início e no final deste livro. Você é a coisa mais importante do meu mundo (além do Ragnar, é claro). Nós somos a melhor história de todas.

Este livro foi composto na tipografia Berling LT Std,
em corpo 11,5/15,6, e impresso em
papel off-white no Sistema Cameron da
Divisão Gráfica da Distribuidora Record.